DANIEL GLATTAUER
Darum

Buch

Stell dir vor, es ist Mord, und keiner glaubt dir. So geht es dem allseits beliebten Journalisten und Gerichtsreporter Jan Rufus Haigerer, der eines Abends wahllos einen Menschen niederschießt, um sich gleich darauf in die Hände der Justiz zu begeben. Dort will man ihn allerdings als Mörder partout nicht in Frage kommen lassen. Haigerer versucht mit allen Mitteln, endlich für seine Tat verurteilt zu werden. Doch sein Wille zur Sühne wird durch das unerbittliche Wohlwollen der Mitmenschen auf eine harte Probe gestellt …

Autor

Daniel Glattauer, geboren 1960 in Wien, ist seit 1985 als Journalist und Autor tätig, seit 1989 für die Tageszeitung *Der Standard*. Bekannt wurde Glattauer vor allem durch seine Kolumnen, die im so genannten *Einserkastl* auf dem Titelblatt des *Standard* erscheinen und in denen er sich humorvoll des Alltäglichen annimmt. Sein Roman »Der Weihnachtshund« wurde erfolgreich für das ZDF verfilmt, sein Roman »Darum« wurde mit Kai Wiesinger in der Hauptrolle verfilmt.
Weitere Informationen über den Autor unter:
http://www.danielglattauer.com.

Von Daniel Glattauer außerdem bei Goldmann lieferbar:

Gut gegen Nordwind. Roman (46586)
Die Ameisenzählung. Kommentare zum Alltag (46760)

Daniel Glattauer
Darum

Roman

GOLDMANN

FSC
Mix
Produktgruppe aus vorbildlich
bewirtschafteten Wäldern und
anderen kontrollierten Herkünften

Zert.-Nr. SGS-COC-1940
www.fsc.org
© 1996 Forest Stewardship Council

Verlagsgruppe Random House FSC-DEU-0100
Das FSC-zertifizierte Papier *München Super* für dieses Buch
liefert Arctic Paper Mochenwangen GmbH.

5. Auflage
Taschenbuchausgabe März 2009
Copyright © der Originalausgabe by Deuticke im Paul
Zsolnay Verlag Wien 2003 und 2007
Copyright © der deutschsprachigen Ausgabe 2009
by Wilhelm Goldmann Verlag, München, in der
Verlagsgruppe Random House GmbH
Umschlaggestaltung: Design Team München
Umschlagcollage: Hanka Steidle
und Getty Images/Image Source
KA · Herstellung: Str.
Satz: omnisatz GmbH, Berlin
Druck und Bindung: GGP Media GmbH, Pößneck
Printed in Germany
ISBN: 978-3-442-46761-7

www.goldmann-verlag.de

Die Explosion macht meine Ohren taub. Der Marktplatz brennt. Die jetzt noch laufen, haben überlebt. Ich freue mich für sie. Keine fünf Meter vor mir wälzt sich eine alte Frau auf dem Asphalt. Ein roter Splitter steckt in ihrem Kopf. Ihr ist nicht zu helfen. Mir ist nicht zu helfen. Ich betrachte die Hand, die die Granate geworfen hat. Meine Hand. Ich kann nichts Böses daran erkennen.

Xaver Lorenz

EINS

Ich wollte den Tag nicht vor dem Abend verdammen und stand sofort auf, als ich spürte, dass ich wach war. Nur nicht denken, dachte ich. Die rosa Zahnpastawurst hielt sich in der Mitte der Borsten. An schlechten Tagen rutschte sie beim Hinauspressen aus der Tube über den Rand der Bürste ins Waschbecken. Dort klebte sie dann als trauriges Häufchen Missgeschick. Meistens spülte ich sie weg. Zum Glück war ich kein depressiver Mensch.

Diesmal traf ich. Es war ein guter Tag. Mehr dachte ich nicht. Im Spiegel sah ich ein normales Gesicht. Manchmal zeigte ich mir am Morgen die Zunge. Diesmal nicht. Manchmal strich ich mir die Fransen aus der Stirn. Diesmal nicht. Manchmal zählte ich die grauen Haare an den Schläfen. Seit einigen Wochen nicht mehr. In der Küche machte ich Wasser heiß und goss es in die dicke gelbe Tasse, in die ich vor dem Schlafengehen einen Beutel Schwarztee mit Pfirsichgeschmack hineingehängt hatte. So machte ich es immer. Immer die gleiche gelbe Tasse. Immer Schwarztee mit Pfirsichgeschmack. Und immer hatte ich den Beutel schon am Vorabend in die Tasse gehängt. Damit war schon etwas vom nächsten Tag verraten. Das nahm mir die Scheu davor.

Die kleine Reisetasche hatte sich von selbst gepackt. Ich nahm nur schwarze und blaue Sachen mit, die weich und warm waren. Meine Lieblingspullis und die schönen Hosen, bei denen sich die Frauen »schöne Hose, interessanter Mann« dachten, blieben zu Hause. Beim Verlassen der Wohnung spürte ich, dass das eine der heikelsten Situationen des Tages war, aber ich meisterte sie, denn ich verbot mir sofort, daran zu denken. Ich schloss die Augen: zwei sechs null acht neun acht. – Unvergesslich. Ich drehte den Schlüssel bis zum Anschlag. Damit war die Tür meiner Wohnung verriegelt. Das gab mir Sicherheit. Die Tasche warf ich ins Auto und fuhr.

Um elf war ich bei Alex, wie versprochen. Sie lehnte am Türrahmen. Ich legte meine Hände auf ihre heißen Ohren und sagte: »Lass dich ansehen«, oder so einen Blödsinn. Sie sah aus wie eine Frau, die sich nur noch ein einziges Mal kräftig schnäuzen musste, dann konnte sie mit ihrem neuen Leben beginnen. Am liebsten hätte ich sie geküsst und das neue Leben mit ihr begonnen. Nein, am liebsten hätte ich sie geküsst.

»Sind die anderen schon da?«, fragte ich. »Schlechte Nachricht, Jan«, erwiderte Alex. »Es kommt keiner mehr«, scherzte ich. »Sehr schlimm?«, fragte sie. Damit war klar, dass sie es mit mir alleine machen wollte. Umziehen. Ausziehen. Gregor stehen lassen. Es war Samstag. Wenn er am Sonntagabend vom Seminar (sie hieß Uschi) zurückkam, sollte die Wohnung leer sein. Das bedeutete:

Hundert Kubikmeter Massivholz, Schwermetall, Hartporzellan und Ähnliches mussten drei Stockwerke hinuntergeschleppt und später anderswo zwei Stockwerke hinaufgewuchtet werden. »Hast du schon gefrühstückt?«, fragte Alex. Ich lächelte. Innerlich schrie ich. Sie frühstückte, ich sah zu, sie sah mir zu, wie ich ihr zusah. »Ist was mit dir?«, fragte sie. »Was soll sein?«, fragte ich. Mit mir war bisher nie etwas.

Wir übersiedelten bis in die Dunkelheit des Oktobertages. Draußen regnete es bestialisch wie immer in dieser Stadt, wenn gerade eine Jahreszeit kippte. Zum Glück war ich kein depressiver Mensch. Als die Fronarbeit ausgestanden war, durfte ich in ihrer neuen Wohnung ein Vollbad nehmen. Das tat mir gut, ohne dass ich es wollte. Ich versuchte mich abzulenken und dachte an Sex. Aber das war kein guter Gedanke, er sprang sofort zu Delia über. Ich brach ihn gleich wieder ab.

Alex brachte mir ein Handtuch. Sie hielt es vor ihre Augen, um mich nicht in Verlegenheit zu bringen. Ich nahm es ihr ab und hielt es zur Seite, um ihr zu zeigen, dass sie mich nicht in Verlegenheit bringen konnte. Leider ging Sex nicht ohne Erregung. Wir hätten es beide gebraucht.

»Was hast du heute Abend vor?«, fragte sie mich beim abschließenden Kaffee, der mir den Magen zersetzte. »Nichts Aufregendes«, log ich infam und lächelte so, dass sie die Lüge als kleine Schwindelei deutete. »Eine Neue?«, fragte sie und hob eine Augenbraue. Dafür hätte ich sie gerne geküsst. (Dafür, dass sie mir jederzeit eine Neue zutraute.) »Sei nicht so neugierig«, sagte ich, oder eine ähnlich phrasenhafte Scheußlichkeit. Ich musste Alex schleunigst verlassen, obwohl es viel zu früh war. Bei der verabschiedenden Umarmung drückte ich sie. Ich versuchte möglichst viel von ihr mitzunehmen, ohne dass sie es merkte. »Kopf hoch«, rief ich ihr nach. (Wegen Gregor.) Normalerweise wäre ich mir noch »Du weißt, du kannst mich immer anrufen« schuldig gewesen. Aber das ging diesmal nicht.

Die nächsten Stunden waren qualvoll. Es gab nichts mehr zu tun. Ich saß hauptsächlich im geparkten Auto und versuchte an nichts zu denken. Zum Glück trommelte Regen aufs Dach, das war ein Sinneseindruck, mit dem ich leben und bei dem die Zeit verrinnen konnte.

Als ich noch Lektor beim Erfos-Verlag war, hatte ich einmal einen Roman bearbeitet, in dem alle paar Seiten Regen auf ein Autodach trommelte. Immer wenn der Autorin die Ideen ausgegangen und die Handlung entglitten war, trommelte Regen aufs Dach. »Ein schönes Bild«, tröstete ich sie bei unserer ersten Besprechung. Sie tat mir leid. Sie saß neben mir wie eine dreimal gestürzte Kürläuferin, die auf die Noten der Punkterichter wartete. Sie aß vor Ehrgeiz ihre Lippen auf. Sie war erst dreißig und bereits der Illusion von Literatur verfallen. Ihr Roman war erschütternd leer. Sie hatte ihren Lesern nichts mitzuteilen. Sie hatte nichts erlebt. Nichts außer Regen, der auf ein Blechdach trommelte.

Bob's Coolclub sperrte um zehn Uhr auf. Ich war der fünfte Gast. Die ersten vier hatte ich vom Auto aus hineingehen sehen. Ich kannte keinen von ihnen. »Hallo, Jan, Sauwetter«, sagte Bob. Ich senkte meinen Blick zu Boden. Für ihn mag es den Anschein gehabt haben, ich beutelte mir den Regen aus den Haaren. Mit der Linken klopfte ich ihm beim Vorbeigehen auf den Oberarm. Das ging als Begrüßung durch. Zum Glück durfte man in Bob's Coolclub cool sein. Wer mehr als drei Worte sprach, fiel auf.

Ich hatte den kleinen runden Tisch reserviert, an dem ich schon die Abende davor gesessen hatte. Für mehr als eine Person war in der Nische kein Platz. Man konnte auch keinen Stuhl dazustellen. Ein Wandvorsprung schirmte mich gegen die Nachbartische ab. Von den matt strahlenden Spots, die Bobs düsteren Coolclub beleuchteten, fiel kaum ein Licht in mein Eck.

Die vorangegangenen Nächte hatte ich so getan, als würde ich an einer »Story« arbeiten. Bob und die anderen wussten, dass ich Reporter war. Sie dachten, das sei ein Job, der darin bestand, nächtens in Spelunken wie Bob's Coolclub rumzuhängen, sich unentwegt Notizen zu machen (egal wie dunkel es war) und dabei Blauen Zweigelt zu konsumieren. Je mehr Blauer Zweigelt, desto stärker die Story, desto bedeutender der Reporter, dachten sie. Mich mussten sie für sehr bedeutend halten.

Die Kellnerin hieß Beatrice. Sie kannte mich vom Sehen. Ich kannte sie vom Wegsehen, ich wollte sie nicht kennen, ich hörte nur ständig ihren Namen. Bob's Coolclub rief seit einer Woche ununterbrochen bis in meine Träume hinein nach Beatrice. Als sie zu mir an den Tisch kam, vertiefte ich mich in die Getränkekarte, hielt die Hand wie den Schirm einer Kappe vor die Stirn und bestellte beinahe stimmlos einen halben Liter Blauen Zweigelt. Es tat mir weh, eine Kellnerin nicht anzusehen, wenn ich mit ihr sprach. Das taten Gäste, die auf die billigen Machtdemonstrationen des Alltags angewiesen waren. Diesmal wirkte ich wie einer von ihnen.

Ich bekam mein Getränk und war froh, von niemandem mehr angesprochen zu werden. Mein Rücken schmerzte wegen Gregor. In meinem Gehirn vollzogen sich immer härtere Zweikämpfe. Einer geriet in Panik, der andere hielt ihm den Mund zu. Einer wollte denken, der andere wehrte sich dagegen. Ich hielt zum anderen und tat mein Möglichstes, ihm beizustehen. Nur nicht denken, Jan. Es war längst alles ausgedacht.

Gegen elf setzte der Besucherstrom ein. Von meiner Nische waren es nur etwa vier Meter bis zur Eingangstür. Sie lag vollständig in meinem Blickfeld. Kein Hindernis war dazwischen. Rechts davon lehnten Gäste mit dem Rücken zu mir an der Theke. Links schlichteten sich die ersten drei Tische die Wand entlang bis in die Tiefe des Raumes. Der vierte Tisch verschwand in einer Wolke aus Rauch.

Ich wusste immer schon vorher, wenn jemand hereinkam. Ich sah, wie sich die Türschnalle senkte. Von da an dauerte es etwa fünf Sekunden, bis der neue Gast im Lokal stand. Die meisten drehten sich nochmal zur Tür um, um sie zu schließen. Und selbst die, die es nicht taten (weil sie davon ausgingen, dass die Tür von selbst zufiel), verharrten stets einige Sekunden im Stillstand, um sich einen ersten Überblick zu verschaffen, um die Augen an die Nebelwand zu gewöhnen, um Bekannte zu suchen oder interessante Unbekannte anzuvisieren, denen sie vielleicht näherkommen wollten.

Der Eingang war von der Mauerdecke aus mit einem Spot beleuchtet, aber nur bis zu einer Höhe von etwa anderthalb Metern. Darüber warf ein wuchtiger Balken seinen Schatten. Von meinem Platz aus sah ich Gäste, die eintraten, höchstens bis zur Höhe ihres Halses. Sie trugen Frauen- oder Männerschuhe, spitz oder breit, farbig oder schwarz. Sie hatten lange oder kurze Beine, enge oder weite Hosen, schmale oder dicke Bäuche, umhüllt von flippigen Jacken oder biederen Mänteln. Keiner glich dem Nächsten, jeder war anders, auf seine Weise unverwechselbar. Und doch hatten sie eine Gemeinsamkeit: Sie betraten allesamt kopflos, vom Schatten des Balkens enthauptet, den Raum. Keiner von ihnen hatte ein Gesicht. Keiner hatte eine Mimik. Keiner zeigte Regungen.

Ich schloss die Augen und öffnete sie sofort wieder, als ich merkte, dass ich mich spürte. Ich nahm einen Schluck Blauen Zweigelt. Er schmeckte nach Delia. Ich wischte mir mit dem Handrücken über den Mund, um Spuren zu verwischen, die es nicht mehr gab. Zum Glück war ich kein depressiver Mensch. Vor mir lagen ein paar beschriftete Zettel, die nach einem Skriptum eines Zeitungsreporters aussahen. Ich konnte nicht lesen, was darauf stand. Mir zerflossen die Buchstaben auf dem Weg ins Gehirn.

Um Punkt halb zwölf ließ ich meine linke Hand in die innere Jackentasche fallen, nahm den gefüllten schwarzen Wollhandschuh heraus, legte ihn vor mich auf den Tisch, umrahmte ihn mit den Händen wie ein futterneidisches Kind eine Tafel Schokolade und nahm etwa drei Sekunden Abschied von dreiundvierzig Lebensjahren. Zwei Sekunden davon verbrauchte ich allein für Delia. Anscheinend hatte ich sie geliebt.

Ich drehte den gefüllten Handschuh so, dass der steife dicke Finger, der ein paar Millimeter aus dem Stoff herausragte, zur Ausgangstür zeigte, legte die rechte Innenhand darüber und fixierte das Ding auf dem Tisch. Mein linker Zeigefinger senkte sich in die aufgeschnittene Öffnung der Wolle. Dort durfte er ein paarmal sanft kreisen, um die enge kühle Begrenzung zu fühlen. Dann ließ ich die Fingerkuppe in der metallenen Beugung ruhen.

Bob's Coolclub hatte inzwischen alles Individuelle verschluckt. Die Stimmen hatten sich zu einem Hörbrei verrührt. Hin und wieder brachen übertrieben schrille Brocken heraus. Da tat der Alkohol schon seine Wirkung. Einzig der Ruf nach Beatrice war konkret. Er allein versetzte mir spitze Stiche im Magen. Im Übrigen tat mir das Kreuz weh und ich war froh, dass mir das noch immer auffiel.

Auf der Tischplatte vor mir hatte nun alles seine Ordnung. Ich hob den Blick zur Eingangstür. Dabei streifte er die Wanduhr über der Theke: 23.38 Uhr. Es dauerte etwa drei Minuten, bis sich die Türschnalle senkte. Ich hatte drei Minuten nicht geatmet. Das beruhigte mich. Mein

Gehirn war nun wohl auch aus medizinischen Gründen nicht mehr in der Lage, andere Befehle zu erteilen als die bereits programmierten.

Die Tür öffnete sich. Ich zählte eins, zwei, drei, vier. Meine linke Fingerkuppe bewegte sich wie eine autonome Widerstandskämpferin. Sie drückte gegen den kühlen Metallhebel – und hob den Druck sofort wieder auf. In der Eingangstür verschanzte sich der Körper des Neuankömmlings hinter einem großen dunklen Kreis, stemmte sich frech gegen sein Schicksal. Ich wollte aufschreien, laut protestieren. Der, auf den ich wartete, durfte mir keinen aufgespannten Regenschirm entgegenhalten. Ich wollte aufspringen. Meine Beine waren lahm. Meine Lippen waren starr. Meine Hände konnten sich nicht bewegen. Sie waren mit dem Gegenstand, den sie umklammerten, verschmolzen.

Der Sekundenzeiger der Wanduhr drehte eine Ehrenrunde und legte noch ein paar Sekunden drauf. Dann kippte die Türschnalle wieder nach unten. Und ich begann im Geiste bis fünf zu zählen. Bei drei riss mein Trommelfell und mein Herz stand still: »Haben Sie noch einen Wunsch?« Das galt mir. Ich verlor die Beherrschung und sah Beatrice in die Augen. Sie erschrak über meine Panik. Das wollte ich nicht. Ich hatte niemals Menschen erschreckt. Ich verfluchte mich dafür. »Nein, danke«, hörte ich mich sagen. Vielleicht gelang mir sogar ein Lächeln. Beatrice verschwand. Ich strich ihr erstauntes Gesicht. Damit war mein Gedächtnis wieder leer. Fast leer: zwei sechs null acht neun acht.

Meine Finger hatten ihre Position wieder eingenommen. Rechts oben sprang der Minutenzeiger von 50 auf 51, als sich die Türschnalle senkte. Auf »eins« öffnete sich der Türspalt. Auf »zwei« erkannte ich dunkle Herrenschuhe. »Drei« waren hellblaue Jeans. »Vier« – Rottöne verschwammen und wurden schwarz. Meine Augen tränten. Ich presste sie zu. Ich zog den Kopf ein. Mein linker Zeigefinger krümmte sich. Die verbliebene Kraft meines Körpers und meines Geistes brannte in der Fingerkuppe. Sie überwand alle Schwellen und Barrieren und drückte gegen den Hebel. Meine Zähne bissen mir die Schläfen aus dem Schädel. Dann endlich war der Finger durch. »Fünf« war ein dumpfer Knall und ein schwerer Niederschlag bei der Eingangstür. Das Echo war weit weg von mir. Weit, weit weg, in einem anderen Leben.

Zwei

Denken war wieder erlaubt. Ich dachte, sie würden sich jetzt gleich alle auf mich stürzen. Sie würden mich überwältigen, zu Boden reißen, auf den Rücken legen. Sie würden auf meinen Unterarmen knien und auf mich einschlagen, mit ihren äußeren Handflächen, einmal links, einmal rechts. Meinen Kopf hätte es von einer Seite auf die andere gebeutelt. Und auf meinen Wangen hätten sich blutige Kratzspuren ihrer Fingernägel gebildet. »Lasst ihn, er hat jetzt genug«, hätte irgendwann eine raue vernünftige Stimme im Hintergrund gerufen. Danach hätte ich das Bewusstsein verloren. Und in der Zelle wäre ich aufgewacht, dachte ich. Ja, ich hatte verdammt viele schlechte Kriminalfilme gesehen.

Ich erhob mich von meinem Sitz und streckte den Handschuh mit der Pistole von mir. Es sollte heißen: Ich ergebe mich. Ich wollte festgenommen werden, man hätte mich schlagen dürfen, es hätte wehtun müssen. Aber keiner sah mich, keiner interessierte sich für mich, keiner nahm Notiz von mir.

Der Schauplatz der Geschehnisse war etwa vier Meter von mir entfernt, vor der offenen Eingangstür. Alle Geräusche und Bewegungen fanden dort statt. Der mit der roten Jacke lag flach ausgestreckt auf dem Boden und rührte sich nicht. Bob und ein anderer beugten sich über ihn. Beatrice stand mit einem Wasserkrug daneben. Sie tat mir leid, sie hatte scheue Augen und musste das alles mit ansehen. Ich dachte an Delia. Ich überprüfte, ob es den Gedanken an sie noch gab. Es gab ihn. Wenn es möglich war, eine Sekunde lang trocken zu weinen, dann hatte ich soeben eine Sekunde lang trocken geweint.

Bob richtete sich auf und nahm eine hilflos-hysterische Haltung ein, wie man sie aus Kriminalfilmen kannte. Jetzt fehlte nur noch: »Wir brauchen einen Arzt. Ist jemand von Ihnen Arzt?« Dann wäre ein Sir mit Staubmantel hervorgetreten, hätte sich über das Opfer gebeugt, hätte (vergeblich) nach dem Puls gefühlt und den schlaffen Arm fallen lassen, hätte mit dem Ohr nach Herztönen gesucht, hätte mit den Fingern an den Augenlidern des Patienten herumgerührt, hätte sich vom Liegenden abgewandt, hätte sich aufgerichtet, hätte in die betretene Gruppe gestarrt und schwermütig verkündet: »Da ist nichts mehr zu machen. Der Mann ist tot.«

Mit der Waffe in der Hand kam ich mir irgendwie lächerlich vor und ließ sie fallen. Ich hörte sie nicht aufschlagen, sie hatte kein Gewicht mehr. Vielleicht klebte sie auch an mir fest. Jemand hatte inzwischen meinen halben Liter Blauen Zweigelt ausgetrunken. Ich, wer sonst. Zeit war verloren gegangen. Es war ein Uhr nachts. Bei der Tür lief der Katastrophenfilm seinem Ende zu. Zwei weiße Männer stürzten herein, hoben den mit der roten

Jacke auf eine Bahre und verschwanden. Bob's Coolclub atmete erstmals kurz durch. Die Hysterie verteilte sich gleichmäßig auf den Raum und nahm dadurch an Lautstärke ein wenig ab. »Die Lage normalisierte sich«, hätte es in den Nachrichten geheißen.

Niemand durfte das Lokal verlassen. Das war klar. Ich wollte die Sache verkürzen und endlich alles aufklären. Wie kamen die anderen dazu? Vielleicht machten sich Angehörige schon Sorgen um sie. Ich holte Luft, um die letzten Reste von Panik mit »Ich hab's getan« zu überschreien. Ich legte meine Hände über Kreuz, wie man es tut, um sich Handschellen anlegen zu lassen. Da machte ich eine grauenhafte Entdeckung: Ich sah Inspektor Tomek. Zu spät, er hatte mich bereits erkannt, eilte auf mich zu, legte mir den Arm um die Schulter, lachte grob auf und sagte: »Hätte ich wetten können, dass ihr wieder vor uns da seid.«

Für ihn gab es kein Du und Ich, immer nur »Wir« und »Ihr« – »wir Polizisten« und »ihr Journalisten«. Er hatte keine Ahnung, wie sehr er mich mit diesem Plural demütigte. Aber sonst war er ein feiner Mensch. Er kaufte seinen Töchtern zum Geburtstag Pferde und solche Sachen.

»Ist er tot?«, fragte ich. Tomek lächelte. Die Frage kam ihm naiv vor. Er dürfte erkannt haben, dass es mir nicht gut ging. Er sah mich mitleidig an. Er mochte mich. Ich war einer seiner Lieblingsjournalisten. Ich war von vielen einer der Lieblingsjournalisten. Ich stellte niemals lästige Fragen. Ich spürte nie wem nach. Ich nahm, was man mir gab, und ich schrieb, was ich fühlte. Ich war kein guter Journalist, denn ich war gar kein Journalist. Keiner hatte das je bemerkt.

»Habt ihr schon was rausgekriegt?«, fragte er. Ich erklärte ihm, dass ich privat hier sei, ich verwendete das Wort »zufällig«. Das war nicht vorgesehen. Ich schämte mich. Ich konnte Tomek die Wahrheit nicht zumuten. Ich hätte seinen Blick nicht überlebt.

Er erklärte mir, dass sie noch nicht viel wussten. (Das sagten sie immer, meistens stimmte es auch.) Den Toten kannte hier niemand. Ob »wir« ihn vielleicht kannten? Nein, wir kannten ihn nicht, stotterte ich. Es fiel nur ein einziger Schuss, erfuhr ich. Er drang aus kurzer Distanz durch den Rücken in die Herzkammer. »Durch den Rücken?«, fragte ich entsetzt. Tomek glaubte, ich fände das besonders perfide, so erklärte er sich meine Aufregung. Der mit der roten Jacke muss sich also umgedreht haben, dachte ich. »Wir glauben, er ist beim Eintreten ins Lokal von der Straße aus erschossen worden«, meinte Tomek. »Aber die Tür war doch schon zu«, protestierte ich. (Oder war sie offen?) Tomek lächelte und rührte väterlich an meiner Schulter. Er glaubte, ich stünde unter Schock. Er hatte Recht.

Beatrice brachte uns Kaffee und Wasser. Sie dachte, wir arbeiteten gemeinsam an dem Fall. Sie schlug einmal kurz die Augen zu mir auf. Ich wäre daraufhin gern mit ihr nach Brasilien ausgewandert. Sie vertraute mir. Das tat scheußlich weh. Zum Glück war ich kein depressiver Mensch. Im Hintergrund arbeitete die Spurensicherung. Die Gäste wurden abgegriffen. Sie mussten ihre Arme zur Seite strecken. Einige mussten sich ausziehen. Sie wurden sicherheitshalber wie Verbrecher behandelt. Alles wegen mir. Es waren zum Glück fast nur Männer im Raum. Und sie wirkten von weitem alle sehr cool. Das beruhigte mich ein bisschen.

Mich durchsuchte keiner. Ich gehörte zu Tomek dazu, dachten sie. Und für Tomek war ich hier der einzige Unverdächtige. Bob nahm mir gegenüber eine demütige Haltung ein. Er hatte Angst vor »Schlagzeilen«. Als Journalist galt ich automatisch als brutaler Zeilenschläger, der wirtschaftlich labile Lokale wie seines mit wenigen Worten zerschmettern konnte. Ich fühlte mich mies. Alles lief falsch.

Ich musste mich setzen. Meine Magensäure ätzte. Ich hatte dreißig Stunden nichts gegessen. Ich verspürte diesen schmerzhaften Hunger, der nicht mehr zu stillen war. Man hätte mir trockene Semmeln in den Mund stopfen müssen. Aber wer hätte mich zwingen können, sie zu schlucken? Das Wichtigste fiel mir gerade noch ein, ehe ich mit mir hätte geschehen lassen, was der Zufall wollte: die Waffe. Sie lag unter dem Tisch, ich schaufelte sie mit den Füßen unter meinen Sitz und hob sie auf. Mit »Hier ist die Tatwaffe« wollte ich mir eine letzte Chance auf ein sofortiges Geständnis einräumen. Aber die Worte blieben mir in der Kehle stecken. Die linke Hand war flinker und verschlagener. Sie ließ die Pistole in die Jackentasche gleiten.

Die Beinklötze trugen mich an Bob vorbei zum Ausgang. Von dem mit der roten Jacke war eine Kreideumrandung auf dem Holzboden übrig geblieben. In der Schule musste man von solchen geometrischen Figuren den Umfang und die Fläche ausrechnen. Ich machte das gern, ich war ein guter Schüler. »Er darf gehen, er ist Journalist«, rief Tomek seinen beiden uniformierten Türpfosten zu. »Schlaf dich aus, Jan«, sagte er zu mir. (Er hatte auf den Plural verzichtet, ich muss schreckliches Elend ausgesendet haben.) »Und komm morgen früh bitte ins Kommissariat, damit wir das Protokoll erledigen.« Er konnte nicht aufhören mir nachzurufen. »Vielleicht wissen wir dann schon mehr.« – »Viel Glück«, murmelte ich. Allein deswegen hätte man mich verhaften müssen.

In der Tür drehte ich mich noch einmal um. Ich starrte zu dem Platz, von dem aus ich geschossen hatte. Ich schoss im Geiste zurück. Dabei streifte mich Beatrices Blick. Brasilien, dachte ich. Aber wie viele Leben verlangte ich noch?

DREI

Draußen war ich gleichzeitig Treiber und Getriebener. Ich versteckte mich und fand mich in meinem Auto wieder. Es stand nicht mehr da wie vorher. Es war ein Fluchtauto geworden. Auf dem Rücksitz lag sinnlos die Tasche mit den Sachen für die Untersuchungshaftzelle, in der ich aufgrund der Verkettung widriger Umstände nicht gelandet war. »Verkettung widriger Umstände« war ein scheußlicher Begriff aus den Medien. Eine Zeitlang verwendete ich selbst solche Phrasen. Ich tat es, um mich über die leblose Sprache der Journalisten lustig zu machen. Ich machte mich dabei über mich selbst lustig. Keiner lachte. Die Leute fanden das normal. So widrig konnten die Umstände sich verketten.

Es hatte aufgehört zu regnen. Das bedeutete: Der Regen trommelte nicht mehr aufs Dach. Ich musste losfahren. Ich musste davonfahren. Ich musste mich einholen. Ich beschloss, die nächste Polizeiwachstube aufzusuchen und mich zu stellen. Ich fand keinen Parkplatz. Mir fehlte die Kraft, einen Parkplatz zu suchen, und mir fehlte die Courage, in zweiter Spur stehen zu bleiben. Also fuhr ich weiter. Ich hatte bereits mindestens zwei qualvolle Zustände mehr als Hunger. Meine Wirbelsäule presste mir die letzten Reste Verstand aus dem Kopf.

Ich hatte Sehnsucht nach meiner Sehnsucht nach Delia. Und ich kannte einen Weg dorthin. Mein Fluchtauto lenkte mich, ehe ich gegensteuern konnte, zu Alex. Ihre Wohnung kam mir von der Straße aus seltsam verlassen vor. Ich brauchte eine Weile, um mich daran zu erinnern, dass wir Alex' Leben mit Gregor am Ende meiner regulären Spielzeit gemeinsam aufgegeben hatten. Mein Fluchtauto mühte sich durch die Einbahnstraßen und fand schließlich das neue Haus. Ich drückte auf den Knopf der Fernsprechanlage, bis mir der Daumen wehtat. Endlich rauschte der Lautsprecher. »Wer ist da?« Das war ein Klageruf. Verständlich, es war etwa drei Uhr nachts. »Ich bin es, Jan«, hauchte ich. »Darf ich zu dir?« – »Was ist passiert?« Das klang schlimm. Alex' Verzweiflung schien ihren eigenen Lautsprecher zu haben.

Das Haustor schnappte auf. Die Treppen kamen mir entgegen. Oben war die Tür schon offen. Alex war eine Säule aus Ratlosigkeit und Müdigkeit. Sie stand da wie ein eingeknickter Kleiderständer unter einem laschen blauen Schlafmantel. Die kurzen blonden Haare zeigten in alle Richtungen. Die Augen waren halb zu, die Wangen zerknittert, die Lippen schmollten wie die eines aus dem Schlaf gerissenen Kindes. Ich musste sofort Sex mit ihr haben.

Ich fiel ihr in die Arme und presste ihren Körper fest an mich. »Was ist passiert, Jan?«, fragte sie ängstlich. Ich schloss ihren Mund mit meinem. Ich vergrub meine

Hände in ihren Frottee-Hüften und schob den Stoff zurück. Sie wehrte sich nicht. Sie stöhnte leise. Oder seufzte sie? So kannte sie mich nicht. Ich wusste nicht, ob sie wollte, was geschehen würde. Aber ich wusste, dass sie es gern für mich tat.

Wir stolperten über Kartons und Kisten in ein kahles Schlafzimmer. Sie half mir, das Bett anzusteuern. Sie ließ sich wie eine Rückenschwimmerin darauf fallen und schüttelte dabei ihren Mantel ab. Meine Hände gruben sich unter ihr T-Shirt und schoben es bis zum Hals. Ich saugte ihr die Hitze aus der Haut, Millimeter für Millimeter.

Ich nahm ihre Hände, führte sie hastig zu den Innenseiten meiner Oberschenkel und gab ihnen die Richtung an, in die sie sich bewegen sollten. Nach wenigen Sekunden war ich von meiner Kleidung befreit, lag nackt auf ihr, rieb mich zwischen ihren abgewinkelten Beinen, hob diese mit den Oberarmen an und schob sie hinter ihren Kopf zurück. Alex' Jan-Schreie hatten einen flehentlichen Unterton angenommen. Ich stützte mich mit den Armen von ihrem Oberkörper ab und stieß sie mit heftigen Bewegungen.

Was in mir die letzten Stunden überlebt hatte, schien sich aufzubäumen. Was noch nicht abgestorben war, schien sich zu sammeln und meinen Körper als geballte Ladung verlassen zu wollen. Ein stechender Gedanke an Delia war darunter. Konnte ich nie aufhören, bei ihr zu sein? Nahm ich sie auf jede Reise mit? Folgte sie mir sogar in meinen tiefsten Abgrund? Ich blickte Alex in ihre vor Lust zitternden Augen und schloss meine sofort. Der mit der roten Jacke betrat immer und immer wieder Bob's Coolclub. Ich hatte keine Chance, ihm diese Tür zu verriegeln.

Alex stöhnte dem Höhepunkt entgegen oder tat zumindest so. Ich zählte im Geiste unsere gemeinsamen Schreie. Eins. Zwei. Rottöne verschwammen und wurden schwarz. Drei. Vier. Ich presste meine Augen zu und öffnete die letzte Schleuse. Fünf. Die Befreiung. Die Entleerung. Das Elend war draußen. In mir war nichts mehr. Meine Arme knickten ein. Ich sackte nieder. Alex fing mich auf. Sie bettete meinen Kopf zwischen ihre Brüste. Sie streichelte meine Wangen. »Warum weinst du, Jan?«, fragte sie. – »Ich hab Hunger«, hörte ich mich noch sagen. Dann holte mich der Schlaf.

Als ich aufwachte, war alles anders und nichts besser. Ich spürte mich wieder, leider. Ich befand mich im freien Fall von der behaglichen Traumlosigkeit in die Realität und wartete vergeblich auf den Aufprall. Ich wusste, ich durfte nicht hier sein. Das war eine »Verkettung widrigster Umstände«. Zwei Radioboxen bestraften mich dafür mit Elton John. Von lindgrünen Jalousien gefiltertes Sonnenlicht bedeckte das Bett. Alex lag zum Glück nicht mehr neben mir. Wie hätte ich sie streicheln können? Es roch nach dem ersten Sonntagskaffee in einer voreilig zur Wohnung ernannten Baugrube und ich hörte aus der Tiefe eines Hohlraums Klappergeräusche von Holzpantoffeln. Neben dem Bett lag meine Jacke. Ich durchwühlte die Taschen, griff nach dem mit der Pistole gefüllten Handschuh, wusste endgültig, dass alles wahr war, und bohrte die Waffe tief in den Stoff, um sie vor mir zu verstecken. Ich presste die Augen zu und wiederholte: zwei sechs null acht neun acht.

Beim Eingang in den Raum, aus dem später einmal eine Küche werden sollte, lehnte Alex und bemühte sich vergeblich, nach »Sonntagmorgen und strahlendem Sonnenschein« zu lächeln. Hundert kummervolle Fragezeichen waren auf mich gerichtet. »Hast du zufällig eine trockene Semmel für mich?«, fragte ich. – Jetzt waren es hundertundeins kummervolle Fragezeichen.

»Hat es etwas mit Delia zu tun?«, fragte sie. »Nein«, sagte ich. »Ich habe jemanden umgebracht.« Nein – das sagte ich nicht. Ich wollte ihr den Sonntag nicht verderben. Ich sagte: »Ja. Delia. Sie ist in Paris. Sie hat mich angerufen. Sie will ihn heiraten. Den Schriftsteller. Du weißt schon. Diese französische Arschgeige. Heiraten und französische Arschgeigenkinder mit ihm kriegen.« Ich spielte harmlosen Zorn, ich ballte meine Fäuste. Zwanzig kummervolle Fragezeichen waren aus ihren Augen verschwunden. Blieben einundachtzig.

»Was war das für eine Sexattacke mitten in der Nacht, Jan? Was sollte das sein?«, fragte sie. »Alex, ich wünschte, ich könnte es dir erklären«, erwiderte ich wahrheitsgemäß. – Es war trotzdem keine gute Antwort. Nicht einmal ein halbes Fragezeichen verschwand aus ihren Augen. Wir waren einmal ineinander verliebt, Alex und ich. Lag viele Jahre zurück und dauerte zwei Sekunden.

Erst war sie eine Sekunde in mich verliebt. Dann ich eine in sie. Leider verfehlten sich unsere beiden Sekunden. Danach waren wir Freunde.

»Das passt nicht zu dir, das bist nicht du«, sagte sie. (Sie meinte den Sex, es klang wie eine Beleidigung, aber sie hatte Recht.) »Ich war so alleine und ich hatte auf einmal solche Lust auf dich«, sagte ich. Man konnte gut lügen, schlecht lügen und peinlich schlecht lügen. Ich log peinlich schlecht.

»Hat sich Gregor gemeldet?«, fragte ich. – Kein Fragezeichen verschwand. Sie merkte sofort, dass mich das im Augenblick überhaupt nicht interessierte. »Er hat sich nicht gemeldet«, sagte sie und rieb sich mit dem Knöchel die Wange, als würde sie über eine längst getrocknete Träne noch einmal drüberwischen. (Vermutlich hatte er sich gemeldet. Sie liebte ihn. Arschlöcher werden immer geliebt. Meistens von den besten Frauen.)

»Willst du mir nicht sagen, was los ist?«, fragte sie später noch einmal. Ich hatte drei alte Semmeln gegessen und eine Kanne Schwarztee mit Pfirsichgeschmack getrunken und fühlte mich etwas besser. »Meine liebe Alex«, sagte ich und das klang nach einer Grundsatz- bis Abschlusserklärung, »ich hatte einfach eine hundsmiserable Nacht und du hast mich aufgefangen …« – »Und das vergisst du mir nie«, spöttelte sie. Ich streichelte ihr Gesicht und legte ihr den Finger auf den Mund, wie in einem relativ schlechten Liebesfilm. In einem ganz schlechten hätte ich noch »Pssst« geflüstert.

Als ich sie verließ, hatte sich der Morgenschleier ihrer

Augen bereits gehoben. Die einundachtzig Fragezeichen waren jetzt stechend scharf auf mich gerichtet. Zum Glück werde ich nicht dabei sein, wenn sie es erfährt, dachte ich. Das würde ich nicht überleben.

Vier

Ich hätte nicht gedacht, dass es Täter wirklich zum Tatort zurückzieht. Jedenfalls parkte ich mein Fluchtauto zu Mittag gegenüber von Bob's Coolclub, starrte durch das Seitenfenster auf das geschlossene Lokal, das tatsächlich aussah, als wäre dort erst vor wenigen Stunden jemand ermordet worden, und wartete auf irgendein Ereignis, das mich von meinem lähmenden Zustand befreien und mir die Handschellen anlegen konnte.

Etwa eine halbe Stunde später trat dieses Ereignis ein, und zwar ruckartig durch die Beifahrertür. Ich ergab mich sofort – vielleicht ein bisschen zu früh. Mona Midlansky von der »Abendpost« nahm unaufgefordert, wie es ihre Art war, neben mir Platz. »Hey, Jan, ich wollte dich nicht erschrecken«, log sie. »Zu spät«, sagte ich und legte meine Hand aufs Herz, wie ein schlechter Schauspieler, der einen Infarkt mimte. Dabei war ich ein guter Schauspieler: Ich hatte tatsächlich einen Infarkt, tat aber so, als mimte ich nur einen.

»Was machst du hier?«, fragte ich hastig, um Midlanskys »Was machst du hier?« den Weg abzuschneiden. – »Ich recherchiere den Schwulenmord im Coolclub«, sagte sie ungeschminkt, wie man im Boulevard rund um die Uhr sein musste, um als Polizeireporterin bestehen zu können. »Und da bin ich bei dir ja goldrichtig«, fügte sie an und klopfte mir derb auf die Schulter. »Ich weiß nämlich, dass du es warst.« Nein, das sagte sie nicht. Wäre mir übrigens egal gewesen. Mir war im Moment alles egal. Ich steckte bei dem Wort »Schwulenmord« fest. Mein Magen erinnerte mich an die Zeit vor den drei Semmeln bei Alex.

»Schwulenmord?«, fragte ich. »Inspektor Tomek meint, dass es möglicherweise ein Mord im Schwulenmilieu war«, erwiderte Midlansky. »Oder weißt du Genaueres? Du warst ja dabei. Tomek sagt, du bist im Lokal gesessen. Weißt du, wer's war? Hast du's schon rausgekriegt? Ein Bier, wenn du mir einen Tipp gibst.« Sie machte eine taktische Pause. »Okay – drei Bier.« Zu anderen sagte sie angeblich gern: »Drei Bier und einmal auf die Brust greifen«, hieß es. Vor mir hatte sie etwas mehr Respekt. Natürlich ließ sie sich niemals von einem Kollegen auf die Brust greifen. Aber so ging das Spiel, und es gefiel ihnen. Es wertete ihre miesen Jobs auf. Jedes kleinste Rechercheergebnis war für sie, als würden sie Mona Midlansky auf die Brust greifen. Vermutlich deshalb recherchierten sie Tag und Nacht.

Ich erklärte ihr, dass ich von dem Mord nichts mitbekommen hätte, dass ich mit dem Fall journalistisch gar nicht befasst sei, dass ich nur aus persönlichem Interesse nochmals hierhergekommen sei. »Es ist ein eigenartiges Gefühl, wenn man so etwas selbst erlebt, ich meine, wenn man unmittelbar danebensitzt und es wird jemand umgebracht«, sagte ich. Sie warf mir einen mitleidigen Blick zu. Sie hielt mich für weich und weltfremd. Sie spürte wohl auch, dass ich keiner von ihnen war. Aber sie erwies mir die Ehre des Berufsstandes und sagte: »Wenn du was erfährst, ruf mich doch in der Redaktion an, das wäre supertoll, die drei Bier stehen, tschüssi.«

Als die Tür zugeknallt war, startete ich sofort und fuhr ins Wachzimmer Traubergasse. Dort kannte ich niemanden. Ich musste endlich mein Geständnis ablegen. Das Leben in dieser entarteten Freiheit mit den Gesichtern von früher, die mich ansahen wie früher, war keine Minute länger auszuhalten. Die Stube roch nach Polizei um ein Uhr mittags an einem sonnigen Sonntag im Oktober. Der Beamte war zwar in Uniform, schien aber nicht im Dienst zu sein. Er hielt eine gelbe Kaffeetasse mit roten Marienkäfern in der Hand. Vor ihm lag ein geöffnetes Comicheft. Polizisten waren im Grunde Kinder, die nicht aufhören konnten, Polizei zu spielen.

Er blickte zu mir auf, als hätte ich soeben meinen größten Fehler begangen (um ein Uhr mittags an einem sonnigen Sonntag im Oktober eingetreten zu sein). »Ich habe jemanden umgebracht«, sagte ich. Kein Wort davon blieb mir in der Kehle stecken. Er nickte verständnisvoll und bot mir einen Platz an. Er stellte seine Tasse ab, klappte das Heft zu (»Asterix bei den Römern«) und fragte übertrieben leise: »Können Sie sich ausweisen?« – Ich griff in die Jackeninnentasche, zog den gefüllten Handschuh heraus, legte das Knäuel auf den Tisch und sagte: »Das ist die Tatwaffe.« Er schob das Ding mit dem Ellbogen zur Seite und verlangte stur einen Ausweis. Er ähnelte Mike Hammer – nach zwanzig Jahren Innendienst ohne Vorfälle. Er glaubte wohl bereits fest an das Harmlose im Menschen.

Meine größte Stärke und Schwäche war es, Erwartungen zu erfüllen. Ich zeigte ihm den Journalistenausweis, einen besseren hatte ich nicht bei mir. Er schmunzelte, brach das Schmunzeln aber sofort wieder ab und verlas: »Jan Haigerer von der Kulturwelt.« Es klang wie eine überfällige Entwarnung, als glaubte er, auf alle im Raum stehenden Fragen die logische Antwort gefunden zu haben. Ich bemühte mich, laut und eindringlich zu reden: »Der Mord gestern Nacht – das war ich. Ich hab den Mann in Bob's Coolclub erschossen. Und zwar mit dieser Waffe!« – Ich deutete auf den Handschuh. Der Beamte schien erstmals Notiz davon zu nehmen. Er war verwirrt. Er konnte die vier Dinge nicht in Zusammenhang bringen: meine Erscheinung, meine Pistole, meine Identität und meine Worte.

Immerhin durfte ich bleiben. Ich saß lange dort und beobachtete ihn bei seinen geheimnisvollen Funksprüchen hinter vorgehaltener Hand, wie er mich dabei beobachtete, wie er sich bemühte, misstrauisch zu sein, wie er mir gleich darauf vertraulich zulächelte. Dazwischen machten wir Protokoll, das heißt: Er schrieb, ich sprach. Keine Ahnung, was ich ihm alles erzählte. Es konnte nicht sehr wichtig gewesen sein. (Mein Leben war nicht sehr wichtig gewesen.) Es strengte mich nicht an, ich musste mich nicht darauf konzentrieren. Ich konnte an Delia denken, ich durfte sie sogar küssen, obwohl wir schon vier Jahre getrennt voneinander lebten – die eine besser, der andere schlechter. Ich wünschte, sie würde mich dafür wieder lieben. Dafür, dass ich hier gelandet war.

Irgendwann kamen zwei Kollegen dazu. Sie rochen nach Bereitschaftsdienst an einem sonnigen Sonntag im Oktober. Der Geruch war intensiv, das Wirtshaus musste gleich um die Ecke sein. Einer kümmerte sich um die Waffe. Er studierte sie, ohne sie zu berühren. Dann wurde sie umständlich verpackt, wie man das oft in schlechten Kriminalfilmen sah. Der andere erzählte mir, dass er die »Kulturwelt« abonniert habe, dass das eine sehr gute, seriöse Zeitung sei. Ich bedankte mich, obwohl es nicht stimmte. Es gab keine seriösen Zeitungen. Es gab auch keine schwarzen Schimmel.

Am späten Nachmittag brachten sie mich ins Hauptkommissariat. Dort empfing mich der Amtsarzt wie einen Ehrengast. Er stellte seine Diagnose gleich bei der Begrüßung: »Dem Herrn von der Zeitung ist das Verbrechen gestern Nacht anscheinend sehr nahegegangen.« Ich versuchte mich zu wehren. Aber er war der Arzt. Er nahm mir Blut ab, roch meinen Atem (da hätte er mit den Polizisten mehr Freude gehabt) und vertiefte sich in meine Augen, um etwas Irres zu erkennen. »Man möchte das nicht für wahr halten, aber es gibt in dieser Welt noch Ereignisse, die einem nahegehen«, hauchte er mir in die Nase. (Er hatte Mundgeruch, wie alle Ärzte.) Ich nickte, weil ich gut erzogen war. Dafür bekam ich Tee und Sandwiches mit Schinken und Tomaten. Ich aß sie gegen die Übelkeit. Dabei wurde mir schlecht. Mir graute vor mir und den Menschen, die sich jetzt mit mir beschäftigen mussten.

Ich dürfte dann auf der Couch eingeschlafen sein. Wahrscheinlich hatte mir der Amtsarzt eine Injektion gegen Ereignisse, die einem zu nahe gehen, verpasst. Als ich aufwachte, saß Inspektor Tomek wie ein großer Bruder neben mir. Gerade, dass er nicht mein Händchen hielt. »Ihr seid mir welche!«, sagte er und lachte laut auf. »Einmal erlebt ihr, was für uns Alltag ist, und schon gehen euch die Nerven durch.« Ich schloss die Augen, um mich aus dieser grauenvollen Szene auszublenden. Vergeblich. »Kopf hoch, Jan, wir haben schon eine heiße Spur«, tröstete er. »Sehr heiß, brandheiß sozusagen.« Das gefiel ihm, er lachte. »Morgen habt ihr's groß in euren Zeitungen.« Er hörte nicht auf, mich zu quälen. »Der Tote war heiß wie eine Herdplatte. Und drei seiner wärmsten Freunde haben kein sehr gutes Alibi.«

Er klopfte auf die Bettkante, um das Gespräch für beendet zu erklären. »Darf ich hierbleiben?«, fragte ich. Es klang wie ein Gewinsel. Ich genierte mich dafür. »Klar, Jan, schlaf dich aus, du hast dich übernommen. Burnout-Syndrom nennt ihr das, nicht wahr?« Tomek machte sich zum Gehen bereit. »Eines noch.« Er drehte sich um und warf mir einen bemüht strengen Blick zu. »Hast du eigentlich einen Waffenschein?« – »Hab ich nicht«, sagte ich. Er hob den Zeigefinger und schaukelte ihn einige Male nach links und nach rechts.

FÜNF

Gegen Mitternacht wachte ich auf. »Schweißgebadet« hätte man dazu in neunzig von hundert Kriminalbüchern gelesen. Ich hatte geträumt, wovon ich träumte, seit ich Böses träumen konnte – dass ich jemanden umgebracht und die Leiche im Keller versteckt hatte. Nach dem Aufwachen ging es mir deshalb nur unmerklich schlechter. Ich fand mich im verlassenen Arbeitszimmer des polizeilichen Amtsarztes, wo sich die Gerüche von Waffenöl und Arzneien mischten. Hier wurden Verbrecher notversorgt, bei denen es die Beamten mit der Sühne zu gut gemeint hatten. Es waren auch immer wieder harmlose Provokateure darunter, die der Polizei geholfen hatten, Aggressionen abzubauen. Darüber hatte ich oft geschrieben.

Mein klarster Gedanke war der, dass ich noch nicht in Haft war, dass man mich in Gewahrsam zwar geduldet, aber nicht genommen hatte. Ich hatte hier also nichts zu suchen. Ich durfte fort, und da ich es durfte, musste ich es plötzlich sofort. Im Büroraum des Kommissariats brannte Licht. Ein Radio gab üble Klänge von sich, Rod Stewart wurde gecovert, das war, als würde man ein

Begräbnis wegen guten Erfolgs wiederholen. Zwei nachstarre Beamte gingen keiner Beschäftigung nach. »Ausgeschlafen?«, warf mir der eine zu. »Ja, danke«, sagte ich. Ich hatte die Angewohnheit, mich für blöde Fragen zu bedanken. »Angenehmen Dienst«, wünschte ich, weil es auch schon egal war. Ein anderer schaute auf die Uhr und machte sich eine Notiz. Als ich die Wachstube verließ, arbeitete keine zurückgelassene Gehirnzelle.

Mein Fluchtauto holte mich ab. Wir fuhren die Straße weiter und hofften, dass uns ein Ziel empfing. Unter dem Rücksitz mussten noch meine Wohnungsschlüssel liegen. Ich hatte einmal eine Wohnung. Das war vor weniger als hundert Stunden. Zwei sechs null acht neun acht, wiederholte ich.

Hätte Delia auf mich gewartet, wäre ich nach Hause gefahren. Nein, ich wäre gar nicht außer Haus gegangen. Ich hätte sie nicht warten lassen. Sie hätte auch nicht gewartet, sie hatte nie gewartet. Wir bogen ab und suchten nach Menschen für unser zweites Leben. Wir wollten uns anlehnen, anschmiegen, einparken, ausweinen.

Mich trieb es in Bob's Coolclub, mein Auto blieb draußen und gab mir Feuerschutz. Das Lokal dampfte und roch wie ein Aschenbecher mit schlecht ausgedrückten Zigaretten. Bob erschrak, als er mich sah. Er glaubte, es würde gleich wieder einen Toten bei ihm geben: diesmal mich. Ich umarmte die Theke und bat um einen halben Liter Blauen Zweigelt. »Keine Spur?«, fragte mich Bob, als führte ich die Ermittlungen. »Keine Spur«, sagte ich. Das beruhigte ihn. Jetzt glaubte er zu wissen, warum es mir so schlecht ging. »Der Tote war eine Edelschwuchtel«, sagte er. Ich hörte nicht hin. »Das war ein Eifersuchtsdrama, sag ich dir.« Der Wein ätzte in meiner Kehle. »Die Schwulen verkraften so was nicht.« – »Ich bin kaputt, ich werde mich an einen Tisch setzen«, sagte ich. »Krieg ich noch einen halben Zweigelt, Bob?«

Der Mördertisch im Finsteren war frei. Ich hatte bereits genug Promille, um ihn anzusteuern und mich auf den Mördersitz fallen zu lassen. Ich stützte meinen Hinterkopf an die Wand, starrte zum Ausgang, stellte mir den mit der roten Jacke vor und weichte mit Alkohol nach und nach die Konturen auf. Irgendwann geriet Beatrice in mein Blickfeld. Ab da gingen meine Augen mit ihr mit, von einem Tisch zum nächsten, räumten Gläser ab, wechselten Aschenbecher aus, brachten neue Kerzen.

Bald fühlte sie sich beobachtet und kam zu mir, weil sie spürte, dass ich einen Wunsch hatte. Ich fragte sie, ob ich meine Wange auf ihren Bauch mit dem kleinen Silberring legen durfte, um mich einige Sekunden mit ihr jung und nabelfrei zu fühlen. Nein, ich fragte sie, ob ich noch eine Karaffe Rotwein bekommen konnte, obwohl ich natürlich wusste, dass eigentlich schon Sperrstunde war. Sie brachte mir eine. Ich fragte sie, ob sie ein Glas mit mir trinken wolle. Sie wollte. Oder sie tat es zumindest.

Wir unterhielten uns, so gut es ging, ohne dass ich reden musste. Sie war Studentin. Ihr Gesicht war nur einige Millimeter von meinem entfernt. Ich war schon sehr betrunken. Betriebswirtschaft, aber sie wollte auf Psychologie wechseln, das sei interessanter. Ich berührte ihren

Unterarm. Sie ertrug es töchterlich. »Sie sollten nichts mehr trinken«, sagte sie, als ich mir nachschenkte und das Glas in einem Zug leerte. »War der Tote ein Freund von Ihnen?«, fragte sie. »Bitte nicht«, hörte ich mich lallen.

Dann entstanden zwei Alkoholpausen, eine zum Trinken und eine, in der das Gehirn aussetzte. Meine Stirn kippte auf ihr Schlüsselbein. Meine Wange berührte ihren Hals. Gehörte das Schluchzen zu mir? »Es wird schon wieder«, sagte sie. Der Coolclub begann sich zu drehen und versank in der Dunkelheit. Einmal, viel später, öffnete ich die Augen. Jemand hatte die Musik abgedreht, keiner war mehr da und die Stühle standen auf den Tischen.

Noch ein Zeitsprung, dann weckte mich ihre Stimme. »Nach Brasilien?«, fragte Beatrice. Es roch nach Sibirien. Wir waren im Freien. Sie stützte mich. »Nach Brasilien?« Sie lachte. Ich umarmte sie. Ich küsste sie. Oder träumte ich das bereits?

Meine Knochen erstreckten sich über eine ockergelbe Couch. Auf einem kleinen Glastisch stand ein Krug Wasser. Entweder für Blumen oder für mich. Für mich. Mein Elend machte Überstunden. Diesmal hatte ich eine junge Kellnerin mit hineingezogen in meinen Strudel. »Von den Toten auferstanden?«, fragte sie aus einem Nebenzimmer. Sie hatte eine süße Stimme. »Süß« war ein Wort, das man nur denken und nie sagen durfte, weil es von den Süßen immer falsch verstanden wurde, so, als würde man sie nicht ernst nehmen. Ich nahm Beatrice mit ihrer süßen Stimme ernster als mich.

Ich befand mich offensichtlich in ihrer Wohnung. Das war nicht geplant. Keine Ahnung, wie ich hierhergekommen war. Und unter welchen Umständen. Und was davor war. Und was danach. So etwas konnte jedem passieren. Jedem, nur nicht mir. »Das ist mir fürchterlich unangenehm«, krächzte ich. Dabei sprangen unter höllischen Schmerzen die letzten Teile Kopf von meinem starren Rumpf. »Saufen Sie immer so viel?«, fragte sie mich. Sie stand jetzt irgendwie über mir im Raum.

»Ich wollte nicht aufdringlich sein«, beschwor ich. »Sie waren nicht aufdringlich, Sie waren bewusstlos«, erwiderte sie. Sie saß gegenüber auf dem Sofa, klemmte einen Fuß unter dem Bein ein und richtete das spitze Knie vorwurfsvoll auf mich. Ich sammelte die Überreste meines Körpers und hob sie in eine Kauerstellung. »Ich konnte Sie um vier Uhr früh nicht gut auf der Straße liegen lassen«, sagte sie. Ich wusste nicht, wie ich mein trunkenes Benehmen entschuldigen sollte, und genau das sagte ich ihr so oft, bis sie es nicht mehr hören wollte.

»Wissen Sie noch, was Sie mir erzählt haben?«, fragte sie. Ihre Stimme klang jetzt nur noch halbsüß. Sie warf mir einen misstrauisch prüfenden Blick zu, der nicht zu ihrer Unbeschwertheit passte. »Ich weiß es nicht mehr«, sagte ich abwehrend. Es sollte heißen: »Ich will es nicht wissen.« – »Es ging um den Mord«, sagte sie halbtrocken. Ihre Augen blinzelten mich scharf an, als würden sie Schnappschüsse von mir machen. »Um den Mord?«, fragte ich. Es war ein Kräftemessen. Ich hatte es schon fast verloren. »Um den mit der roten Jacke«, sagte sie bitter. Das waren meine Worte, sie hatten in ihrem Mund nichts zu suchen. Mir graute vor jedem Gedanken daran. »Haben Sie eine Kopfwehtablette?«, fragte ich. Es sollte heißen: »Ich ergebe mich.« Sie war eine gute, bescheidene Siegerin und sagte: »Klar, ich bring Ihnen eine.« – Ich bat um zwei.

Die Menschen hatten Erbarmen mit mir. Ich durfte mich bei Beatrice, nach all dem, was vorgefallen sein musste, duschen. Sie legte mir frische Unterwäsche vor die Badezimmertür. Ich fragte nicht, wem sie gehörte. Er war wahrscheinlich zwanzig Jahre jünger als ich – und konnte sicher sehr gut surfen, skaten, snowboarden und solche Sachen.

»Und was werden Sie jetzt machen?«, fragte sie mich beiläufig. Es gab Kaffee, er durchspülte meine Gehirnfragmente und hauchte mir Geist ein. »Brasilien?«, fragte sie. Sie lachte. Ihre Stimme war wieder süß, sehr süß. Gern hätte ich gesagt: »Ja, Brasilien – fährst du mit?« Die Chancen wären zwei zu achtundneunzig gestanden, dass sie »Ja, warum nicht?« geantwortet hätte. In Kriminalbüchern setzten sich junge, unbekümmerte Frauen wie Beatrice oft mit fremden Mördern ins Ausland ab. Ich sagte: »Ich werde nach Hause gehen und mich hinlegen.« – »Gute Idee«, erwiderte sie bittersüß. Die Chancen wären fünfzig zu fünfzig gestanden, dass sie mir wenigstens angeboten hätte, noch ein paar Stunden bei ihr zu bleiben. Schade.

Ich bedankte mich für die nächtliche Rettungsaktion

und gab ihr gespielt flüchtige Küsse auf die Wangen. Sie drückte fest die Augen zu und knautschte ihre Nase. Es sollte heißen: Sie wünschte mir viel Glück. Dann wollte ich es doch noch wissen: »Warum haben Sie eigentlich nicht die Polizei verständigt?« – »Die Polizei?«, fragte sie. Das war schon die Antwort.

Mein Auto stand drei Ecken weiter. Draußen ließ der Nebel einen sinnlosen Oktobermontag vom Herbst in den Abgrund kippen. Die Kollegen von der »Kulturwelt« saßen jetzt im Büro. Dort quetschten sie diesen modrigen Tag aus und zerhackten ihn, bis nur noch Schlagzeilen übrig waren. Ich hatte mir diese Woche freigenommen. Eigens dafür: frei. Ich wunderte mich über meine Kühnheit. Nun aber gab es keinen Aufschub mehr. Ich fuhr nach Hause.

Der Wohnungsschlüssel sperrte die Tür zur Vergangenheit wieder auf, zu einem Dutzend brachgelegener, von der Bedeutungslosigkeit geknechteter Lebensjahre. Auf dem Boden lag frischer Papiermüll, der Bauchfleisch zum Bestpreis anbot. Von der Garderobe baumelten die Ärmel meines ausgedienten schwarzen Sakkos. Es sehnte sich nach starken Schultern und harten Ellbogen. Neben dem Küchenfenster stand meine tapfere Zimmerlinde, die Einzige, die hier noch lebte. Sie hatte ihre Blätter hängen lassen, um mir ein schlechtes Gewissen zu machen. Ich gab ihr Wasser für drei Tage. Danach würde sie für sich selbst sorgen müssen. Die Zeiten waren härter geworden. Ich schlich mich an der stillgelegten Wanduhr vorbei ins Schlafzimmer, ließ mich auf mein Bett fallen und versteckte mein Gesicht unter dem Kopfkissen. Daneben lag das Telefon und hielt eine Art Totenwache.

Der Anruf, auf den ich wartete, kam am späten Abend: »Hier Inspektor Tomek.« Seine Stimme war ernst und zittrig, wie ich es gewünscht hatte. »Jan, du musst dringend zu uns ins Kommissariat kommen. Wir haben ein paar wichtige Fragen an dich. Du bist uns eine Erklärung schuldig. Es geht um …« – »Ich komme sofort«, unterbrach ich. Es gab weder Zeit zu verlieren noch zu gewinnen. Der Zimmerlinde warf ich einen letzten Blick zu. Das Bauchfleisch zerdrückte ich mit den Schuhsohlen. Den Schlüssel ließ ich innen stecken und warf die Tür hinter mir zu.

Tomek begrüßte mich knapp. Er war rot im Gesicht. Nein, kein Zorn. Verlegenheit. Sie war ansteckend. Ich schämte mich für uns beide. Zwei abkommandierte Polizisten, die ich vom Sehen kannte, mussten ihm helfen, die richtigen Worte zu finden. Man teilte mir mit, dass nun die Ergebnisse der routinemäßigen Untersuchung der Pistole vorlagen. »Dabei haben wir leider feststellen müssen …« Tomek schabte mit den Fingerkuppen auf seinem Oberlippenbart. »Es ist die Tatwaffe«, sagte der Größere. »Mit hoher Wahrscheinlichkeit«, ergänzte Tomek. Er stotterte. »Wir werden das natürlich alles noch einmal prüfen.« Er machte Zischgeräusche, als hätte er sich die Zunge verbrannt.

»Wir haben auch die Fingerabdrücke genommen«,

sagte der kleine Dicke. Alle drei warfen sich ängstliche Blicke zu. Vermutlich machten sie einen Auszählreim, wer mir die nächste Nachricht zu überbringen hatte. Es traf den Großen. »Wir haben nur Fingerabdrücke von Ihnen gefunden.« – »Das hat natürlich überhaupt nichts zu sagen, Jan«, beeilte sich Tomek. Ich entzog ihm meine Schulter für seine Hand.

»Kann ich ein Glas Wasser haben?«, fragte ich. Alle drei schickten sich übereifrig an, mir eines zu bringen. Der kleine Dicke war der Schnellste. »Woher hast du die Waffe, Jan?«, fragte mich Tomek. Er bat mich, diesmal nicht mit »eurer journalistischen Verschwiegenheitspflicht« daherzukommen. Ich musste bitte alles sagen, was ich wusste. Es ging hier um Mord, und wer da was geheim hielt, machte sich mitschuldig. »Also, wo hast du sie gefunden, Jan?« Ich hätte sie nicht gefunden, ich hätte sie die ganze Zeit über bei mir gehabt, in diesem Handschuh, sagte ich. Und dieser Handschuh befand sich in der Jacke. Verdammt, es war meine Jacke, mein Handschuh, meine Waffe, mein Mord. »Mein Mord« sagte ich nicht. Das musste ich nicht sagen. Das war klar. Dachte ich.

»Wie ihr wollt«, sagte Tomek. Er meinte uns Journalisten. Er war zornig. Er glaubte an ein gemeines Spiel, eine mediale Inszenierung, eine böse Polizistenfalle. Er sah sich wahrscheinlich schon vor seinem Präsidenten stehen, und dieser klatschte mit den Fingern auf Zeitungspapier und fragte: »Inspektor Tomek, was muss ich hier lesen?«

Im Präsidium fiel nur noch ein Satz. »Tut mir leid, Jan, dann werden wir dich eben hierbehalten müssen«, sagte Tomek. Dann fiel die Tür zu. Die beiden anderen blieben, aber sie taten nichts. Sie wussten mit mir nichts anzufangen.

Sechs

Drei Tage brauchte ich, dann hatte ich sie so weit, dann wurde die Untersuchungshaft über mich verhängt. Die drei Tage und die zwei darin eingebetteten schlaflosen Nächte bei der Polizei wären ein eigener Roman gewesen. Als ich noch Cheflektor beim Erfos-Verlag war, schmerzten mich Textstellen über Polizeiverhöre, wann immer ich auf solche stieß. Die Literatur war verseucht mit Klischees aus billigen Kriminalfilmen. Für die Autoren gab es nur gute oder böse Polizisten, Helden oder Schweine, psychologische Genies oder brutale Schwachköpfe.

Die gehobene Literatur war sich zu feinsinnig, um in gemeine Wachstuben hineinzuhorchen und auf Zwischentöne zu achten. Von der Polizei erwartete man sich keine Zwischentöne, da gab es nur O-Ton und Schweigen. Welcher Autor wusste schon, wovon er schrieb, wenn er versuchte, Anspannung und Langeweile von Polizisten bei Einvernahmen zu beschreiben? Wer von ihnen saß als Mordverdächtiger sechsunddreißig Stunden mit drei von ihnen an einem Tisch?

In den Manuskripten der Erfos-Autoren arbeiteten Polizisten stets mit Tricks, setzten Schikanen ein, prügelten

Geständnisse heraus, waren Statisten, Sadisten oder Vollstrecker. Alle Mittel waren ihnen recht, um die tragischen Romanfiguren, mit denen sich die Schreiber identifizierten, über ihre Abgründe stürzen zu lassen. Das Lesepublikum war gezwungen, immer auf Seiten der Stürzenden zu sein. Mit ihnen bewegte sich die Handlung, landete sanft oder schlug am Ende hart auf. Die Polizei blieb davon unberührt. Kein Schreiber kannte sie, keiner wollte mit ihr etwas zu tun haben, keiner wollte von ihr etwas wissen.

Für mich waren es drei Tage und zwei Nächte, die mich wahrscheinlich weiter brachten als die drei Jahre mit all ihren Nächten davor. Weiter nach unten natürlich. Weiter auf den Boden. Weiter zu mir selbst. Wir vier sind tragischerweise so etwas Ähnliches wie Freunde geworden. Einer von uns hatte eine schreckliche Tat begangen. Er hatte jemanden umgebracht. Die Freunde – sie trugen allesamt Uniform – konnten es nicht glauben. Und als sie es glauben mussten, wollten sie es nicht glauben.

Hunderte Male fragten sie mich, warum. Zum Schluss klang es beinahe schon nach: Warum hast du uns das angetan? Da fühlten sie sich bereits wie Tatbeteiligte. Ich brachte es nicht fertig, sie zu belügen. Freunde belog man nicht. Also schwieg ich. Mein Schweigen bestärkte sie in der Hoffnung, dass es am Ende doch nicht wahr war. Schon deshalb brauchten wir drei Tage.

Die meiste Zeit redeten wir über andere Dinge, über uns. Lohmann, der leitende Beamte, war ein paar Jahre älter als ich. Er war schon ein bisschen müde, seine Ziele mutierten bereits zu Illusionen, die er selbstironisch belächelte. Die Kapverdischen Inseln umsegeln, das wäre es für ihn gewesen. Oder mit dem Motorrad quer durch Australien, und auf dem Rücksitz saß die Frau, die erst erfunden werden musste, und presste sich fest an seinen Rücken und schlang ihre Hände um seinen Bauch, der freilich zehn Kilo leichter und nicht mehr prall nach außen gewölbt war.

Immerhin: Lohmanns erste und letzte Ehe war intakt. Er hatte Frau und zwei Kinder. Nein, seine Frau hatte zwei Kinder und er hatte einen öden Beruf, hinter dem er sich mit seiner Einsamkeit verbarrikadierte. Aber das Reihenhaus hielt sie zusammen. Der Kreditrahmen ließ keine Sprengung von innen zu. Und im kleinen Garten hatte man in diesem Jahr die ersten Kirschtomaten geerntet, fünf Stück. Im nächsten Jahr sollten es dreimal so viele sein. Lohmann hatte doch noch Ziele.

Die beiden anderen waren jünger. Rebitz, der Verwegene, litt unter einer Verwechslung des Schicksals, welches Tom Cruise zu Tom Cruise gemacht hatte und ihn Gruppeninspektor Ludwig Rebitz werden ließ statt umgekehrt. Rebitz konnte achtunddreißig verschiedene Longdrinks mixen, und wenn er davon erzählte, ging in Miami Beach, wo er bestimmt irgendwann einmal eine Strandbar eröffnen würde, die Sonne auf.

In der zweiten Nacht redeten wir über Frauen. Da zeigte er uns Fotos von seiner Nicole, die eine Mannequinschule besuchte. Wir durften die Bilder nicht durcheinanderbringen, sie waren geordnet. Nicole rückte von Bild zu Bild näher an den Beschauer heran, wir sahen immer mehr Details ihres schönen Körpers. Die letzte Aufnahme zeigte sie groß im Bikini. Ihr Blick war verrucht. Mit dem Fotografen, den sie so ansah, wollte sie wahrscheinlich gerade Sex haben, zumindest tat sie ihm den Gefallen und erweckte diesen Anschein. »Hab ich erst vor wenigen Wochen aufgenommen«, sagte Rebitz.

Lohmann pfiff durch die Zähne. Ich steuerte ein passend banales »Donnerwetter« bei. Rebitz gingen dabei drei Sonnen Floridas gleichzeitig auf.

Brandtner war der Jüngste und Ruhigste. Er war Bassist und Songschreiber der Gruppe »Ultimo«, der angeblich besten Polizei-Bluesband der Stadt. Ich hätte nicht gedacht, dass es mehrere gab. Brandtner hatte ein Verhältnis mit Suzi vom Kommissariat 13, der Leadsängerin von »Ultimo«. Das heißt: Er wünschte sich ein Verhältnis, also hatte er schon eines, nur sie hatte noch keines mit ihm.

Bei der Verabschiedung schenkte ich ihm einen Songtext für ein Liebeslied. Ich kannte ihn auswendig und schrieb ihn auf die Rückseite eines Protokollformulars. Der Text handelte von einem Mann, der eine Frau mehr liebte als sich selbst und der dumm genug war, ihr das zu sagen, aber sie war zum Glück verliebt genug, um es als schönste aller schönen Liebeserklärungen aufzufassen, kurzum, die Geschichte ging gut aus. Ich hatte den Text für Delia geschrieben, aber nicht mehr vertont. Damals war uns Jean Legat, der Schriftsteller, dazwischengekommen. Delia hatte sich ein Verhältnis mit ihm gewünscht, also hatte sie bereits eines gehabt. Ab da konnte ich mir meine Lieder, die von uns erzählten und immer gut ausgingen, sparen. Brandtner freute sich über das Geschenk. Er plagte sich nämlich mit den Texten, gestand er mir, seine Stärke waren eher die Melodien.

Dann musste ich von mir erzählen. Das war das Schwierigste, das war beruflich, deshalb saßen wir eigentlich hier. Ich merkte die Anspannung der drei. Sie suchten in jedem noch so belanglosen Satz meiner belanglosen Lebensgeschichte nach einer Erklärung für meine Behauptung, dass ich es gewesen sei, der den mit der roten Jacke erschossen hatte. Ich versuchte möglichst viel von Frauen zu reden. Ich wollte nicht, dass sie dachten, ich wäre schwul. Vielleicht dachten sie es gerade deshalb.

In diesen drei Tagen dürften laufend neue Erkenntnisse zum Mordfall eingelangt sein. Jedenfalls machten meine drei Freunde immer traurigere Gesichter. Lohmann gestand mir irgendwann, dass alle anderen Tatverdächtigen bereits ausgeschieden waren und dass der Schuss exakt von meinem Sitzeck in Bob's Coolclub abgefeuert worden sein musste. Das beruhigte mich. Meine Ruhe beunruhigte aber leider die anderen. Am meisten tat mir der junge Brandtner leid. Der glaubte noch so sehr an gute Menschen, dass man diese mit freiem Auge erkennen würde. Er kämpfte mit den Tränen, als er es erfuhr. Er schien es allzu persönlich zu nehmen, dass ich ganz offensichtlich der Mörder war. Ich schenkte ihm einen Songtext und er musste mir zur Belohnung Handschellen anlegen. Das verzieh er mir nicht. Und sich selbst schon gar nicht.

Unser Gesprächsprotokoll hatte vierundvierzig Seiten. Ich nahm mir drei Stunden Zeit, um den Text zu studieren. Bei jedem dritten Satz verlangte ich eine Korrektur. Aber es half nichts. Gegen den Ton der konsequenten Fehlinterpretation kam ich nicht an. Sie hatten mir Dinge in den Mund gelegt, die ich so nicht gesagt hatte, obwohl ich meine Worte las. Die Tat war schöngefärbt. Zwischen den Zeilen klang sie nach Zufall oder Unfall. Ich könnte voll berauscht oder nicht ganz bei Sinnen gewesen sein. Ich könnte vom tatsächlichen Mörder eingeschüchtert oder erpresst worden sein. Ich war entweder vollkommen unschuldig oder schizophren, und ein Teil von mir, den ich gar nicht kannte, der im Grunde gar nicht zu mir gehörte, für den man mich auch nie zur Verantwortung ziehen durfte, hatte die Tat vollbracht.

Meinem Mord fehlte in der Version der uniformierten Freunde alles Böse, jeder Vorsatz und jede Logik. Und ich hatte nicht einmal andeutungsweise so etwas wie ein Motiv für diese Tat. – Daran war ich selbst schuld. Ich hatte mich beharrlich geweigert, von dem mit der roten Jacke zu reden. Ich hatte mich geweigert, an ihn zu denken.

Mir war es zu mühsam, auf einer Neuanfertigung des Protokolls zu bestehen. Außerdem wollte ich meine Freunde nicht länger quälen. Ich beließ den Text, wie er war, und unterschrieb dreiundvierzig Seiten. Nur auf dem letzten Blatt verlangte ich nach einem Zusatz, einer zusammenfassenden Erklärung, die ich Rebitz wortwörtlich diktierte: »Abschließend gebe ich, Jan Haigerer, noch einmal dezidiert an, dass ich die Tat schon Tage vorher bis ins Detail geplant hatte. Ich habe den Mord vorsätzlich begangen. Ich war weder betrunken noch in anderer Weise geistig beeinträchtigt oder verwirrt. Ich hatte einen klaren Kopf. Zum Opfer habe ich nichts zu sagen. Über das Motiv meiner Tat werde ich erst zu einem späteren Zeitpunkt sprechen. Ich erkläre ausdrücklich, dass ich die Tat nicht bereue.« – Um den letzten Satz stritten wir gut eine Stunde. Sie waren zu dritt, ich gab schließlich nach. Der Satz mit der Reue wurde gestrichen.

Sieben

Es ging wieder aufwärts mit mir. Ich kam mir vor wie ein Tourist, der nach verzweifelter Suche in einem fremden Land unter fremden Menschen, die fremd sprachen und sich fremd benahmen, endlich ein sicheres Quartier gefunden hatte. Der Justizwachebeamte, der mich in die Zelle brachte, wirkte wie ein gestrandeter Hoteldiener, dem nur noch ein monströser Schlüsselbund geblieben war. Nicht einmal zum Gepäckträger reichte es. Dafür fehlte ihm das Gepäck. Mit Trinkgeld durfte er nicht rechnen.

Ich gab ihm, als er mich abholte, die Hand, eigentlich gab ich ihm beide Hände, denn die eine hing ja an der anderen. Er sah mich an, sperrte mir die Handschellen auf und glaubte zu wissen, dass ich unschuldig war, egal was ich getan haben sollte. Langsam gewöhnte ich mich an solche Blicke. Er fühlte sich bemüßigt, mir auf dem Weg durch den Gefängnistrakt unentwegt Trost zu spenden. Er sprach hauptsächlich von dem miesen Wetter, von der düsteren Prognose, dem kalten Wochenende, der beschissenen Jahreszeit, die bevorstand. Er meinte damit, dass der Zeitpunkt, eingesperrt zu werden, klimatisch nahezu ideal war. Ich gab ihm Recht und freute mich wirklich. Das machte ihn traurig, denn er glaubte, ich wollte nur höflich sein. Er hätte wahrscheinlich gern mit mir getauscht, um sein Gewissen zu reinigen. Er hasste seinen Job. Die meisten Menschen hassten ihren Job.

Die Zelle war ein kleines, schüchternes, unbedarftes Zimmer, das noch nie etwas mit Freiheit zu tun gehabt hatte. Ich fühlte mich sofort wohl. Mit einem Blick war klar, was hier möglich war: nichts. Man konnte atmen, schlafen, wach sein und an Delia denken. Das genügte mir. Ich stellte mir vor, dass mich Delia hier unvermutet antreffen würde. Sie war mit dieser überschätzten französischen Schriftstellerarschgeige Jean Legat auf staatlich genehmigter Gefängnisvisite unterwegs. Er brauchte noch ein paar Eindrücke für seinen neuen, mit Spannung erwarteten Roman. (Mit Spannung erwartete Romane wurden nie gut, das nur nebenbei. Entweder wurde ein Roman mit Spannung erwartet oder er war spannend. Denn die Spannung lebte von der Überraschung, nicht von der Erwartung.) Delia ging mit ihm Händchen haltend den Gang entlang. Da öffnete sich meine Zellentür. Sie blickte in den kargen Raum und sah – mich. Ich saß auf meinem Bett und dachte gerade an sie, meine Augen warfen Angelhaken ohne Köder nach ihr aus. Sie sagte: »Jan? – Jan? – Jan. – Nein!«, oder was man in so einer Situation eben sagte. Gleichzeitig riss sie sich von der Arschgeige los, als wäre er schuld an allem. – Ein schönes Detail des Gedankens. Ich erwiderte: »Delia, es ist alles in Ordnung, es geht mir gut …« – Lesen konnte ich solche

Passagen nur unter Brechreiz. Aber ich war ein kitschiger, rührseliger, pathetischer Denker, wenn ich wollte. Ich wollte. Ich genoss die Szene und ließ mir zwei, drei salzige Tränen auf der Zunge zergehen.

Die Schikane kam am Nachmittag. Man warf sie mir wortlos auf den hässlichen Klapptisch: Tageszeitungen. Zum Glück war ich kein depressiver Mensch. Einige Stunden ließ ich sie dort liegen. Am Abend ertrug ich ihren Anblick nicht mehr und versteckte sie unter dem Spind. Als die Nacht anbrach und ich wacher und wacher wurde, holte ich sie hervor, eine nach der anderen, tat so, als würde ich mir nur einen Nachrichtenüberblick verschaffen, streifte die Politik, überflog die Wirtschaft, blieb beim Kinoprogramm hängen. Das war pervers, das machte Spaß. Jahrelang musste ich ins Kino gehen, weil man ins Kino ging, weil die Freizeit einem dies abverlangte, weil Filme das Leben abpausten, und das Leben abzupausen war immer schon einfacher und lustvoller, als es selbst zu zeichnen. Immer und immer wieder hatte ich die Programme studiert, auf der Suche nach dem Film, den es nie gab, dem Original von allem. Nun endlich war Kino verboten. Nun wäre ich bereit gewesen, jeden dieser Filme anzusehen und mich darüber lustig zu machen. Den echten nahm mir keiner mehr.

Leider musste ich weiterblättern. Das waren diese Destruktionstriebe, gegen die man machtlos war. Schmerzte einem ein Zahn, so drückte man wie gesteuert mit der Zungenspitze darauf oder rüttelte mit den Fingern daran, um den Schmerz zu steigern. So ging es mir. Ich musste jetzt unbedingt die Chronikmeldungen sehen. Alle Zeitungen hatten es natürlich, das Verbrechen: Für Journalisten war es eine Woche danach bereits ein Kultmord. »Mord im Coolclub« klang einfach verdammt gut, schon ohne jeden Hintergrund.

»Tag aktuell« titelte: »Endlich heiße Spur im Coolclub-Mord«. Chefinspektor Tomek habe bestätigt, dass die Tatwaffe gefunden worden sein könnte. Von den Fingerabdrücken ließe sich noch nichts Genaues ablesen. Man sei jetzt jedenfalls »in eine heikle Phase der Ermittlungen getreten«. – Die wussten nichts.

Der »Anzeiger« schrieb: »Schwulenmord im Coolclub: Verdächtiger in Haft. Polizei hüllt sich in Schweigen.« – Kein Wort von mir. Die »Kulturwelt«, für die ich noch vor wenigen Tagen gearbeitet und gelitten hatte, brachte nur eine Notiz. Ich hatte Angst, sie zu lesen. Aber Chris Reisenauer tappte ebenfalls im Dunkeln, wie meistens. Chris war ein guter Kerl und ein anständiger Journalist. Ich war gern mit ihm im Zimmer gesessen. Ihm war klar wie mir, dass unsere Arbeit dort nichts wert war. Aber er machte sie besser als die meisten anderen. Er schrieb nie mehr, als er wusste. Er ließ der Wahrheit aus einem Gemisch aus Anstand und Faulheit immer einen Schritt Vorsprung und folgte ihr unauffällig. Manchmal hängte sie ihn ab und machte sich aus dem Staub. Das waren seine schlechten Tage. Aber egal, Chris war ohnehin kein Karrierist. Dafür wusste er, wo es das beste Nougatkonfekt der Stadt gab. Und wenn ich im Urlaub war, kümmerte er sich um meine Zimmerlinde.

Zuletzt blätterte ich in der »Abendpost«. Auf Seite neun überfiel mich das viel zu große Porträtfoto und brannte sich sofort in mein Gehirn. Rolf Lentz. Der mit der roten Jacke. Das Gesicht. Als es mich noch anstarrte. Als es mich noch anlächelte. Als es mich noch auslachte. Als es mich noch anflehte. Als es noch lebte. Ich versteckte das Bild reflexartig unter meiner flachen Hand. Die unverhüllte Geschichte daneben gehörte dazu. Das erkannte ich leider zu spät. Als ich mich davon losriss, hatte ich den Titel schon gelesen: »›Als Schwuler stirbst du dreimal täglich‹ – Der ermordete Aktionist Rolf Lentz verkehrte auch in Promi-Kreisen. Eine Reportage von Mona Midlansky.« Wem hatte sie dafür ein Bier spendiert? Wem hatte sie versprochen, ihr dafür auf die Brust greifen zu dürfen? Wen verarschte sie diesmal?

Die ersten Nächte hier verliefen eindimensional. Ich sah einen Diavortrag mit einem einzigen Bild: den mit der roten Jacke. Ich schwor mir, ihn nie beim Namen zu nennen. Ich schwor mir, nie mehr eine Zeile über ihn zu lesen. Und wenn wer von ihm sprechen sollte, so verpflichtete ich mich, die Ohren zuzusperren. Ich konnte das. Ich hatte das schon als ganz Kleiner in der Schule gelernt. »Jetzt sperren wir unsere Ohren auf und unseren Mund zu«, hatte es geheißen. Ich sperrte beides zu. Ich war ein stiller Rebell. Nie kam wer dahinter.

Die Tage hatte ich lieber. Meistens schlief ich vor Erschöpfung nach dem nächtlichen Diavortrag. Der Nachteil meines kleinen Etablissements war, dass jeder kommen konnte, wann er wollte. Zuerst war es nur das Hotelpersonal. Sie brachten mir Essen, das kein Mensch verlangt hatte. Aber sie mussten ihre Zeiten einhalten. Und sie waren freundlich. Am liebsten hätten sie sich stundenlang mit mir unterhalten. Ich strahlte irrtümlich etwas Verständnisvolles aus. Sie begannen sich über ihre Arbeitsbedingungen zu beschweren. Ich hatte am Anfang zu oft genickt. Jetzt konnte ich mir zu allen unfreiwilligen Mahlzeiten auch noch ihren Salm anhören.

Die ruhige Phase endete mit Leitner. »Jan, ich hol dich da auf der Stelle raus«, drohte er schon von weitem, noch bevor er den Haftraum betreten hatte. Er schnaufte, er musste den Weg hierher gelaufen sein, um noch ein paar Minuten zu gewinnen, die er mich früher hier rausholen wollte.

»Ist schon okay so, wie es ist«, erwiderte ich. Ich meinte damit in der mir eigenen viel zu höflichen Art, er solle verschwinden. Ich brauchte nicht den berühmtesten und teuersten Strafverteidiger mit der besten Bräunungscreme der Stadt an meiner Seite. Ich brauchte überhaupt keinen Anwalt an meiner Seite. Es gab bei mir nichts zu verteidigen. Aber ich hätte natürlich wissen müssen, dass die Advokaten wie die Hornissen bei mir einfallen würden. Hier roch es nach Schlagzeilen.

Leitner war der Erste, der Schnellste, der Gierigste. Wir kannten uns leider von den großen Schwurgerichtsprozessen, bei denen er sich den Journalisten wie kein anderer angebiedert hatte, um in die Zeitung zu kommen. In einer seiner klobigen Pranken, mit denen er Justitia berufsbedingt zu begrapschen, durchzuschütteln und zu würgen pflegte, hielt er die eingerollte »Abendpost«, den Grund seines amokläuferischen Besuchs. »Du und ein Mörder? Die sind ja wahnsinnig«, schrie er. »Wir gehen damit sofort nach Straßburg. Und morgen bist du hier raus, das verspreche ich dir. Die sind ja komplett übergeschnappt. In welchem Land leben wir eigentlich? Sind wir unter Bloßfüßigen? Jetzt verhaften sie uns schon die Starjournalisten von der Straße weg.« – »Starjournalist« sagte er zu jedem Journalisten, aber wehe, ein Journalist nannte noch einen anderen Anwalt als ihn »Staranwalt«. Als hätte ich wissen wollen, wo er seinen Zorn herhatte, sagte er: »Da steht alles drin, das ist ein Skandal, der seinesgleichen sucht.« – Er klatschte mit der Zeitung mehrmals fest auf den Tisch, um die Buchstaben herauszubeuteln. Aber sie hielten sich. Was in der Zeitung stand, war endgültig.

Meine Verhaftung hatte »wie eine Bombe eingeschlagen«, erfuhr ich. Inspektor Tomek habe den Fall unter dem Druck der Medien abgegeben. Für heute war eine Pressekonferenz des neuen für die Ermittlungen zuständigen Beamten angesagt. Der Mord im Coolclub war auf den Titelseiten sämtlicher Zeitungen zu finden. In fast jedem Blatt war mein Foto zu sehen. Einzig in der »Kulturwelt« wurde darauf verzichtet, mein Name wurde dort abgekürzt. Armer Chris Reisenauer, diese Story hätte ich ihm gerne erspart.

Im »Morgenjournal« hatten sie eine Sondersendung gebracht. Die Journalistengewerkschaft forderte meine sofortige Freilassung, die kannten mich – die glaubten mich zu kennen. »Da draußen ist der Teufel los, das kannst du dir nicht vorstellen«, tobte Leitner. Zum Glück war ich hier drinnen und wollte es mir nicht vorstellen. »Das ist Rufmord sondergleichen, einmalig in der Justizgeschichte. Wir decken die mit Klagen ein, diese Schweine, das verspreche ich dir«, schrie er. »Wir gehen damit zum Verfassungsgerichtshof und ins Europaparlament und vor den unabhängigen ...« – »Ich hab es getan«, unterbrach ich. Endlich ein paar Sekunden Stille.

»Spinnst du?«, fragte er leise und fühlte mit der zeitungslosen Hand nach seinem Herzen. »Sag so etwas nie wieder! Hörst du? Nie wieder, nie wieder! Das will ich nie wieder hören. Nie wieder. Verstehst du?« Ich sagte nichts mehr. »Ich verteidige dich kostenlos, mein Freund, dass du's nur weißt«, sagte er hastig, ließ seinen silbernen Koffer aufspringen, gierte mit den Fingern hinein, zog einen Zettel heraus und drückte ihn mir in die Hand: »Für diese Schweinerei nehme ich kein Geld. Das ist mir ein Bedürfnis, diese Saukerle einzutunken.« Ich legte den Vertrag zur Seite und täuschte einen Migräneanfall vor, der ihn zwang, den Besuch abzubrechen. Lieber noch einen Mord begehen, als von Leitner verteidigt zu werden, dachte ich. »Junge, halte durch, ich hol dich hier raus«, schrie er mir nach.

Am nächsten Tag erhielt ich Besuch vom Hoteldirektor persönlich. Der Präsident des Landesgerichts gab uns beiden in meiner bescheidenen Behausung die Ehre. Er war ein Kulturmensch. Normalerweise sprachen wir über

Shakespeare. Das heißt: Er sprach über Shakespeare und ich nickte. Diesmal hatten wir ein Kommunikationsproblem. Ihm war die Angelegenheit zutiefst peinlich. Mir sein Besuch. Also hielten wir es kurz. »Herr, äh, Haigerer, Sie werden noch heute in eine andere, in ein anderes, also ein anderes Zimmer verlegt«, stotterte er. »Das wäre nicht notwendig, Herr Präsident«, sagte ich. Er glaubte, ich meinte, er sollte mich gefälligst freilassen. »Wir bedauern die Situation außerordentlich. Sie wissen, uns von der Justizanstalt sind hier vorerst gewissermaßen die Hände gebunden«, meinte er und rieb die Daumen aneinander. »Mir auch, gewissermaßen«, erwiderte ich und lächelte. Ich fand den Scherz lustiger als er.

»Herr, äh, Haigerer, Sie sind übrigens heiß begehrt. Wir haben schon eine beträchtlich lange Liste von Besuchern für Sie«, sagte er und legte mir das Papier auf den Klapptisch. »Selbstverständlich können Sie jederzeit Besuch empfangen.« – Die dabei anwesenden Beamten sollten mich nicht weiter stören. »Wir hoffen jedenfalls, dass dieses schreckliche Missverhältnis, äh, Missverständnis rasch ausgeräumt ist«, schloss er. »Lassen wir uns überraschen«, erwiderte ich. Es klang wie eine Drohung. Der Präsident verzog das Gesicht. Er fürchtete um den ohnehin schlechten Ruf seines Hauses.

Wenig später musste ich tatsächlich umziehen. Ich bekam die Präsidentensuite des Hauses. Darin befanden sich ein großes Bett, ein Kleiderschrank, ein Fernsehgerät, ein Radiowecker, eine kleine Kochnische, eine Kaffeemaschine, ein Schreibtisch und eine Sitzecke mit Büchern und Zeitungen. Das beschämte mich und ich schwor mir, das Inventar nicht anzurühren. Irgendwer musste mächtig interveniert haben und ich konnte mich nicht dagegen wehren. Ich legte mich auf den Boden, schloss die Augen und ließ die Dinge rund um mich verschwinden.

Inspektor Lohmann mit den Kirschtomaten, einer der drei Unvergesslichen, mit denen ich die letzten freien Nächte meines Lebens durchgemacht hatte, holte mich als Erster aus meinem verfluchten Nobeletablissement heraus. Leider nur für abschließende Ergänzungen des polizeilichen Einvernahmeprotokolls. Zumindest war das sein Vorwand, um mir ins Gewissen zu reden. »Jan, bitte, was auch immer mit dir in dem Lokal damals passiert ist, mach es nicht noch schlimmer«, flüsterte er. »Denk auch an die Menschen draußen, die um dich zittern.« Das war gemein. Mir fiel sofort Alex ein. Ich konnte ihr noch nicht vor die Augen treten. Ich musste sie weiter zittern lassen.

»Beantworte mir bitte nur zwei Fragen«, sagte er. Seine Hand lag schwer wie sein Kummer auf meiner Schulter. »Wie gut hast du Lentz gekannt?« – »Nicht gut«, erwiderte ich. Ich meinte: Die Frage war nicht gut. Mir ging es nicht gut. Ich hielt es nicht für gut, dass Lohmann den Dingen nicht einfach ihren Lauf ließ. »Jan, bist du schwul?« – Das war die zweite Frage. Ich sagte: »Nein.« Ich meinte: Nein, ich wollte die Frage nicht beantworten. Sie tat nichts zur Sache. Lohmann vergrub sein Gesicht in seinen Händen und seufzte. Er war ein feiner Mensch.

Acht

Am Montag, an dem mein Urlaub zu Ende gegangen wäre und ich eigentlich wieder meinen Dienst bei der »Kulturwelt« hätte antreten sollen, aber verhindert war, wurde ich erstmals der Untersuchungsrichterin vorgeführt. Ich hatte in der Nacht davor überraschend geschlafen. Der mit der roten Jacke hatte mich in einer einmaligen Geste des Erbarmens einschlafen lassen. Aber es war eine Falle. Er hatte mich schlecht schlafen lassen. Er hatte mich mit Delia schlafen lassen. Ich durfte ein paar sexuelle Fantasien ausleben. Doch als ich danach über ihr die Augen öffnete, war sie plötzlich eine andere. Sie hatte mich getäuscht. Ihre Haut war rau. Ihr Körper roch nicht nach ihr. Ihr Gesicht war mir fremd. Zu spät. Ich konnte meinen Höhepunkt nicht mehr zurücknehmen. Als ich erwachte, fühlte ich mich müde und betrogen.

Mein Butler mit den Handschellen holte mich nach dem Frühstück, das ich traditionsgemäß nicht eingenommen hatte, ab. »Ich bringe Sie jetzt zur schönsten Frau des Hauses«, sagte er. Er gab es nicht auf, mir den Betrieb hier schmackhaft machen zu wollen. Die U-Richterin hieß Helena Selenic. Das erzählte er mir auf dem Weg durchs Halbgesperre, wo uns ein paar offensichtlichere Verbrecher als ich begegneten und mich schief anschauten, als hätte ich Verrat an ihrer Sache begangen.

Helena Selenic – der Name gefiel mir. Warum musste man mit so einem Namen Untersuchungsrichterin werden? Warum wurde man nicht Turmspringerin? »Helena« wäre ein schöner Vorname für meine Tochter, die es nicht gab, gewesen. »Helena« war immer in meiner engeren Wahl gewesen. Auch Delia hatte der Name gefallen, aber sie dachte dabei wohl nie an eine eigene Tochter, zumindest an keine mit mir. »Helena Haigerer« hätte gut geklungen, vielleicht sogar ein bisschen zu gut. »Helena Selenic« war noch besser, nicht gar so perfekt an den Endungen, aber ein Name mit Klasse und Erotik, wie weichen und harten Akzenten, labil und fest zugleich, wie aus einem guten Roman.

Als ich noch Lektor beim Erfos-Verlag war, hatte ich mit den Autoren oft stundenlang über die Namen ihrer Helden diskutiert. Ich hatte sie bekniet, ob sie nicht vielleicht doch bereit wären, sich neue, bessere Namen einfallen zu lassen. Die meisten von ihnen blieben stur, bei der Taufe ließ sich niemand gern dreinreden, da fühlte sich jeder kompetent.

Eigentlich musste man sich nur die erste Wahl der Namen ansehen und man wusste, welcher Art das Manuskript war und oft auch welcher Qualität. Romane mit Anastasias, Sebastians, Eugens und Eleonores hoben gemeinhin zwanghaft in die Hochliteratur ab und kamen nie wieder auf den Boden zurück, wo alle guten Romane stattfanden. Literaten, die Tom, Jim, Rob, Kate, Phil und Ann verwendeten, gaben von vornherein zu, dass sie kein neues Buch schreiben wollten. Die Fantasielosesten unter den Erfos-Autoren verwendeten die Namen ihrer Familienangehörigen, ihrer Freunde oder – im schlimmsten Fall – ihrer geheimen Liebschaften, an die sie dachten, während sie schrieben, statt an den Text zu denken, was diesem zumeist ziemlich gutgetan hätte. Wenn ein Autor mit »Helena Selenic« angerückt wäre, hätte er meinen tiefen Respekt gehabt. Dann hätte die Figur nur noch halten müssen, was ihr Name versprach.

Helena Selenic konnte noch nicht lange im Gericht sein. Vermutlich war sie eine der wenigen, die sich in meinem Fall nicht für befangen erklären durften. Eine der wenigen, die mich nicht kannten. Ich freute mich auf sie, wie ein von Krämpfen geschüttelter Radfahrer beim steilen Anstieg auf das nächste Etappenziel. Danach gab es nur noch den Geschworenenprozess, den schwersten Brocken, die Bergwertung. Dann war die Sache ausgestanden.

Mein Butler nahm mir noch vor der Tür die Eisendinger ab, damit meine Gelenke frei waren, »um der gnädigen Dame vom Gericht die Hand zu küssen«. – Es war nicht mein bester Humor, den ich entwickelte, aber es war zumindest wieder einer. Und dem Justizwachebeamten gefiel er, der war in dieser Hinsicht nicht sehr verwöhnt. Sie musste sein Lachen gehört haben und begrüßte mich schmunzelnd, als wäre ich ein Entertainer und nicht ein Mörder. Als ich sie sah, glaubte ich, mich in der Tür geirrt zu haben, oder überhaupt im Gebäude. Sie merkte meine Irritation und schien sie zu genießen. Sie war vermutlich sogar darauf vorbereitet. Sie ließ mich spüren, dass sie gewusst hatte, dass ich von ihr überrascht sein würde. Ich fühlte mich ihr sofort unterlegen. Darauf hatte sie es angelegt.

»Können wir gleich beginnen?«, fragte sie. Sie war übrigens doch Turmspringerin. Sie stand oben auf dem Brett und konzentrierte sich mit halb geschlossenen Augen auf die nächste Figur. Sie strahlte diese Traurigkeit von Wettkämpfern unmittelbar vor der Entscheidung über Sieg und Niederlage aus, Sportler, die ihre Nervosität überwunden hatten und in sich versanken, denn nun ging es bereits um alles.

Sie sah mich nicht an. Ich hatte kein Recht, es einzufordern. Sie erzählte mir, dass sie das Polizeiprotokoll dreimal gelesen habe. Sie hielt den grausamen dicken Ordner fest in ihren dafür viel zu feinen Händen. Um ihren schmalen kleinen Finger krümmte sich der engste schwarze Ring der Welt. »Und was sagen Sie dazu?«, hätte ich gerne gleich nachgefragt. Ich konnte es in meiner Aufgeregtheit mit einem Jungautor aufnehmen, der seinen Debütroman vorgelegt hatte und auf das erste Werturteil seines Wunschverlegers wartete. Ich wusste – und das unterschied mich von den Jungautoren – ich wusste, das Urteil würde vernichtend ausfallen.

»Haben Sie es getan?«, fragte sie ansatzlos. »Ja«, antwortete ich sofort. »Warum?«, setzte sie hastig nach. Und ich erwiderte: »Nein, bitte nicht.« Ich spürte, dass sie mich jetzt ansah. Ich war schnell genug, meine Augen von ihren herabfallen zu lassen. Ich war ein Feigling. »Dann danke ich, das genügt mir«, sagte sie demütigend freundlich. Das war ihr Absprung vom Turm. Danach verschwand sie im Wasser und tauchte nicht mehr auf. Ich blieb noch eine Weile am Beckenrand sitzen. Irgendwann machte mich mein Butler darauf aufmerksam, dass wir hier nichts mehr zu suchen hatten und zurück in unser Appartement zu gehen hatten. Das passte mir nicht. Wenn man mich hinauswarf, wollte ich bleiben. Ich war ein stiller Rebell. Aber keiner wusste das. Also schlich ich mich in meine Zelle und legte mich auf den Boden.

Helena Selenic ließ mich eine Woche schmoren. Ich war zu stolz, mich nach ihr zu erkundigen. Ich wusste zum Glück, dass sie noch ein hartes Stück Arbeit mit mir vor sich hatte. Sie musste den gesamten Polizeiakt durchackern, musste mir jede einzelne Frage neu stellen. Umso mehr irritierte mich, dass sie nichts von sich hören ließ, dass mir kein weiterer Einvernahmetermin bei ihr in Aussicht gestellt wurde.

In diesen Tagen gelang es mir ganz gut, Kontakte zur Außenwelt zu vermeiden. Das war schwierig, denn ich bekam wahrscheinlich mehr Post als im gesamten Jahr davor. Die meisten Briefe warf ich ungeöffnet weg. Sie stammten von in die Ferne gerückten Freunden, Bekannten und Kollegen, die vermutlich nicht glauben konnten, was sie erfahren mussten, und die mit ihren Zeilen eine sinnlose Geste des Beistands und der Solidarität setzen wollten. Womit konnten sie sich denn solidarisieren?

Ein Dutzend Strafverteidiger buhlten schriftlich um meine Mandantschaft und wollten mich dringend sprechen, um mich von ihren Strategien zu überzeugen. Jeder von ihnen sicherte mir entweder die sofortige Enthaftung zu oder versprach mir zumindest einen lupenreinen Freispruch am Ende des Prozesses und eine saftige Haftentschädigung, die mich reich bis an mein Lebensende machen würde. Berühmt war ich angeblich ohnehin bereits. Ich galt jetzt schon als Märtyrer.

Die Herren vom Hotelpersonal beließen es leider nicht dabei, mir ihre Mahlzeiten zu servieren und mich über den aktuellen Stand ihres Elends im Job und im Leben zu unterrichten. Sie fütterten mich auch noch mit Informationen von draußen, die mich betrafen und von denen ich absolut nichts wissen wollte. Zum Beispiel war der mit der roten Jacke ein mehrmals vorbestrafter Drogenjunkie. Ich selbst hatte vor der Tat wochenlang geheime Schießübungen veranstaltet. Meine Mutter war bei einem Autounfall ums Leben gekommen, das hatte ich nicht verkraftet. Ich war schwerer Alkoholiker. Ich war hoch verschuldet.

Bob von Bob's Coolclub wusste, dass der mit der roten Jacke in die Fänge der Russenmafia geraten und Opfer einer Schutzgelderpressung geworden war; ich selbst recherchierte die Story und ließ mich von der Polizei als Lockvogel einsetzen. Mein Hausbesorger hatte immer schon geahnt, dass ich schwul war, tippte auf einen Eifersuchtsmord und meinte, angesprochen auf mein verblüffend harmloses Erscheinungsbild und meinen ordentlichen Lebenswandel: »Kann man in einen Menschen hineinschauen?« – Endlich ein kluger Satz, wenn auch nicht ganz neu.

Eine Kollegin schließlich, deren Namen ich noch nie gehört hatte, war sicher, dass ich unschuldig war, dass ich den wahren Mörder kannte und deckte. Und so ging das Tag für Tag, Mahlzeit für Mahlzeit. Jedenfalls, so erfuhr ich, waren die Zeitungen täglich voll mit exklusiven Schauergeschichten über mich und den mysteriösen Mord im Coolclub. Und die Essensbringer gefielen sich in der Rolle des Nachrichtendienstes, obwohl ich sie täglich mehrmals eindringlich bat, mich damit zu verschonen. Das regte nicht gerade meinen Appetit an. Ich musste mittlerweile schon einige Kilogramm unter meinem Idealgewicht gelegen sein.

In den kurzen Phasen, in denen es mir gut ging, weil ich das Gefühl hatte, dass es allen anderen hier noch schlechter ging, bastelte ich an einem Brief an Alex. Nach einer Woche war er endlich fertig und ich las den Text noch einmal durch: Ich bat sie, mir das Unverzeihliche zu verzeihen – ihr *das* angetan zu haben und sie danach auch noch als Fluchthelferin benutzt und für meinen emotionalen Ausnahmezustand missbraucht zu haben. Ich entschuldigte mich schon jetzt für die Zeugenladung, die sie irgendwann zugestellt bekommen würde, und ihren damit verbundenen unangenehmen Auftritt vor Gericht. – Als meine engste Freundin konnte sie sich aber möglicherweise der Aussage entschlagen.

Ich versicherte ihr, dass es mir gut ging und dass ich bereit war, die Konsequenzen meiner Tat zu tragen. Sie brauchte sich um mich keine Sorgen zu machen. Ich war weder krank noch süchtig noch depressiv noch sonst etwas, was sie nicht ohnehin von mir wusste. Es gab keine Geheimnisse, »außer jenen, die ich auch vor mir selbst habe«, schrieb ich. Ich erzählte ihr von meiner Komfortzelle, der Freundlichkeit des Justizwachepersonals, der hervorragenden Verpflegung, der mehr als menschenwürdigen Behandlung. Nur die »ruhige Lage« und die »schöne Aussicht« fehlten noch zum Kuraufenthalt.

Mir war klar, dass mein Verbrechen gerade für sie absolut unbegreiflich sein und bleiben würde. »Aber Alex«, schrieb ich, »bitte versuche das Geschehene erst gar nicht zu hinterfragen. Du kannst der Wahrheit so nicht näherkommen. Es gibt hier einfach nichts zu verstehen, nur etwas hinzunehmen, wie es ist.« Eines der schlimmsten Dinge daran war, so räumte ich ein, dass ich mich auf diese Weise der Verantwortung für meine liebste Freundin entzogen hatte, dass ich nun nicht mehr für sie da sein konnte, so wie früher. »Aber wenn du nach dem, was geschehen ist, trotzdem noch zu mir stehst, wird es uns gelingen, eine neue Form …« – Ich konnte nicht mehr weiterlesen. Ich zerriss den Brief und schrieb einen neuen, kurzen: »Alex, bitte verzeih mir, dein Jan.« Danach konnte ich endlich einmal weinen. Das tat mir gut. Es verwässerte das Bild von dem mit der roten Jacke.

Am ersten Montag im November holte mich Helena Selenic wieder zu sich. Ich durfte mich vorher noch rasch rasieren und umziehen. Ich verwendete »Impulsive« von Armani. Keine Ahnung, wer mir das Parfümfläschchen eingepackt hatte. Ich ärgerte mich, meine schönen Hosen zu Hause gelassen zu haben, und versteckte die alten Jeans unter einer langen dunkelblauen Strickjacke. Als ich den Raum der U-Richterin betrat, schoss mir rote Farbe ins Gesicht.

»Nehmen Sie bitte Platz, wie geht es Ihnen?«, fragte sie wie meine Hausärztin in Zivil. Der enge schwarze Pullover stand ihr zu gut für meine Situation. »Danke, man darf nicht klagen«, erwiderte ich, so keck ich konnte. Sie schmunzelte, wahrscheinlich um mich für mein Bemühen zu belohnen. Sie spitzte dabei ihren Mund und unter ihren Wangen bildeten sich kleine, menschenscheue Grübchen, die sofort verschwanden, als sie merkten, dass ich sie entdeckt hatte.

»Wollen Sie mir nicht etwas von sich erzählen?«, fragte sie. Ihre neue Unsachlichkeit und ihre filterlos klare Stimme machten mich nervös. »Ja, gerne«, log ich, »aber ich weiß nicht, was Sie interessiert.« – »*Sie* interessieren mich«, sagte sie. Das hatte ich schon lange nicht mehr gehört. Hatte ich das überhaupt schon einmal gehört?

Neun

Sie fragte mich diesmal nicht nach dem Warum. Sie wollte von alleine dahinterkommen. Ich war fair. Ich gab ihr nie das Gefühl, dass es ihr gelingen könne. Trotzdem durfte ich fast zwei Stunden bleiben. Und wir taten überhaupt nichts fürs Protokoll.

Anfangs plagte ich mich sehr, von mir zu erzählen. Mir kam mein bisheriges Leben unerheblich vor. Darüber gab es kaum ein Wort zu verlieren. Ich hatte exakt die Erfahrungen gesammelt, die mir vom Zufall oder von der Bestimmung vor die Füße geworfen worden waren. Ich hatte mich nicht einmal gebückt, um sie aufzuheben. Irgendwie schaukelten sich die Ereignisse hoch und fielen mir in die Arme. Manchmal stolperte ich auch darüber und nahm sie mit. So ging ich meinen Weg. Er zog sich öd und eben durch die immer gleiche Landschaft, ohne Kurven, ohne Steigungen, ohne Innehalten, ohne Rast. Die wenigen großen Abzweigungen versäumte ich, Schleichwege riskierte ich nicht. Links und rechts war mir die Böschung stets zu hoch. So ging es geradeaus weiter und immer weiter. Auf diesem Wege wurde ich älter. Was sollte ich dazu sagen? Musste ich diese kluge, schöne Frau, die die spannendsten Männer der Welt haben konnte, mit Streckendetails meiner Eintönigkeit langweilen?

Als sie merkte, dass ich bei meiner »an und für sich glücklichen Kindheit« stecken blieb und mir das Lächeln in den Mundwinkeln erstarrt war, begann sie plötzlich von sich zu erzählen. Das war wohl die Taktik ihrer Einvernahme, aber sie machte das sehr professionell.

Sie begann dort, wo sich mein Blick verhangen hatte. Sie erzählte von ihren rot gelockten Haaren, mit denen sie schon zur Welt gekommen war. »Schön«, sagte ich, aber ich meinte es viel stärker. Dann erfuhr ich von ihren jüngeren Zwillingsschwestern und deren Goldhamstern Billy und Lilly, die sie aus Eifersucht in den Kühlschrank gesperrt hatte, und noch heute öffnete sie Kühlschränke nur in akuten Hungersnotfällen und immer erst einen Spalt, um nachzusehen, ob Billys und Lillys böse Geister den längst überfälligen Racheakt setzten. Ob ich auch Geschwister habe? Nein, ich hatte keine Geschwister, ich war alleine. Schade eigentlich, sagte sie. Ich wehrte mich nicht und nickte. »Dafür kann ich problemlos Kühlschränke öffnen«, fiel mir ein. Wir beide lächelten, ohne etwas lustig zu finden.

Sie erzählte weiter von der Schauspielschule und dem Ende der Illusion, die Bühne zu erobern. Von den eins, zwei, drei großen Lieben ihres Lebens und wie dramatisch rasch sie wieder klein wurden. Vom Studium und weiteren Siegen der Vernunft über die Leidenschaft. Zum Beispiel von ihrer Verlobung und ihrer Heirat. Und vom

Gegenteil, von ihrem Tangolehrer, dem bitteren Vergeltungsschlag der Leidenschaft gegen die Vernunft. Von ihrer Scheidung, ihrem verwaisten Einfamilienhaus auf dem Land, ihrer hübschen neuen Terrassenwohnung in der Stadt. Sie musste erkannt haben, woran ich dachte: Sie erzählte von ihren sporadischen Liebschaften, auf die sie allesamt verzichten konnte, was sie leider immer erst nachher wusste. Und von ihren drei Abenden in der Woche, die sie für sich alleine brauchte, und nie mehr würde sie bereit sein, sie mit jemand anders zu teilen. In einer knappen Stunde streifte sie über sechsunddreißig Lebensjahre. Dabei bildeten sich an ihren Wangenansätzen gut hundert Grübchen und verschwanden wieder.

Ich erzählte dann ein bisschen was von mir und Delia, um den Kontrast herzustellen. Ich bemühte mich um Belangloses. Das fiel mir nicht schwer. Die wenigen wichtigen Dinge verschwieg ich ihr, zum Beispiel dass Delia das Abenteuer gesucht hatte und dabei irrtümlich auf mich gestoßen war. Ich hatte sie sofort geliebt, sie hatte nichts dafür tun müssen. Was uns beide verbunden hatte, stand in den Büchern. Ich überarbeitete sie. Sie verkaufte sie. Wir beide lasen sie und sprachen darüber. Sie aber hatte jemanden gesucht, der die Bücher lebte und schrieb, einen echten Romanhelden. Gut, sie hatte ihn letztendlich gefunden. Meinen Segen hatte sie. Nein, meinen Segen hatte sie nicht. Aber das konnte ich Helena Selenic nicht erzählen. Dafür war mir ihr Lächeln zu wertvoll. Ich durfte ihre Grübchen nicht verscheuchen.

»Was werden Sie heute noch tun?«, fragte sie mich

viel zu bald, als es ans Ende unserer so genannten Einvernahme ging. Die Frage war skurril. »Ich mache mir einen gemütlichen Tag zu Hause«, erwiderte ich. Sie belohnte mich mit Grübchen. »Wollen Sie nicht enthaftet werden?«, fragte sie. »Nein«, sagte ich. »Wozu? Das würde das Ganze nur verzögern.« Sie hörte gar nicht hin. Sie sagte, es bestünde bei mir weder Flucht noch Wiederholungsgefahr. Sie würde dem Enthaftungsantrag bei einer entsprechend hohen Kaution sofort stattgeben. Sie dachte bestimmt, der Mord sei ein Unfall gewesen. Ich sollte mir nur endlich einen guten Anwalt nehmen. Ich nickte. Aber ich brauchte keinen guten Anwalt. Ich brauchte überhaupt keinen Anwalt. Ich brauchte nur jemanden, der mir glaubte und der keine Fragen stellte.

»Wann darf ich wiederkommen?«, fragte ich. Das »darf« hatte ich bewusst gesetzt und stark betont. Es hatte mich einige Überwindung gekostet. Wir sahen uns jetzt in die Augen. Ich hielt ihrem Blick stand. Ich hätte darin gern meine Zelte aufgeschlagen. »Das nächste Mal müssen wir arbeiten«, sagte sie. Sie erlaubte sich einen Anflug von Schwäche in ihrer Stimme. In einem schlechten Liebesfilm hätte sie »Sie dürfen mich nicht so ansehen!« gesagt. Ich wäre jetzt gerne in einem schlechten Liebesfilm gewesen.

»Helena«, flüsterte sie und reichte mir die Hand. Sie drückte meine, so fest sie konnte, um keinen falschen Eindruck entstehen zu lassen. Es entstand trotzdem einer. »Jan«, erwiderte ich, vermutlich dunkelrot im Gesicht. »Aber bitte nur hier drinnen!«, sagte sie. – Sie hob ihren zarten Zeigefinger. »Nur hier drinnen«, versprach ich. »Nur hier drinnen«, murmelte ich, als mich mein Butler abholte. Nur hier drinnen war ich gefangen.

Die Nächte vergingen jetzt etwas besser und schneller. Dank Helena verlor das Bild von dem mit der roten Jacke manchmal seine scharfen Konturen. Doch noch immer mordete ich alle paar Stunden, wachte im Angstschweiß auf und tat alles, um nie wieder einzuschlafen. Zum Beispiel schrieb ich meiner Untersuchungsrichterin einen eher privaten und ziemlich utopischen Brief: »Liebe Frau Doktor Helena Selenic, es wäre mir eine große Ehre und ein mindestens ebensolches Vergnügen, Sie an einem Tag Ihrer Wahl, aber bitte an einem der nächsten drei Tage und lieber heute als morgen, auf ein Tässchen Kaffee in meine bescheidene Behausung einzuladen. In meinem absolut hamstersicheren Kühlschrank fiebert ein Stück Schokotorte, das mir vom aufmerksamen Personal gestiftet wurde, der Berührung Ihrer Lippen entgegen.« – »Fiebert der Berührung Ihrer Lippen entgegen« hatte ich nur für mich geschrieben. Das wurde gleich wieder gestrichen. Ich verbesserte: »... freut sich ein Stück Schokotorte ... von Ihnen verspeist zu werden.« In der dritten Version ersetzte ich »verspeist« durch »gegessen«. Am nächsten Morgen überreichte ich den mit den Worten »Protokollergänzung für U-Richterin Dr. Selenic« beschrifteten Brief meinem Butler. Er ließ sich nicht täuschen. Er zwinkerte mir zu.

Am Morgen und am Abend durfte ich jetzt im begrünten Innenhof der Strafanstalt unter Aufsicht laufen. Ich bin nie ein Läufer gewesen. Es hatte für mich nie einen Grund gegeben, mich noch mehr spüren zu wollen, als ich mich ohnehin spürte. Überwindung tat ja dem Körper und dem Geist nicht schlecht, aber man sollte doch den Funken einer Ahnung haben, was man eigentlich überwinden wollte. Dieser Funken hatte mir immer gefehlt.

Nun war das anders. Ich lief, um müde zu werden, um mich auszulaugen, um mich zu erschöpfen, um die Energie zu verbrauchen, die ich sonst zwanghaft aufbrachte, um an den mit der roten Jacke zu denken. Ich lief, um das Bild des Mordopfers in meinem Kopf aufzuweichen und durchzuschütteln, bis es sich endlich zersetzte. Das wollte nicht und nicht gelingen, obwohl der Novembernebel mit Verschleierungen von außen tüchtig mithalf. Ich musste immer länger und schneller laufen, um mein Opfer abzuhängen. Dabei stieß ich bald an die lokalen Grenzen. Mehr als je eine Stunde morgens und abends ließ man mich nicht. Und im Zielraum wartete er immer schon auf mich und klagte mich mit seinem provokant ausdruckslosen Passbildgesicht an. Das Gefängnis war eben nicht der richtige Ort, um seinem Schicksal davonzulaufen.

Tagsüber, zwischen den Läufen, war ich hauptsächlich damit beschäftigt, Besucher abzuwehren. Dabei gingen mir irgendwann die Kräfte aus. Und ich ließ ausgerechnet jene zu mir in den Empfangsraum, die ich von allen am wenigsten sehen wollte, die aber am hartnäckigsten darauf gedrängt hatte, mich zu sprechen: Mona Midlansky von der »Abendpost«.

»Kein Wort vom Toten!«, rief ich ihr von weitem zu und spreizte alle zehn Finger von mir. Als Antwort bekam ich dreimal Blitzlicht, schmerzvolle Schnappschüsse aus der Hüfte mitten ins Gesicht. Die beiden Justizwachebeamten wollten sich sofort auf Mona stürzen, um ihr den Fotoapparat aus der Hand zu reißen.

Ich stellte mich schützend vor sie. »Ist schon okay«, sagte ich, »das gehört zu ihrem Job, das macht den Job aus.« Mona strahlte mich an. Ihr Gesicht glänzte vor Hochspannung. Um die Nervosität zu zähmen, kaute sie wie ein Pferd an ihrem Kaugummi. Wenn sie zubiss, traten an ihren Schläfen die Adern hervor.

Sie setzte sich und beugte sich über den Tisch zu mir. Zwischen dem zweiten und dritten Knopf ihrer zu engen Bluse, die ihren üppigen Oberkörper nur notdürftig abpackte, konnte (oder musste) ich ihren grobmaschigen grauen BH sehen, der kleine Karos ihrer durchscheinenden Haut preisgab. Mich hätte nicht verwundert, hätte sie mir allein für die Fotogeschenke angeboten, ihr bis ans Lebensende täglich auf diesen Karo-Busen greifen zu dürfen. Denn die Fotos verdoppelten vermutlich ihren journalistischen Marktwert. Schon daran erkannte man, was der journalistische Markt wert war.

Mona Midlansky hatte aber noch lange nicht genug von mir. »Jan«, flüsterte sie verschwörerisch und rückte mir unverschämt nahe zu Leibe. Ich roch ihren scharfen Schweiß. Ihre Augen fixierten meine Lippen und gierten nach meinen Worten. Mordverdacht war für sie purer Sex. »Jan, du hast das alles inszeniert, stimmt's?« Ich schüttelte den Kopf. »Du machst eine große Undercoverstory über das Gefängnis. Das ist es doch, oder?« – »Das ist es nicht«, erwiderte ich. »Was ist es dann? Komm schon, bitte, sag es mir«, flehte sie mich an. Sie tat mir leid. Sie war hörig. – Und nicht einmal einem Menschen. Einer Sache. Ihrem Job.

»Bist du schwul? Du bist nicht schwul. Nein, du bist nicht schwul«, sagte sie. Sie beugte sich noch weiter über den Tisch. Ihr Busen lag jetzt in vollem Umfang auf der Platte. Ihre Körpersprache war mir vor den Justizwachebeamten unangenehm. Was dachten die, in welchen Kreisen ich verkehrte.

»Du kannst schreiben, dass ich ein Mordgeständnis abgelegt habe. Das sollte endlich geschrieben werden«, flüsterte ich in die Nähe ihres Ohres. Die Beamten hatten nichts gehört. Sie hatten sich gerade gegenseitig auf die Uhren oder beim Gähnen in ihre Rachen gesehen. Monas Mund erstarrte mitten in der Kaubewegung in schräg geöffneter Lage. »Das ist Wahnsinn, Jan«, sagte sie. »Du bist wahnsinnig. Das kann ich nie, nie, nie schreiben. Das glaubt mir keiner. Das bestätigt mir keiner. Da krieg ich die Kündigung.« Ich mühte mir ein Lächeln ab. Das war schon das Tragische an der Geschichte. Es ging ja nicht um Mord, es ging um die Gefahr, dass Mona Midlansky gekündigt werden könnte, statt Karriere zu machen. Ich hob die Schultern und ließ sie wieder fallen.

Mona senkte den Kopf und presste ihre Brust auf die Tischplatte, sodass sie oben aus der Bluse hervorzuquellen begann. Ich konnte meinen Blick nicht davon losreißen. Vom Ekel zur Lust war es nur ein kleiner Schritt. So wie vom Lieben zum Töten. Das waren die am weitesten entfernten Dinge im Lebenskreis, die so lange voreinander zurückwichen, bis sie plötzlich Rücken an Rücken standen und sich im Schock berührten. Dann mussten sie sich nur noch umdrehen und waren eins.

»Du ein Mörder? Ich glaube, du bist nicht ganz dicht«, sagte Mona beinahe liebevoll und richtete sich auf. Das Gespräch war jetzt wieder offiziell. Die Beamten erwachten und nahmen uns wahr. Beide blickten diesmal auf ihre eigene Uhr und tippten mit je einem Finger der anderen Hand darauf. Auch ich meinte, dass es genug war. »Aus dir soll einer schlau werden«, sagte Mona und bedankte sich mit ihren Lippen bei meinen Wangen für die Fotos. Das wäre nicht notwendig gewesen.

ZEHN

Meine Turmspringerin ließ schon eine Woche nichts von sich hören. Dass sie mein Schreiben ignorierte und nicht zum Kaffee zu mir in die Luxuszelle kam, konnte ich ihr nachsehen. Sie wollte vermutlich ihren juristischen Beruf hier noch länger ausüben. Unverzeihlich waren die langen Pausen zwischen unseren Einvernahmen, für die sie mir jede Erklärung schuldig blieb. Ich erkannte immer schon am Blick meines U-Haft-Butlers, dass er mir wieder keine Nachricht von ihr zu übermitteln hatte. Zuerst erkundigte ich mich täglich mehrmals nach ihr. Aber dann erschöpfte sich meine dabei gespielte Beiläufigkeit. Und ich wollte in den wenigen mir verbliebenen Gefühlen der Hoffnung nicht gar so plump und durchschaubar wirken. Ich hatte jedenfalls panische Angst, Selenic könnte den Fall abgegeben haben. Sie gab mir keine Chance, um sie zu kämpfen. Dabei musste sie wissen, dass in meiner Lage nichts qualvoller war, als zu warten, ohne zu wissen, worauf. Ich tröstete mich damit, dass genau dies ihre Taktik war. Denn solange sie taktierte, verlor ich sie nicht.

Alex schrieb mir einen Brief zurück, der mein gebrochenes Herz in weitere kleine Stücke zerlegte: »Ich weiß, dass du ein guter Mensch bist, Jan. Ich habe in dreißig Jahren keinen besseren kennen gelernt. Schon deshalb kann ich dir nicht verzeihen, was du mir antust. Man kann nur verzeihen, was man begreift. Ich hoffe, du kannst es wenigstens – begreifen und dir verzeihen. Die Zeitungen sind täglich voll von dir und den seltsamsten Geschichten. Ich traue mich nicht einmal den Fernseher aufzudrehen, weil ich fürchte, wieder dein Gesicht zu sehen. Wir alle rätseln, was passiert ist. Du hast viele Freunde, Jan! Sie rufen hier alle paar Minuten an. Sie sind fassungslos. Manche weinen, und ich weine mit ihnen. Michaela, Gerald, Benjamin, Doris. Hast du sie alle vergessen? Ich ertrage es nicht mehr, ich lege den Telefonhörer zur Seite. Es gibt bei uns kein anderes Thema mehr. Keiner traut dir was Böses zu. Aber dass du noch immer in Haft bist, das macht uns halb wahnsinnig. Jan, ich will dich sehen, aber ich schaffe es noch nicht. Deine Alex. Übrigens: Gregor ist bei mir eingezogen. Ich habe aufgegeben. Mir fehlt die Kraft, mich auf meine eigenen Beine zu stellen. Mir fehlst du, du Idiot! Ohne dich geht nichts.«

Ich konnte nicht weinen. Der Schmerz brannte mir die Augen aus. Es war zwar schon dunkel, aber ich musste raus aus dem Zimmer ins Freie. Mein Abendessensträger holte die Erlaubnis ein, mich noch einmal frische Luft schnappen zu lassen. Dafür hatte er eine Stunde Jammern bei mir gut – aber ein andermal. Ich durfte zehnmal die große Runde laufen, bei der Maschinenhalle vorbei, hinunter zum Heizhaus, die so genannte Berliner Mauer entlang bis zur Gärtnerei und hinter der kleinen Tischlereiwerkstatt wieder zurück. Mein Wächter wollte im Umkleideraum auf mich warten und ein paar Zigaretten heizen. Er vertraute mir. Mir vertraute hier jeder.

Es waren mehrere Läufe gleichzeitig. Ich bog von der Halle ab und lief zu Alex, die noch immer am Türrahmen lehnte. Ich fiel ihr in die Arme, strich mit den Fingern ihre wirren blonden Haare glatt, und wir beschlossen, einander nie mehr auch nur eine Sekunde zu vergessen. Bei der Gärtnerei, die wie ein Friedhof dalag, streute mir der Wind ein paar Körner Frost ins Gesicht. Delia holte mich ein. Ich durchlief meinen ersten Winter mit ihr. Wir verkrochen uns zu Hause im Bett und wandelten jede Schneeflocke, die beim Fenster vorbeizog, in einen Kuss um. Daraus bastelten wir eine Decke, mit der wir uns umhüllten und die uns keine Kälte mehr spüren ließ. Wir waren füreinander bestimmt und geschaffen, unsere Liebe war absolut winterfest. Es hätte nur nie aufhören dürfen zu schneien.

Unten im Heizhaus brannte noch Licht. Ich stellte mir vor, Helena Selenic wartete dort auf mich. »Zeit für unseren Kaffee«, hätte sie geflüstert, hätte meine Hände genommen und sie auf ihre Hüften gelegt. Es war keineswegs so, dass jetzt die Fantasie mit mir durchging, wir beide waren immerhin allein im Heizhaus und ich hatte schon lange keinen Sex gehabt. Ich durfte ihren halbnackten Körper fühlen und es war ihr recht, dass ich meine Erregung nicht mehr kontrollieren konnte.

Mein Abenteuer endete abrupt, mitten im Lauf. – Als ich zum achtenmal beim Heizhaus vorbeikam, brannte plötzlich kein Licht mehr. Ich bildete mir ein, Stimmen zu hören. Vielleicht war es mein Keuchen, das sich mit der Novemberluft über die rauen Zeiten unterhielt. Ich beschleunigte mein Tempo, und die Stimmen wurden lauter. Sie kamen direkt auf mich zu. Ich war in meiner Feigheit geistig zu träge, um zu flüchten. Mir fehlte die Begabung, umzudrehen, wenn ich schon spürte, dass ich in mein Verderben lief.

Bei der abschüssigen Gärtnerei, wo die Finsternis den Boden unter meinen Füßen schluckte, warf mich ein Hindernis aus der Bahn. Ich stolperte, fiel und schlug mit der Schulter hart gegen Beton, vermutlich gegen die Berliner Mauer. Nun war mir klar, was soeben geschah, doch ich weigerte mich, es mir auszumalen.

Ich wusste nicht, ob es zwei oder drei waren. Einer drehte mir die Arme nach hinten und fesselte meine Gelenke auf dem Rücken. Einer packte mich am Hals und beutelte meinen Körper. Einer fasste mich an der Trainingshose, hob mich hoch und schwang mich über seine Schulter. Sie schleppten mich wie einen Mehlsack ein paar Meter weiter. Ich hörte das Quietschen einer Tür. Dann waren wir in einem geheizten, finsteren Raum, wahrscheinlich war es die Tischlerei. Einer drückte mich zu Boden und brachte mich in eine halbliegende Stellung. Er presste sich von hinten an mich wie im Zweierbob, umklammerte mit seinem breiten Arm meinen Bauch. Vorne bohrte mir einer seine Finger in die Wangen, bis sich mein Mund öffnete. Dann leerte man mir eine Flüssigkeit hinein. Ich dachte an Benzin, Feuer und kein Weiterleben nach dem Tod. Es war Schnaps, ungefähr hundertprozentig. Er schmeckte nach einer starken Narkose für das, was folgen sollte. Ich hatte keine Angst. Dafür war es zu spät.

Nun gab einer die ersten Laute von sich. Es war ein heiseres Gurgeln, das Worte hervorspie. Es bestätigte, was ich verweigert hatte zu befürchten. »Wen haben wir denn da? Wer ist uns da zugelaufen? Ist das vielleicht unser Schwulenmörder? Weiß er, was wir hier drinnen mit Schwulenmördern machen?« – Ich wusste es, ehe ich es zu spüren bekam. Der Arm von hinten schloss sich enger um meinen Bauch. Eine Hand stürzte sich wie ein Raubvogel auf meinen Unterleib und begann zu schnappen, zu wühlen und zu schüren. Ich war erleichtert, sofort Schmerz zu empfinden. Für Scham und Ekel ließ man mir keine Zeit. Die Hand hatte sich unter meine Hose gegraben und festgesaugt, ein dicker Finger bohrte sich in meinen After. Der Greifvogel keuchte mir ins Ohr. Mir schauderte vor seiner Erregung. »Noch einen Schluck?« Das war der Zweite. Er drückte seine Hände auf meine Knie und spreizte meine Beine. Ich spürte Schnaps über mein Gesicht rinnen. Ich streckte die Zunge danach aus. Ich dachte an Delia. Ich wünschte, sie könnte mich so sehen. Nicht meinen Körper und die Schänderhände, die sich daran bedienten. Nur mein Gesicht. Den Ausdruck darin. Schande. Schmerz. Ohnmacht. Strafe. Sühne. Buße. Entschlossenheit, alles auszuhalten und durchzustehen. Unbeugbaren Trotz in den Augen. Was konnte Böses mit mir geschehen? Welche Empfindung war unerträglicher als keine? Was war schlimmer als Delias abschätziger Blick, der meine innere Leere widerspiegelte? Ihre Enttäuschung, in einem Buch ohne Inhalt zu blättern? Jetzt sah sie mir zu, wie ich mich spürte, wie lebendig ich war in meinen Regungen. Dabei glänzten ihre Augen wie nach unserem ersten Mal Liebesabenteuer. Dafür liebte sie mich. Dafür wäre sie alt mit mir geworden.

Zwischen mich und Delia schob sich ein Oberkörper, raubte ihr die Sicht und mir die Sinne. Ich versuchte die Luft anzuhalten, um nicht am Schweiß- und Alkoholgestank meiner Peiniger zugrunde zu gehen. »Jetzt zeig uns, was du draufhast«, gierte mir der vordere ins Ohr. Ich formte aus seinen Brusthaaren Granitsteinchen. Mein Gesicht radierte eine Felswand entlang. Ich war aufgeschunden und widerstandslos. Mein Mund öffnete sich von selbst und ließ den Felsvorsprung hinein, glitschig, modrig, schleimig, sämig an der Spitze. Er stieß an meinem Gaumen an, stopfte meine Kehle zu, würgte mich von innen. Der Mann kniete jetzt über mir und hielt sich wie ein Reiter an meinen Haaren fest. Zwischendurch peitschte er mich mit Ohrfeigen. Sie waren weich und taten deshalb besonders weh: Es war die subtile Qualität der Demütigung. Noch einmal gelang es mir, das bestialische Gestöhne, den Gestank nach Fischmehl, die fiebrigen Finger zwischen meinen Beinen, die immer tiefer in mich eindrangen, und den abscheulichen

Steinzapfen in meinem Mund, der immer heftiger in mir rüttelte, aus meinen Gedanken zu verbannen. Erstmals freiwillig ließ ich den mit der roten Jacke an mich heran. War es sein natürlicher Tod? Wie lange hätte er es noch gemacht? Wann wäre er gestorben, wenn nicht wegen mir? Am selben Abend? Einen Tag später? Zehn, zwanzig Jahre, dreißig danach? Als alter, kranker Mann? Glücklicher oder unglücklicher als von meiner Hand? Reicher im Herzen oder ärmer? Sinnvoller im Dasein oder sinnloser? Schmerzerfüllter in der Seele oder schmerzfreier? – In meinem Mund zuckte es auf und ab, das Stöhnen steigerte sich zum Geschrei. Die Krallen rissen immer fester an meinen Haaren.

Unten bohrte und schabte das wilde Tier. Ich presste die Augen zu und drückte Schnapstränen an den Rand. Die nächsten Sekunden musste ich überstehen, dann war entschieden, wie viel von mir hier überleben konnte.

Der Fels auf meiner Zunge hatte sich trockengerieben. Da füllte sich meine Mundhöhle mit brennender Flüssigkeit, die wie Lava aus dem Stein hervorquoll. In meinem Magen begann der Ekel Spiralen nach oben zu drehen. Ich beugte mein Gesicht zur Seite, um mich vom Gift zu befreien. Doch der Peiniger nahm nun seine Hände zur Hilfe, um mir das Maul zu stopfen und um mir die letzte Öffnung zu verschließen. Der Fels wurde weicher und weicher, wie ein verwesender Fisch, zog sich zurück, schlüpfte heraus, klatschte auf meine Lippen, vergoss seine letzten tranigen Säfte.

»Bitte Wasser«, hörte ich mich stöhnen. Sie hatten Mitleid und gossen mir eine halbe Flasche Schnaps in meinen Rachen. »Man sieht sich, Schwulenmörder«, grollte einer wie ein nachlassendes Gewitter. Dann zogen sie ab. Ich blieb liegen und öffnete meine Augen, um mir zu beweisen, dass ich unverwundbar war. Da erst wurde es finster um mich und Delia legte ihr Buch zur Seite und gähnte.

Elf

Von den nächsten Tagen behielt ich nichts. Mein Gedächtnis erbrach sie wie unverdauliche Rohkost. Mein Abendwächter war der Einzige, der wusste, was passiert war. Erst hatte er geglaubt, ich wäre der Anstalt billig entflohen. Dann fand er mich vor dem Heizhaus, zusammengerollt wie ein Embryo, starr wie eine Wodkaleiche im Novembernebel. Ich musste meinem Erlebnis einige Hundert Meter davongekrochen sein, ehe ich zerlumpt liegen geblieben war. »Wer war das?«, will er gefragt haben. »Gute Kerle«, soll ich hervorgepresst haben.

Er schleppte mich heimlich in meine Zelle zurück, brachte mir Salben und gab mir Tabletten, die mich trotz der Schmerzen schlafen lassen sollten. Er hatte panische Angst, seinen Job zu verlieren. Die mit den miesesten Jobs haben immer die größte Angst, diese zu verlieren. Ich versprach, die Sache in sich und in mir ruhen zu lassen und niemandem davon zu erzählen. Er versprach, mir nie mehr in der Dunkelheit freien Auslauf in mein mögliches Verderben zu gewähren.

In der Nacht mussten sie meine Schreie gehört haben. Und ich hatte angeblich Blut und Schleim gespuckt. Sie holten mich aus meinen Alpträumen und legten mich auf eine Bahre, wie damals auf dem Schulschikurs mit dem verdrehten Knie, den gerissenen Sehnen und Bändern. Damals hatte ich gedacht, dass mein Kontingent an Leid bereits erschöpft war.

Am nächsten Morgen, als es überraschend wieder hell wurde, befand ich mich an einem fremden Ort: eingewiesen. Es roch nach Blinddarmoperation und eine Frau drückte meine Hand. Mir fiel meine Mutter ein. Sie war Schneiderin gewesen. Sie hatte niemals einen weißen Arbeitsmantel besessen, immer nur hellblaue. Meine Mutter war tot. Autounfall, tragisch. Ich sah Delias Gesicht, als sie meines sah, als ich es ihr sagte. Die Schwester am Krankenbett hatte mit Mutter nichts zu tun. Sie überprüfte die Infusionsschläuche am Arm eines von Häftlingskollegen überrumpelten Mörders. Zum Glück war ich kein depressiver Mensch.

»Schwere Darmvergiftung«, diagnostizierte ich dem Arzt und er mir und wir allen anderen, die sich dafür zu interessieren vorgaben. Keiner untersuchte meinen Arsch im Inneren, Gott sei Dank, und die Schürfwunden und die blauen Flecken hatte mir die Berliner Mauer verpasst. Ich war wahrscheinlich dagegengerannt. Das kam bei labilen Untersuchungshäftlingen schon mal vor. Nun war mein Zustand stabil, wie mir die Schwester versicherte. Sie verstand etwas von Medizin.

Mein Leben ging erst in der U-Haft wieder weiter. Helena Selenic ließ mir durch meinen Butler »herzliche Genesungswünsche« ausrichten. »Hat sie ›herzlich‹ gesagt?«, fragte ich. »Herzliche oder gute oder auch nur Genesungswünsche, ist doch egal«, erwiderte er. Ich nickte, aber es war nicht egal.

Die Liste derer, die mich dringend besuchen oder schleunigst hier rausholen wollten, war unüberschaubar lang geworden. Die Namen meiner Freunde und Bekannten von damals waren mir inzwischen fremd. Ich konnte keinen an mich heranlassen, ich wusste nicht, was ich mit ihnen reden sollte. Sie kannten Mord und Vergewaltigung nur aus Filmen, bestenfalls aus Recherchen. Aber sie trugen nichts davon in sich. Und ich nichts anderes mehr als dieses: Mord und Vergewaltigung. Einmal Täter, immer Opfer.

Zwei Termine gaben mir das Gefühl, noch nicht am Ende meiner Biografie angelangt zu sein. Auf den wichtigeren musste ich noch ein paar Tage warten: »Strafsache Rolf Lentz, weitere Einvernahme des Tatverdächtigen Jan Haigerer vor dem Untersuchungsrichter«, stand auf dem Merkblatt. »Untersuchungsrichter?«, fragte ich meinen Justizwachebeamten. Mir blieb das Herz stehen. »Auch Frauen sind bei uns Richter«, erwiderte der Mann. Er lächelte. Ich war erleichtert. Auf Selenic konnte ich nicht verzichten. Ohne sie war diese Hürde nicht zu nehmen.

Der unwichtigere Termin war anscheinend der dringlichere: »Der Professor« beeilte sich, meine Bekanntschaft zu machen. Professor Doktordoktor Benedikt Reithofer. Vorstand des Instituts für. Ehrenpräsident der Stiftung für. Leiter der dritten Abteilung im. Gastprofessor an der Universität von. Gründer der Privatklinik für. Gerichtlich beeidigter Sachverständiger für. Gab es vor ihm bereits so etwas wie forensische Psychiatrie oder war er ihr Erfinder?

Ich kannte ihn flüchtig von früher, als ich noch so tun musste, als wäre ich Journalist. Mehrmals bei Presseterminen schüttelte ich seine mehlige Hand. Seine Augen waren schon damals in ihre Schlitze zurückgekrochen.

Er hatte den Kontakt zur Außenwelt verloren, der war nicht mehr notwendig. Die Innenwelt bestand aus einem fünfbändigen Lexikon, seinem Lebenswerk, das der Nachwelt nicht erspart bleiben durfte. Darin konnte man nachlesen, warum der Mensch so war, wie er war. Weil Professor Reithofer ihn so sah. Das hatte ihn angestrengt und müde gemacht. Jetzt befand er sich, »hochaktiv«, wie es hieß, im verdienten Ruhestand all seiner Funktionen. Bei ihm arbeitete nur noch die Visitenkarte. Und Honorarnoten spielten die Begleitmusik.

Aber ich musste aufpassen. Er war einer der besten Freunde von Guido Denk, dem Herausgeber der »Kulturwelt«, meinem Chef, meinem ehemaligen. Und so plauderten wir zu Beginn unserer psychiatrischen Einvernahme über Denk und seinen Hang zur Literatur, der in Reithofers Hang dazu überging. Das heißt: Er plauderte und ich gab ihm Recht. Thomas Mann muss der Größte aller Zeiten gewesen sein. Sonst hätte ich diese Stunde nie überstanden.

»So, mein Junge«, sagte er dann und schnaufte wehmütig, denn er entsann sich, dass er hier mit mir so etwas wie Arbeit vor sich hatte, und wenn sie nur darin bestand, eine solche honorartauglich vorzutäuschen. »In welchem Schlamassel stecken wir denn da eigentlich?« Es war die Frage nach meiner Persönlichkeit und allfälligen Knoten, die das Schicksal mir mutwillig hineingeknüpft hatte. Ich war höflich, artig und zweckdienlich in all meinen Hinweisen. Ich breitete die volle Palette der Belanglosigkeiten meines Lebens vor ihm aus und er klopfte sie im unermüdlichen Halbschlaf eines lichten Greises nach schizophrenen Unebenheiten und psychotischen Nahtstellen ab, natürlich erfolglos.

Er machte es sich vielleicht auch ein bisschen zu leicht. Er fragte mich, ob ich mich jemals geistig krank gefühlt habe. Ich bedauerte: niemals, nein. Er fragte, ob ich nächtens manchmal Stimmen höre, die mir Befehle gaben. Mir wären dazu ein paar schlechte Scherze eingefallen, aber ich blieb ernst und sagte: »Stimmen schon, aber nur im Traum, und meistens von Bekannten, und da waren keine Befehle dabei, zumindest kann ich mich nicht daran erinnern.« Er nickte erleichtert. Er fragte, ob ich jemals Todessehnsüchte habe. Ich war ehrlich und sagte: O doch, manchmal, immer wieder. – Ich solle das nicht so schwernehmen, tröstete er mich. Diese Sehnsüchte hätten alle, und allen voran er selbst. Er verwendete dafür klügere Worte, er kannte sie aus seinen Büchern.

Er mochte mich, er vertraute mir. Er unterhielt sich gern mit mir. Ich spürte, wie er auf meine Unschuld setzte. Meine größte Stärke und Schwäche war es, Erwartungen zu erfüllen. Wir sprachen über Frauen. Das heißt, er sprach über Frauen und ich lächelte ihm zu. Er hatte eine für alle Ewigkeit und mehrere für die vielen Pausen dazwischen. Und die Gier nach diesen schönen Zeiten, da sein Ruhm noch begehrlich war, schob ihm die Augen aus den Furchen hervor, sodass plötzlich ein alter Mann mit sehnsüchtigen Blicken und spätreifen Gefühlen für Unwiederbringliches vor mir saß.

»Mein Junge, wir verzetteln uns«, fiel ihm irgendwann auf. Er blickte auf die Uhr, um aus den Träumen zu erwachen. »So, mein junger Freund«, sagte er. Er räusperte sich, er glättete sein schütteres weißes Haar. »Und jetzt erzählen Sie mir einmal, was in dieser schrecklichen Nacht da plötzlich über Sie gekommen ist.« Seine Augen zogen sich in ihre Schlitze zurück. Eine halbe Stunde später waren wir fertig.

Mein Wächter hatte die Dosis der Schlafmittel nach und nach herabgesetzt. In den Nächten gelang mir nun kaum noch die Flucht vor meinem Erlebnis in der Tischlereiwerkstatt. Zwischen meinen Schenkeln bohrten unentwegt die Krallen der Vergewaltiger, die die Wunden immer wieder aufrissen. In meinem Mund glitt der verweste Stein auf und ab. Ich spuckte und spie, doch der Geschmack hatte sich an Gaumen und Rachen festgefressen, jedes Geräusch außerhalb der Zelle bereitete den nächsten Überfall vor und ich war dazu verdammt, mit rasendem Pulsschlag auf der Lauer zu liegen. Erst wenn es draußen hell wurde, konnte ich ein bisschen schlafen.

Die mir das Essen brachten, hörten nicht auf, mich mit Informationen von außen zu geißeln und mir Schlagzeilen vor die Augen zu knallen. Die Zeitungen waren noch immer voll mit meiner Geschichte. »Schwulenmord im Coolclub: Prominenter Journalist vor der Enthaftung«, hieß es. Oder umgekehrt: »Mord im Club: Neue Verdachtsmomente gegen Jan Haigerer«. Untertitel: »Zeugen wollen den Kulturwelt-Journalisten und das Mordopfer in einschlägigen Lokalen gesehen haben«.

Die »Abendpost« brachte unter »Erschütternd – der Verfall des Jan Haigerer« gleich eine Serie jener Fotos, die Mona Midlansky in der Haft von mir geschossen hatte. Im Text verschwieg sie mein Geständnis und log den Lesern frech ins Gesicht: »Experten gehen von einem Unfall aus. Auch ein Selbstmordversuch mit fatalen Folgen scheint nach dem momentanen Stand der Ermittlungen nicht ausgeschlossen.« Ich dachte an Alex und versuchte vergeblich zu weinen.

Der Akt liege derzeit bei der Untersuchungsrichterin, hieß es weiter. Über eine Mordanklage solle in den nächsten Tagen entschieden werden. Wahrscheinlicher sei ein Strafantrag wegen fahrlässiger Tötung. Der »bekannt medienscheue« zuständige Staatsanwalt Siegfried Rehle sei vorläufig »zu keiner Stellungnahme bereit«. Als ich den Namen Rehle hörte, schlief ich ein paar Stunden gut.

Ein Brief ohne Absender ließ mir die restliche Wartezeit auf mein Rendezvous mit Helena kurz werden. Ich las seinen Inhalt eine Nacht lang, etwa hundertmal in der Stunde. Im Geiste wiederholte ich ihn weitere tausendmal. Dutzende Male ließ ich ihn über meine ausgetrockneten Lippen rollen, wiegte ihn auf der aufgerauten Zunge, blies ihn gegen die stickige Luft meines Gefangenenzimmers.

Das Briefpapier war eine schäbige Serviette. Der Text war mit rotem Filzstift geschrieben. Die Botschaft, die das Papier und jeden Winkel meines Freiraums füllte, bestand nur aus einem Wort. Dieses setzte sich aus vier Silben zusammen. Die erste Silbe beinhaltete drei Buchstaben, die anderen hatten jeweils zwei. Insgesamt waren es also neun, säuberlich in Blockschrift gesetzt, mehr gezeichnet als geschrieben, eher von einer Frau als von einem Mann.

Wahrscheinlich von einer Frau. Sicher von einer Frau. Ich war überrascht oder schockiert oder erfreut oder berührt oder verletzt oder getroffen, in jedem Fall fühlte ich mich betört und überrumpelt und ich genoss dieses Gefühl. Es war das Gegenteil von einer Vergewaltigung. Ich war weder Täter noch Opfer. Und ich wusste natürlich sofort, wem ich es zu verdanken hatte.

Ein einziger Buchstabe kam doppelt vor, einmal an fünfter und einmal an siebenter Stelle. Es war das I. Es gab dem Wort die Tiefe. Kräftig, farbig und heiß – sein Beginn. Zart, filigran und verwaschen, wie die Farben von Lilien – sein Mittelteil. Rund und satt und warm sein Abschluss, als könnte »Ende« niemals aufhören, weil seine zweite Hälfte fehlte. Ein Wort, das sich in Teile zerlegen und wieder zusammenbauen ließ. »Rein« steckte darin und »Sein« und »Nase« und »Bein« und »Bar« und »Sieb« und »Reis« und »Rieb« und »Rabe« und »Salbe« und »Salbei« und »Rasen« und »Lieb« und »Sie«. Und leider auch »Nie«.

Am nächsten Morgen fand mich mein Wächter über meinen Sessel gebeugt. Er schüttelte mich an den Schultern und holte mich von meiner Reise zurück. Ich hob die Stirn. Die feuchte Serviette blieb daran kleben. Ich zog sie von der Haut und legte sie auf den Tisch. Ich sollte mich fertig machen für die Einvernahme. Ich ließ kaltes Wasser über meinen Nacken rinnen. »Wie sehe ich aus?«, hätte ich ihn beinahe gefragt. Aber er war beschäftigt. Er stand beim Tisch und las: Brasilien.

Zwölf

Helena Selenic, meine Turmspringerin, meine Untersuchungsrichterin, sah ich nur ein, zwei Sekunden. Schwarz war sie angezogen. Rot war ihr Haar geblieben. Die Grübchen über den Mundwinkeln – gestochen scharf gezeichnet. Statt mir guten Morgen zu wünschen und auf mich zuzugehen, blieb sie amtlich an ihrem Schreibtisch sitzen, lächelte und setzte eine Art feierliche Geste: Sie hob beide Arme zur Seite, als würde sie ein Flugzeug einweisen, als würde sie einen unsichtbaren Gegenstand verrücken, als würde sie die Manege freigeben, als würde sie einen Kameraschwenk vorbereiten. Ich sollte meinen Blick von ihr abwenden und schräg hinübersehen. Ich tat es. Ich riskierte es. Ich bereute es sogleich.

Im hellgrauen Sofa wartete ein Überraschungsgast auf mich, die Beine übereinandergeschlagen, die Füße ineinander verkeilt, die großen Zehen aus den Designerschuhen herausragend über Kreuz, wie nur eine es konnte, wie nur die eine es tat. Ich wollte sofort in meine Zelle zurück und überlegen, was zu tun sei. Alles in mir rührte sich, nichts an mir regte sich. Delia. Kein Spaß. Kein Traum. Kein schlechter Roman. Delia.

»Jan. Jan.« Zwei schüchterne Verzweiflungsrufe einer Ungeübten. »Alex hat mir am Telefon erzählt, was sie in der Zeitung über dich schreiben. Wir sind sofort hierhergereist.« Wir? – Wir. Sie und ihre Trennung von mir. Sie waren zu zweit geblieben. Sie waren sich treu und mir untreu geblieben. Ihre Stimme – anders, rauer, tiefer. Ihr neuer Akzent machte sich über die gemeinsamen Jahre mit mir lustig. Gesprochene französische Literatur. Vermutlich musste man in Frankreich so reden, um oben dabei zu sein. Sie war oben dabei. Höhenluft. Oberfläche. Sie sah aus wie eine Pariserin auf einer Werbetafel für die neueste Wimperntusche von Vichy oder Lancôme oder was es da gab. Und was für eine Werbetafel! Dutzende Quadratmeter überlebensgroß. Überdeckte garantiert den Triumphbogen. Täglich tausend Beine liefen die Champs-Élysées entlang auf sie zu. Tausend Augen hielten sich an ihr fest. Frauen stießen ihren Männern kollektiv die Ellbogen in die Seite, damit sich deren Haifischmäuler wieder schlossen. Frankreich lag Delia zu Füßen und betete sie an. Die Arschgeige war wahrlich nicht zu beneiden. Die hatte alle Hände voll zu tun, diese Frau an ihrer Seite zu behalten. Alle paar Monate ein mit Spannung erwarteter neuer Roman, das war das Mindeste. Und irgendwann der Herzinfarkt. Nein, das vergönnte ich ihm nicht.

Ich sagte: »Schön, dich zu sehen, Delia.« Ich zwang mich dazu – es zu sagen und es zu empfinden und mir dabei ein Lächeln ins Gesicht zu meißeln. Mir wären bessere erste Sätze eingefallen. Täglich fielen mir welche ein. Mir wäre kaum ein schlechterer erster Satz eingefallen, hätte ich wenigstens ein paar Sekunden Zeit gehabt, nachzudenken. »Schön, dich zu sehen«, nach eintausendeinhundertsechsundsiebzig Tagen Abstinenz. Und ein Mord war dazwischen. Anderes Leben, anderes Buch. Ein Mord zwischen den Zeilen, zwischen den Zeiten, zwischen ihr und mir. Der mit der roten Jacke und seine Rächer in der Gefängnistischlerei – das waren jetzt meine Nächte. Und ihre? Französische Betten?

»Jan, warum bist du hier? Was ist da Schreckliches passiert?« Sie spreizte die Finger von sich und schüttelte die Spitzen leicht, als würde sie Nagellack trocknen lassen. Ihre Anteilnahme wirkte trotzdem echt. Sie konnte schon immer mehrere Dinge auf verschiedenen Gefühlsebenen gleichzeitig tun. Warum nicht einmal Anteil nehmen und maniküren? Ihre Zuwendung war Abwendung und Woandershinwendung und Wiederzurückwendung in einem. Sie liebte die Abwechslung, sie liebte das Gegenteil von mir.

Ich saß jetzt neben ihr. Ihre Gerüche waren mir fremd. Ihre Mundwinkel waren spitzer geworden, ihre Nasenlöcher größer. Oberfläche. Höhenluft. Man atmete schwerer neben einem Jean Legat. Bei mir blieb ihr die Luft nie weg, und wurde sie knapp, hielt ich meine an und überließ sie ihr. Ihre Pariser Pupillen strichen über meine Haare, als wäre ich ein schutzbedürftiger, Trost suchender kleiner Gassenbub, dem man den Ball weggenommen hatte. Weil sich der Bub auch immer in den dunklen Bezirken herumtreiben musste! – Ja, so sprachen mich ein paar vornehm aufgezogene Kummerfalten auf ihrer Stirn gleich direkt an. Sie schüttelte den Kopf, sah mich grauenhaft mitleidig an, als würde sie mich gern unter die Dusche stecken, als grauste ihr bereits vor mir.

»Es wird sich alles aufklären«, sagte ich. Keine Dusche. Ich war sauber. Hatte ich ihr sonst etwas zu sagen? War ich ihr eine Erklärung schuldig? Musste ich mich wirklich um Worte bemühen? Wer, wenn nicht sie, konnte begreifen, was geschehen war, ohne es zu wissen? Zwei sechs null acht neun acht. Kein Mensch war so nah dran wie sie.

»Du siehst gut aus«, wehrte ich mich. Allein dafür war es gerecht, dass sie mich nicht mehr liebte. Ihre Schultern zuckten ein verhaltenes »Danke« heraus. »Jan, ich bin hier, um …« Ich sperrte meine Ohren zu. Ich konnte das, Mund und Ohren zusperren, wie in der Schule. Delias »Ich-bin-hier-um«-Schläge waren mir zu gefährlich. »… hier, um mich für immer zu verabschieden«? »… hier, um dir zu sagen, dass ich Jean heiraten werde«? »… hier, um dir zu sagen, dass ich im vierten Monat schwanger bin«? – Ich hatte Angst vor solchen Sätzen. Sie kamen immer, wenn ich Angst davor hatte.

Damals, am Ende unseres dreizehnten Sommers, hatte ich Angst, Delia zu verlieren. Meine Ruhe hatte sie hoffnungslos unruhig gemacht. Mein Weg war ihr zu breit für uns zwei geworden, zu flach, zu ausgefahren. Der Portier in der »Kulturwelt« rief mich zum Empfang. Dort stand sie, die dort nicht hingehörte, nahm mich nur ein paar Zentimeter zur Seite und flüsterte: »Jan, ich bin hier, um dir zu sagen, dass ich dich verlassen werde.« – »Warum?«, fragte ich. »Darum«, sagte sie. Die Begründung war ihr Blick, sonst gar nichts.

»Hörst du mir überhaupt zu?«, fragte sie. Tat ich nicht. Endlich ein Vorwurf, hatte ich schon vermisst.

»Jan, ich bin hier, um dir aus der Patsche zu helfen«, wiederholte sie. »Aus der Patsche«, das waren enttäuschende Worte. Aber sie konnten mir nichts anhaben, konnten mir nichts mehr wegnehmen. Ich war sogar ein bisschen dankbar. »Aus der Patsche« hatte ein gewisses Format. Es war ein kleines Kärtchen, ein Visitenkärtchen. Sie legte es vor sich auf den Tisch und tippte mit Daumen und Zeigefingern auf die Ecken, um ein Miniaturgemälde daraus zu machen.

»Er ist der beste Anwalt, den es für solche Fälle gibt«, sagte sie. Für solche Fälle? Gab es denn einen zweiten solchen Fall? – »Pascal Bertrand, 14, place de la Victoire, Paris« – schöner Schriftzug. »Ein Freund von ...?«, fragte ich. Der Name wollte mir nicht einfallen. »Ja, von Jean«, sagte sie. Und wie sie »Jean« sagte! Als würde sie gerade einen Höhepunkt von ihm erbetteln. »Pascal bringt dich hier raus«, beschwor sie. Raus? Gott, es war schwer genug gewesen, hier reinzukommen. Aber ich nickte. Meine größte Stärke und Schwäche war es, Erwartungen zu erfüllen. Die Menschen gewöhnten sich daran. Und wenn ich einmal ausließ, wenn ich die Erwartungen nicht erfüllte, stürzte die Welt rund um mich ein.

»Pascal wird sich noch heute bei der Untersuchungsrichterin melden«, sagte sie. Ach ja, die Untersuchungsrichterin. Wo war sie denn überhaupt? Saß sie dabei? Beobachtete sie uns? Hörte sie zu? Protokollierte sie?

Delias Fingernägel waren jetzt trocken und trippelten ungeduldig über die Tischplatte. Der Typ hatte lange in Hamburg gearbeitet und dort alle großen Prozesse gewonnen, erfuhr ich. Ich hasste ihn bereits. Es ging ja nicht um Recht und Unrecht, sondern um Gewinnen und Verlieren. Über die Finanzierung musste ich mir keine Gedanken machen, demütigte sie mich. »Keinen Euro nehme ich von dir an, Delia«, trotzte ich. Sie lächelte sanft. Vermutlich war es nicht einmal ihr eigenes Geld.

Ich stand auf und bereitete meine rechte Hand darauf vor, mit Delia den endgültigen Abschied zu fixieren. Es war höchst an der Zeit, ihr Charity-Gastspiel abzubrechen. Die Arschgeige wartete sicher schon unten im Taxi auf sie. Vielleicht war am Abend noch ein bisschen Kultur angesagt. Hoffentlich hatten sie sich rechtzeitig um Karten für die Oper gekümmert, die waren schwer zu kriegen um diese Zeit, selbst für französische Starschriftsteller in mehr als angemessener Begleitung. Lebe wohl, Delia. Ich hatte wahrlich Besseres zu tun, als mich von ihren wohltätigen Zwecken quälen zu lassen. Lieber lag ich in meiner Zelle und wartete auf meinen Prozess.

Sie packte meine Hand in ihre beiden Innenflächen und drückte sie, sehr fein und dezent natürlich, französisch. Dazu schlug sie ein paarmal die Augen auf, fächerte mir Mut zu. »Wird schon wieder«, sollte das heißen. Oder auch nur: »Siehst du, das ist die neue Wimperntusche von Vichy.« Machte es einen Unterschied?

Ich wusste, ich würde mich bald über alle Maßen elend fühlen. Mir blieben nur noch ein paar Worte, um den Schaden zu begrenzen. Als ich meinen Mund zu ihrem Ohr führte, war ich noch unschlüssig, was sie abschließend zu hören bekommen würde. Ein »Ich liebe dich noch immer« fing ich gerade noch ab. »Du bist mein Leben.« – Nein, dieser Roman war schon geschrieben. »Du hast dich verändert.« – Hatte sie das? »Ich warte auf dich.« – Lieber die Zunge abbeißen. »Schön, dass du gekommen bist.« – Wäre es die Wahrheit gewesen?

Ich wählte: »Delia, nur damit du es weißt. Ich habe einen Mord begangen und ich bekenne mich schuldig. Sag das bitte auch dem Anwalt.« Sie tauchte ihr Gesicht an meinem vorbei und blieb ein Molekular einer Ewigkeit traurig an meinen Augen hängen. So lange war sie bei mir. Das tat mir gut.

»Herzliche Gratulation, glänzend inszeniert«, sagte ich zur Untersuchungsrichterin. Ihre Grübchen waren verschwunden. Delia war gegangen. Ich war in meinen Sitz zurückgesunken. Ich schämte mich für mein Schluchzen. Selenic wagte nicht, mich zu trösten. War auch besser so.

»Ich glaube, wir werden die Einvernahme auf den Nachmittag verschieben«, sagte sie. Ich widersprach nicht. Ich hielt mir die Hände vors Gesicht. »Verzeihung, ich wusste nicht …«, sagte Selenic. Aber jetzt wusste sie es. Ich sperrte die Ohren zu. Erst das Wort »frei« ließ ich wieder herein. »Wollen Sie nicht freikommen? Ihr Enthaftungsantrag ist von oberster Stelle abgesegnet worden. Sie müssen ihn nur noch stellen. Die Millionenkaution ist hinterlegt.« – »Von wem?«, fragte ich. »Sie haben viele Freunde, Jan«, erwiderte sie. Sie sagte »Jan«. Ihre Grübchen waren wieder da. Sie tat alles, um mich etwas fröhlicher zu stimmen. Erst durch das Mitleid der anderen war mir bewusst, wie viel Leid ich aussendete. »Überlege es dir, Jan, wenn du dich heute dafür entscheidest, bist du morgen frei«, sagte sie. Da war wieder das Du-Wort. So nahe waren wir einander in diesem Raum schon gewesen, und dann hatte sie die Pariserin hier reingelassen.

Am Nachmittag ging es mir besser. Meine Essensträger hatten bei mir Jammer-Überstunden machen dürfen. Sie beschwerten sich über ihre immer mieseren Haftbedingungen, den Personalmangel, die Urlaubskürzungen, die Sonntagsdienste, das raue Klima, die schlechte Bezahlung, über ihre Ehekrisen, Krisen ohne Ehe, Kinder nach der Ehe, Alimente, über kaputte alte und unerreichbare Sportautos, die unendliche Fadesse des Alltags ohne Geld, alltäglich und unentgeltlich aufs Neue. Was waren da meine Problemchen dagegen?

Ich hatte wichtige Entschlüsse gefasst. Helena Selenic war verwundert, wie gut ich mich in wenigen Stunden erholt hatte. Erstens: keine Enthaftung, Antrag vom Antragsteller abgelehnt. Ich wollte bleiben, wo ich war und wo ich hingehörte. Sie schüttelte den Kopf. Grübchenarrest.

Zweitens: kein französischer Verteidiger, kein Prozess-Sieg für den Freund der Arschgeige auf meinem Rücken und auf Kosten der Wahrheit. Drittens: keinen der drei Dutzend prominenten Strafrechtsadvokaten des Landes, die seit Wochen meine Zelle umschwirrten, und auch keinen der noch unbekannten Geheimtipps, die sich mit meinem Fall den Aufstieg in die höchste Liga erträumten. Ich bestand auf eine neutrale, unaufgeregte, sachliche, zurückhaltende Vertretung. Ich bat die Untersuchungsrichterin um den mir gesetzlich zustehenden Pflichtverteidiger, finanziert vom Staat – und vermutlich entsprechend motiviert. Es war schön, Helenas Augen staunen zu sehen. Sie glaubte, dass ich mir meiner Sache sicher sei. Das freute sie. Aber sie wusste nicht, warum. Das beunruhigte sie.

Und dann begannen wir mit der Einvernahme.

DREIZEHN

Als ich noch Lektor beim Erfos-Verlag war, litt ich am meisten unter Manuskripten, die verheißungsvoll begannen und bald schon hoffnungslos versandeten. Am Anfang wurden oft Feuerwerke von Ideen gezündet, stoben auseinander und leuchteten hell in alle Richtungen. Da wurden zwischen manisch handelnden Personen gierig Hochspannungsmaste errichtet, mit stetem Knistern bis zu absoluter Lebensgefahr des Lesers bei Berührung. Da waren kräftige Eruptionen jahrelang schlummernder Vulkane an Leidenschaft zu spüren. Aufgeladener Geist, gesammelte Weisheit, hochkonzentrierte Emotion.

Und spätestens nach einem Drittel verpuffte die im Computer gezüchtete und in Schreibprogrammen gespeicherte Energie, sackte das feurige schriftstellerische Kunstwerk in sich zusammen. Der Handlungsbogen hatte sich überspannt, war gebrochen, hing lasch herab, in belanglosen grauen Fetzen. Die Figuren waren plötzlich blutleer und flach wie Spielkarten. Sie trieben über ein paar Hundert Seiten Ebbe zum Ufer hin, bis sie das letzte Kapitel endlich begnadigte, an Land schwemmte und der Sache ein oftmals banales, aber wenigstens wahrlich ein Ende bereitete. Geschafft, erledigt, dachte ich, wenn ich mit der Bearbeitung eines dieser tollkühn angestarteten und kläglich abgestorbenen Manuskripte fertig war. Und: Schade drum, jammerschade, was wäre da möglich gewesen!

Wenn ich die Autoren dann vor mir hatte – oftmals große Talente, schreiberisch brillant, genial in der Bildsprache, treffsicher im Pointieren, mit oft erstaunlichem Gespür für Dramaturgie, Situationskomik und Wortwitz – wenn ich sie vor mir hatte, wenn ich ihre roten Nagelbetten sah, ihre wund gebissenen Lippen, ihre hervortretenden Halsadern, wenn ich sah, wie sie Ober- und Unterkiefer zusammenpressten, um den Druckausgleich zwischen Anspruch und Wirklichkeit herzustellen, wie ihre Augen zuckten, ihre Knie zitterten und ihre Fußballen wippten, da war mir klar, was passiert war: Zu viel Erlebnis wollte aus ihnen raus, zu wenig war in ihnen. Fantasie und Befähigung hatten ihnen böse Streiche gespielt.

Romane wuchsen in einem, man trug sie in sich und musste geduldig warten, bis sie reif waren, freigelegt zu werden. Die einen lebten sie, die anderen schrieben sie. Die sie lebten, mussten sie nicht schreiben können. Doch die sie schrieben, mussten sie gelebt haben. Ein Roman, der aus dem vollen Erlebnis schöpfte, konnte wohl auch ein schlechter Roman werden. Aber ein Roman, der nie gelebt und empfunden worden war, konnte niemals ein guter sein.

»Und was hast du zu ihnen gesagt, den armen Teufeln?«, fragte mich Helena. Es war unser dritter Tag der Einvernahme, wir hielten etwa in der vierzehnten Stunde zu zweit. Wir waren fast fertig. Es fehlte nur derjenige von uns beiden, der sagte: »So, wir sind fertig.« Keiner erklärte sich dazu bereit.

Ich war ziemlich sicher, dass sie mir jetzt endlich glaubte, dass ich den mit der roten Jacke absichtlich getötet hatte. Ich hatte ihr die Tat im Detail geschildert. Ich hatte nichts beschönigt, es gab nichts zu beschönigen.

Sie hatte mich etwa hundertmal, direkt oder indirekt, gefragt, warum ich es getan hatte. Nichts an mir erinnere sie an einen Mörder. Und sie wüsste, wovon sie sprach, meinte sie, denn sie habe schon ein Dutzend Mörder aus der Nähe gesehen, ihre Lebensumstände beleuchtet und mit ihnen über ihre Tat gesprochen.

Ich konterte, ich hätte in meiner Funktion als Gerichtsberichterstatter der »Kulturwelt« bereits mehr als ein Dutzend Mörder aus der Nähe gesehen, war Zeuge der Beleuchtung ihrer Lebensumstände gewesen und hatte ihre tragischen Geschichten aus ihren Mündern selbst erzählt bekommen. Und alles an ihnen erinnerte mich an ganz normale Menschen, die die gleichen Schwellen zu ihren Abgründen zu überwinden hatten wie alle Nicht-Mörder dieser Welt. Einzig die Anordnung der Schwellen und die Abfolge des Überschreitens teilten uns in zwei ungleiche Gruppen. Die Dynamik nach unten, wenn einmal zu viele Schwellen gleichzeitig überwunden worden waren, machte aus Nicht-Mördern Mörder.

»Und welche Dynamik nach unten war es bei dir, Jan?

Ich kann sie nicht erkennen. Wo ist sie?« Das war eine ihrer verklausulierten Fragen nach dem Warum. Eine, auf die es keine Antwort gab. »Hat es etwas mit Delia zu tun?« Ich hob eine Schulter, die andere senkte sich von allein. – Was in meinem Leben hatte nichts mit Delia zu tun?

Helena konnte unerbittlich sein. Das war neu an ihr. Das war die dritte Phase ihrer Einvernahme. Zuerst hatte sie mich mit Sachlichkeit bestraft. Dann hatte sie mich mit ihren Grübchen geködert. Nun führte sie mich an der Hand, war gleichzeitig meine Verbündete und die Schwester meines Opfers. Nun bohrte sie nach der Wahrheit, wühlte auf der Suche nach meinem Gewissen. »Warum ausgerechnet Rolf Lentz?« »Kanntest du ihn?« »Woher?« »Was hast du mit der Schwulenszene zu tun?« »Was hat er dir angetan?« »Wie kannst du ein Leben auslöschen?« »Wie kannst du dir anmaßen, Gott zu spielen?« »Wie schaffst du es, abzudrücken?« »Woher nimmst du die Brutalität?« »Hast du denn nicht an seine Familie gedacht?« »Wie kannst du dich so verstellen?« »Was bist du für ein Mensch?« Ich hätte sie gerne umarmt und nie mehr losgelassen. Aber ich wagte nicht einmal ihren Zeigefinger zu berühren, den sie mir entgegenstreckte. Es war ihr Untersuchungsrichterfinger. Er war unbestechlich. Er war nicht zu biegen. Er musste auf mich zeigen. Ich war schuldig.

Helena wollte in den nächsten vierzehn Tagen ihre Zeugeneinvernahmen abschließen: Inspektor Tomek fehlte ihr noch, die Verwandten des Toten, ferner der

Polizist, vor dem ich mich entwaffnet hatte, drei Gäste von Bob's Coolclub, Bob selbst, die junge Kellnerin. Die Kellnerin? – Brasilien. Da war eine Nacht, die mir bruchstückhaft fehlte, das beunruhigte mich. Und auch Alex sollte vorgeladen werden. »Muss das sein?«, fragte ich. Es musste. Das tat mir besonders weh.

In spätestens drei Wochen wollte Helena ihr Protokoll schriftlich ausgefertigt und den gesamten Strafakt an den zuständigen Staatsanwalt weitergereicht haben.

Aus heutiger Sicht würde sie ihm grünes Licht für eine Mordanklage geben, sagte sie mir. Das klang wie eine Drohung, ich erkannte den Trotz in ihrer Stimme. Sie wartete bis zuletzt auf eine Erklärung, die sie von ihrem Vorhaben abbringen könnte. Ich sagte immer nur: »Gut so.« Das mochte sie nicht an mir, das kränkte sie.

»Und was hast du zu ihnen gesagt, den armen Teufeln?«, fragte mich also Helena. Wenn die dreitägige Einvernahme mit einem Abendessen zu zweit in einem italienischen Restaurant gleichzusetzen gewesen wäre, so befanden wir uns nun beim abschließenden Cocktail an der Bar. Im Straflandesgericht waren die Geräusche verstummt. Das war die Pianomusik. Die Ganglichter waren bereits abgedreht. Nur im Büro Selenic, in unserem Büro, brannte noch eine Schreibtischlampe. – Das war das Kerzenlicht.

In einem schlechten Roman hätte mich Helena jetzt verführt, in einem noch schlechteren hätte sie sich von mir verführen lassen. Der Autor hätte keine Rücksicht darauf genommen, dass ich seit der nächtlichen Tortur in der Tischlerei zu keinem stimulierenden Gedanken an Sex mehr fähig war. Und dennoch: Helena und ich waren am Rande eines schlechten Romans. War das die vierte Phase ihrer Einvernahme, wie sie mich jetzt ansah und »schade« sagte? – »Schade, wir hätten uns ein paar Wochen früher begegnen müssen.« – »Ja, schade«, log ich. Denn ein paar Wochen früher wäre bereits viele Wochen zu spät gewesen. Ich beobachtete den kleinsten schwarzen Ring der Welt, wie er mich am schmälsten kleinen Finger der zartesten Untersuchungsrichterhand anfunkelte. Beinahe hätte ich vergessen, warum wir hier saßen. Beinahe hätte ich Helena nicht mehr daran erinnert.

Was ich zu den Autoren gesagt hatte, deren am Erlebnishunger elend zugrunde gegangenen Manuskripte vor mir lagen? »Gut«, hatte ich gesagt. Wer war ich denn, über sie zu richten, ihnen literarische Gnadenschüsse zu verpassen? »Der Anfang perfekt, der Mittelteil verträgt vielleicht noch ein bisschen Überarbeitung, das Ende ist noch nicht ganz ausgereift. Aber gut.« Und bevor die Enttäuschung in ihnen hochkommen konnte, rasch noch einmal: »Insgesamt gut, phasenweise sehr gut sogar, brillante Passagen. Alle Achtung. In Ihnen schlummert die Entdeckung des Jahres.« Ich verriet ja nicht, die Entdeckung welchen Jahres. Und schlummern konnten Entdeckungen irgendwelcher Jahre ein Leben lang. »Warum schreibst du das auf?«, fragte ich Helena.

Vierzehn

Alle vierundvierzig Nächte bis Weihnachten lag Beatrices Serviette mit der Botschaft »Brasilien« neben meinem Kopfkissen in der Zelle und danach noch zweiundsiebzig Nächte bis zu meinem Prozess. Brasilien hat neben mir überwintert. Wenn ich nicht weiterwusste, berührte ich die Buchstaben. Ich wusste keine Nacht weiter, also ließ ich Brasilien nicht mehr los.

Untertags überkamen mich manchmal Anfälle von Selbstmitleid. Dafür genierte ich mich mehr als für den unverzeihlichen Rollentausch, durch den ich meine Freunde von damals aus meinem Leben geworfen hatte. Für Alex bastelte ich fünf Tage lang an einem Adventskalender. Schon beim bloßen Gedanken an einen Adventskalender trieb es mir Salzwassertropfen in die Augen. »Adventskalender« – diese jämmerliche Illusion vom je nächsten Tag, der nichts Besseres zu tun hatte, als sein Papierfenster zu öffnen, hinter dem sich ein kleines Geschenk, eine freudige Überraschung verbarg. Und nun fertigte ich selbst so ein Ding aus Nussschalen an, in die ich Papierstreifen stopfte, versehen mit selbst verfassten kleinen verlogenen Botschaften von Wärme und Nähe.

Das waren fünf Tage Blindflug, wegen der Tränen in meinem Gesicht. Ich war Alex so nah, dass ich ihre Haut riechen konnte. Wieso lag ich nicht neben ihr im Bett und sie fragte mich nach einem chilenischen Sportler mit sieben Buchstaben, wobei der dritte Buchstabe ein S sein musste, und ich sagte: »Keine Ahnung, ich kenne keinen chilenischen Sportler«, egal mit wie vielen Buchstaben und ob mit oder ohne S an dritter Stelle, und trotzdem dachte ich nach, weil es eben gerade nichts Dringlicheres in meinem Leben gab, als diesen Chilenen für Alex ausfindig zu machen, weil das Leben mir keine schwierigeren Rätsel aufgab, als chilenische Sportler mit sieben Buchstaben aufzustöbern, für Alex, weil ich sie liebte, weil ich sie geliebt hätte, wenn es so gewesen wäre? Ja, das war eine Frage: Wieso nicht? – Keine Antwort. Also bastelte und heulte ich weiter, bis mir die Nussschalen vor den Augen davonschwammen.

Ende November schrieb mir Alex, sie sei jetzt so weit, sie wolle mich besuchen, ohne Wenn und Aber, und ich ließ es ohne Wenn und Aber zu. Zum Glück war ich kein depressiver Mensch. Wir blieben durch den Mord und durch eine Glaswand voneinander getrennt. Ich galt ja jetzt endlich als gefährlich, wenngleich sie sich dafür bei mir noch immer untertänigst entschuldigten. Aber der Staatsanwalt hatte bereits öffentlich versprochen, dass er Mordanklage erheben würde. Da war ein Besucherzimmer mit Glaswand wohl das Mindeste an Vorsicht und vorauseilender Gerechtigkeit.

Alex trug den dunkelblauen Rollkragenpullover mit Norwegermuster, den ich noch aus unserem früheren Leben kannte. Ihre blonden Haare hatten die Spannkraft verloren, fielen den Hinterkopf herab, versteckten die Ohren und hingen lasch in die Stirn. Ihr Gesicht hatte sich offenbar geweigert, Schminke anzunehmen. Die Wangen wölbten sich schon ein wenig nach innen. Sie sah aus wie eine Frau, die nur noch einmal niesen musste, dann war ihre Lebensenergie endgültig verpufft.

»Wann ist es so weit, Jan?«, fragte sie die Glaswand mit angepasst gläserner Stimme. »Siebenter März«, sagte ich. – Stolze Worte nach Monaten des von mir verschuldeten Schweigens zwischen uns. »Hast du Chancen, dass du freigesprochen wirst?« Sie bemühte sich so zu tun, als wäre es ihr egal. »Schaut nicht gut aus«, erwiderte ich und meinte natürlich das Gegenteil. Sie wollte einen Satz mit »Warum« beginnen. Ich schüttelte den Kopf und tat so, als würde ich lächeln. Allein dafür hätte ich »lebenslang« verdient.

»Ich war bei der Untersuchungsrichterin«, sagte sie. Ich entschuldigte mich dafür, aber so hatte sie es nicht gemeint. »Eine tolle Frau.« Ich nickte diagonal. Ich wollte weder Ja sagen noch lügen. »Sie mag dich.« – Noch einmal diagonal, aber in die andere Richtung. »Sie glaubt an dich.« – »Alex«, sagte ich und nickte waagrecht. Das sollte »bitte nein« heißen. »Sie glaubt an dich, so wie ich«, flüsterte sie.

Gerne hätte ich ihr von der Vergewaltigung erzählt, um es endlich loszuwerden und damit sie mich streichelte, die Wunden heilte und die Geister verscheuchte. – Aber da war die Scheibe zwischen uns. Ich hasste diese Art von Gerechtigkeit. Konnte nicht eine dieser uniformierten Statuen mit einem ihrer unnützen Revolverschäfte einmal etwas Sinnvolles tun und die Glaswand einschlagen?

»War Delia da?«, fragte Alex. »Sie hat mich angerufen, und ich hab ihr alles erzählt, und sie hat gesagt, sie kann dir helfen, sie kennt da jemanden, und sie wird dich besuchen. Was, du willst extra hierherfliegen, das würdest du tun?, frage ich. Und sie sagt, ja, das will sie tun, das ist sie dir schuldig, das ist das Mindeste. War sie da?« – »Ja, tatsächlich«, erwiderte ich, als würde das Schicksal schon seltsam witzige Dinge spielen. »Es geht ihr blendend. Sie ist jetzt eine richtige Französin.« Alex lachte Apfelessig. »Und du bist also wieder mit Gregor zusammen«, fiel mir ein, weil wir gerade von so erfreulichen Dingen sprachen. In diesem Leben hörte ich nicht mehr auf, ihr wehzutun. »Ja, aber ich schlafe nicht mehr mit ihm«, sagte sie trotzig. Ihre ausgehöhlten Wangen schienen sich innen zu berühren.

Lange suchten wir vergeblich nach einem Thema, das uns auftauen ließ. Dann fiel mir wenigstens etwas Kitschig-Hoffnungsvolles ein, eine illusionäre Wanderung in den Dolomiten. Wandern, das hatten wir früher öfter getan, einmal war sogar Delia dabei, aber die ging nur bis zur ersten Hütte mit, auf Berge zu marschieren langweilte sie zu Tode. Alex und ich schafften es immer bis zu den Gipfeln. Wir mussten hinauf, ob es uns Spaß machte oder nicht. Wir waren beide nicht fähig, Wege nur so weit zu gehen, wie es uns gerade passte. Oben umarmten wir uns, als wären wir Triumphatoren. Dabei hatten wir uns nur selbst überrumpelt. Die wirklichen Sieger saßen immer bereits in den ersten Hütten und schonten sich für die wichtigen Aufgaben.

»Wenn ich hier rauskomme, machen wir gleich einmal eine Woche in den Dolomiten«, sagte ich. Alex belohnte mich für meine Mühe mit einem gehauchten Kuss auf die Glaswand. Das war auch irgendwie schon der Abschied. Ich hatte keine Ahnung, für wie lange. Sie selbst wusste es vielleicht. Erst in der Zelle fiel mir ein, dass ich vergessen hatte, ihr den selbst gebastelten Kalender zu überreichen.

Mit Magister Thomas Erlt, meinem Pflichtverteidiger, war ich von der Fassade her sehr zufrieden. Er war zwölf Jahre jünger als ich und etwa dreimal so breit. Als Kind hatte man ihm sicher sehr oft die Brille versteckt und die Ohren rot gerieben. Und: Er hatte noch nie einen Mörder gesehen. Seine Spezialität war das Mietrecht. Grundstücksspekulanten erkannte er hundert Meter gegen jeden revitalisierten Altbau. Strafrecht interessierte ihn nicht.

Das Gesetz sah vor, dass er mich bis zum Beginn der Hauptverhandlung monatlich mindestens einmal besuchen musste und dabei nie kürzer als eine Stunde zu verweilen hatte. Er blieb freilich nie auch nur eine Minute länger, denn er hatte jeweils dringend eine Wohnung zu besichtigen. Dafür hatte ich vollstes Verständnis. Mir tat es schon um die hundertachtzig Minuten leid, die ich ihm stehlen musste. Aber ich hatte nun einmal ein Anrecht auf eine anwaltliche Vertretung. Und er konnte vielleicht etwas dazulernen, »fürs Leben«, hätte ich ihm gesagt, wäre ich sein Papa gewesen. (Irgendwie fühlte ich mich danach.) Außerdem würde er durch diesen Fall nicht nur erwachsen, sondern auch berühmt werden, ob er es wollte oder nicht. Wenn sie es einmal waren, wollten sie es alle.

Erlts erster Händedruck war nicht so, dass das einer von uns beiden öfter wiederholen wollte. Der flüssige Speck rann ihm vom Gesicht und er konnte mir beim besten Willen nicht in die Augen sehen. Er war vermutlich der erste Mensch, der Angst vor mir hatte. Hoffentlich blieb er auch der letzte. Ich konnte mit ängstlichen Menschen nichts anfangen.

»Herr Haigerer, wie stellen Sie sich Ihre Verteidigung vor?«, fragte er mich. Er hatte Blechplättchen in der Kehle. Genau so, dachte ich. Und ich sagte: »Ich werde ein umfassendes Geständnis ablegen, da haben Sie nicht viel zu tun. Da kann Ihnen auch gar nichts passieren.« – Er schluckte eines dieser Blechplättchen. »Sind Sie reumütig?«, fragte er mich schüchtern. »Ich weiß es nicht«, erwiderte ich, »aber wir haben ja noch ein bisschen Zeit, uns das zu überlegen.«

Danach erzählte ich ihm kurz, was ich getan hatte. Bevor er auf die Idee kam, mich nach meinem Tatmotiv zu fragen, verwickelte ich ihn in ein Gespräch über die neue Mietrechtsgesetzesnovelle. Er musste den Eindruck haben, dass ich mir die U-Haft-Zeit mit dem An- und Verkauf von Immobilien verkürzte. Das nahm ihm die Scheu vor mir. Bei der Verabschiedung (ohne Händedruck) fühlte er sich bereits wesentlich wohler in seiner feuchten Haut. »Haben Sie eigentlich schon einmal einen Kriminalroman gelesen?«, fragte ich. Es sollte kein Scherz sein, aber Erlt lachte sich ein bisschen Speck aus dem Gesicht und erwiderte: »Donna Leon, aber ich bin nur bis zur Hälfte gekommen. Ehrlich gestanden bevorzuge ich Sachbücher. Danach kann ich besser schlafen.« Er war mir sympathisch. Ich gab ihm den vergessenen Adventskalender für Alex mit. Vielleicht hatte er eine Verwendung dafür. Wahrscheinlich nicht, aber der Kalender war bei ihm in guten feuchten Händen.

Zu Weihnachten gab es ein kleines Fest in der Anstalt. Im Aufenthaltsraum hatten sie einen hässlichen Baum aufgestellt, weder Tanne noch Fichte, irgendetwas mit laschen, stumpfen Nadeln. Bei Häftlingen war man gegenüber Stichgefahren sehr sensibel. Auch Kerzen fehlten natürlich. Die echten hätten zu echt gebrannt und mit elektrischen Kabeln hätte man herrliche Geiselnahmen inszenieren können.

Ich stellte gut zwei Dutzend Geschenke für eine Tombola zur Verfügung; jeder noch so fremd gewordene Kollege von der »Kulturwelt« hatte mir eine Bonbonniere, eine Packung Kaffee oder ein Buch unverfänglichen Inhalts zur Aufmunterung ins Gefängnis geschickt, also keinen ernsten psychologischen Roman, sondern etwas für meine situationsbedingt schlecht trainierten Lachmuskeln. Diese Bücher erzielten bei mir auch den gewünschten Effekt: Allein die Vorstellung, dass es Menschen gab, die glauben wollten, ich würde zu Weihnachten gemütlich in meiner Zelle sitzen, würde mir dort bändeweise Unterhaltungsromane reinziehen und mir dabei ob der köstlichen Schnurren, die die Leichter-Leben-Literaten ihrem satten Wohlstandsalltag herausgekitzelt hatten, ununterbrochen auf die Schenkel klopfen, allein diese Vorstellung konnte mich ziemlich erheitern. Ich stellte mir weiters vor, meine Vergewaltiger säßen in der Tischlerei und blätterten in diesen stumpfsinnigen Büchern, die sie in der Tombola gewonnen hatten. Dabei schlief ihnen der Sexualtrieb ein. Auch das war eine Art von Rache.

Als Belohnung für die von mir gestifteten Geschenke durfte ich die Betriebsfeier nach wenigen Minuten verlassen und mich in mein Zimmer zurückziehen. Dort hüllte ich mich in Gedanken an früher ein. Sie waren wenig sentimental. Weihnachten war immer schon dazu da, überstanden zu werden. Mein Vater konnte meiner Mutter nichts bieten und verabschiedete sich bald (für immer). Meine Mutter konnte mir nichts bieten, sie war zu traurig und zu schwach. Manchmal gelang es mir wenigstens, sie zu trösten. Ich konnte Delia nichts bieten. Ich wollte sie feiern. Sie wollte ein Fest feiern. Das ging nicht zusammen.

Am Morgen des Stephanitags glaubte ich, Weihnachten überstanden zu haben, da brachte mir mein Butler den Brief, den er drei Tage zurückgehalten hatte. Er war von Gregor und ich hätte ihn nicht öffnen müssen, um zu wissen, was geschehen war. Der Zettel hatte diese schwarze Umrandung, wie bei meiner Mutter vor ein paar Jahren, und in der Mitte stand in viel zu großen Buchstaben »Alexandra«, als würde Alex noch leben. Ich sah »freiwillig aus dem Leben geschieden« und zerknüllte das Papier. Auf einem Notizblatt hatte Gregor Erbarmen mit sich und mir. Da schrieb er: »Sie hatte zuletzt schwere Depressionen. Niemand konnte ihr helfen. Sie hat Tabletten genommen. Es ging sehr rasch. Sie hat nicht gelitten.«

Am Abend erschrak der Essensträger vor meinem Anblick und fragte, ob er den Amtsarzt rufen solle. Ich erwiderte, ich wolle ein Geständnis ablegen. Das war gelogen. Was sollte ich gestehen? Keine Ahnung, wie ich darauf gekommen war. Aber es wirkte gut, die banalsten Dinge wirkten immer am besten. »Wir werden gleich morgen die Untersuchungsrichterin verständigen«, sagte er. »Gleich morgen ist zu spät«, sagte ich. »Wollen Sie nicht Ihren Anwalt anrufen?«, fragte er. Er besaß Einfühlungsvermögen: Das war ungefähr das Letzte, was ich wollte. »Er ist leider im Ausland und unerreichbar«, fiel mir rechtzeitig ein. Der Bedienstete erlaubte mir schließlich, es bei Doktor Selenic auf ihrer privaten Handynummer zu probieren, die sie mir für solche Anlässe auf einer Visitenkarte zurückgelassen hatte. Ich war plötzlich stolz auf mich. Andere hätten versucht, sich mit dem Kärtchen die Pulsadern aufzuschneiden.

»Jan Haigerer«, stotterte ich amtlich, als ich ihre Stimme im Netz rauschen hörte. »Ich muss Sie dringend sprechen!« – Sie fragte mich höflich, was ich mir einbildete, es war Feiertagnachmittag. Ich sagte: »Ich hab Ihnen etwas sehr Wichtiges mitzuteilen.« Nein, es hatte keine Zeit bis morgen. Es hatte Zeit für jetzt oder nie. Ich musste stur bleiben. Wann, wenn nicht in diesem Augenblick, wollte ich stur bleiben?

»Sehr, sehr wichtig«, wiederholte ich noch ein paarmal, damit sich mein Essensträger leichter einen Reim darauf machen konnte, dass Selenic tatsächlich bereit war, am Feiertagabend, mitten im Weihnachtsfrieden, freiwillig ins Straflandesgericht zu kommen, um einem U-Häftling die Beichte abzunehmen.

Ich nahm mir eine Auszeit von Gedanken und Gefühlen. Das funktionierte. Ich sah nur »Brasilien« und strich so lange mit allen Fingern über die Serviette, bis die Stunden vergangen waren. Mein Butler verschonte mich mit aufmunternden Worten. Er brachte mich zu ihrer Tür und öffnete die Handschellen. Helena war gerade hereingekommen. Auf ihrem schwarzen Mantel glänzten noch ein paar geschmolzene Schneeflocken. »Sie müssen nicht warten«, sagte sie zum Justizwachebeamten. »Ich rufe Sie an, wenn Sie ihn holen können.«

Ihr Mantel hatte drei Knöpfe. Die öffneten sich unter ihren schmalen Fingern zu einem roten Rollkragenpullover. Er roch nach Weihnachtsgeschenk. Vermutlich hatte sie ihn gerade erst ausgepackt. Sie wich keinen Schritt vor mir zurück. Meine Hände krochen in den roten Samt. Mein Gesicht legte sich auf Helenas Schulter. »Alex hat sich umgebracht«, hörte ich mich sagen.

Ich rieb meine Stirn auf dem weichen Stoff. Ich spürte Helenas Hände auf meinem Rücken. Ich schloss die Augen. Mein Körper war an ihren Stromkreis angeschlossen. Von der kleinen Zehe bis zum Scheitel lud sie mich auf.

Ich hob meinen Kopf von ihrer Schulter und steuerte mit meiner Wange auf ihre zu. Nicht mehr als zehn Zentimeter hatte ich zu überwinden, um Helenas Gesicht zu berühren. Siebzig Tage war es her, dass mein Zeigefinger die andere Richtung gewählt hatte. Da reichten ein paar Millimeter vom zivilisierten Dasein in den tiefsten Abgrund. Die menschliche Existenz war eine Wanderung auf einem schmalen Grat. Leben und Tod waren einander zum Berühren nah, kürzeste Strecken markierten ihre Grenzpunkte.

Nun fühlte ich ihre Wange mit meiner und mir war, als hätte ich eine Chance bekommen, alles ungeschehen zu machen. Meine Arme umschlangen ihre Hüften. Meine Beine legten sich an ihre. Helena tat nichts dagegen. Sie ließ zu, wie immer mehr von meinem Körper sich an ihren presste. Ihre Hand auf meinem Rücken war warm geworden und hatte sich zur Ruhe gesetzt. Nichts bewegte sich.

Ich begann die Atemschläge meiner Wiederbelebung

zu zählen. Ich war bei fünfundsechzig, als ein schrilles Läuten den Raum erschütterte und Helena von mir losriss. »Ja, alles in Ordnung«, hörte ich sie weit weg von mir ins Telefon sprechen.

»Es wird länger dauern«, sagte sie. Und: »Ich verstehe.« Sie verstand also irgendetwas. »Dann ist es für Sie erledigt, danke.« Danke! – »Ich werde Ihre Ablöse verständigen, wenn es so weit ist, ihn zu holen.« Ich hielt meine Hand aufs Herz, um das Geräusch der Schläge zu dämmen. »Ja, es ist besser, wenn ich mit ihm alleine bin.« Viel, viel besser. »Wie gesagt, es könnte eine Nachtschicht werden.« Eine Nachtschicht. Eine Nachtschicht. Eine Nachtschicht.

FÜNFZEHN

Helena bot mir auf dem gleichen Sofa Platz an, auf dem die Pariser Modeprinzessin ihre Beine doppelt überkreuzt hatte. »Nein, danke«, sagte ich. Wo ich Helena in die Arme gefallen war, blieb ich stehen. Ich brachte meine Füße von dort nicht weg.

Sie hatte nüchterne Telefonate zu erledigen. Ich hörte ihre berufliche Stimme. Ein paarmal sagte sie »Journaldienst«. Und einmal: »Bitte eine Wache aus Rayon drei abstellen.« Und einmal: »Dringend außer Haus.« Es ging um mich. Es klang so, als wollte sie meine organisierte Flucht vorbereiten.

»Willst du frische Luft schnappen?«, fragte sie mich, als das Telefon endlich ruhig auf ihrem Schreibtisch lag. Ich hatte mich von der Umarmungsstelle noch immer nicht wegbewegt. Die Knie waren zwar etwas weich, aber ich konnte das hier schon noch eine Weile durchstehen. »Meinetwegen«, antwortete ich. Mir war egal, wie frisch die Luft war. Hauptsache, es war die gleiche Luft, die Helena atmete. Hauptsache, sie atmete sie nah bei mir.

Wir verließen ihr Büro. Ein Wachebeamter, den ich noch nie gesehen hatte, begleitete uns zu meiner Zelle.

Ich musste oder durfte feste Schuhe anziehen und meine Winterjacke mitnehmen. Dann gingen wir zu dritt durch das Halbgesperre, vorne der stumme Diener mit dem rasselnden Schlüsselbund und ich, dahinter Helena. Ihre Absätze duellierten sich mit meinem Herzschlag. Wir erreichten die Torwache. Helena füllte ein Formular aus und wünschte dem Gefängnis noch einmal frohe Weihnachten. Das große Tor öffnete sich zu einer Schneelandschaft. Der kalte Sauerstoff, den ich noch aus meiner Kindheit kannte, ätzte in meiner Nase. Laternen warfen einander strichlierte blauweiße Lichtwirbel zu, wie auf den letzten Bildern des geistig umnachteten Malers. Ein paar nackte Äste eines Baumes knirschten erbärmlich mit dem Wind. Ein Mülleimer schlug gegen die Stange, die ihn mühevoll festhielt. Das war also die Freiheit, die ich hergegeben hatte.

Wir stapften einige Meter durch den Schnee, bis wir uns vor dem verlassenen Gebäude in Sicherheit gebracht hatten. Dort parkte unser Auto. Es war ein Fluchtauto. Alle Autos hier draußen waren Fluchtautos, und die Menschen waren Fluchtmenschen. Man verfrachtete mich auf den Rücksitz und ließ mich warten, ohne mir zu sagen, worauf. Das beruhigte mich, das war ich gewohnt. Im Auto roch es nach Helena. Ich ließ Gedanken an den mit der roten Jacke zu und auch an meine Peiniger und an die in den Tod geflüchtete Alex, um zu testen, ob sie noch da waren. Sie waren da, aber sie konnten mir nichts anhaben. Ich stand unter Narkose. Helena stieg ein. Sie war die Ärztin, sie war die Lenkerin. Sie startete. Noch fehlte der Diener mit dem Schlüsselbund. Wir drei waren jetzt die Helden im Abenteuerroman.

Das Fahrzeug bewegte sich. »Wo ist die Wache?«, fragte ich. – Meine ersten Worte in Freiheit würgten sich selbst. »Die Wache fährt nicht mit«, erwiderte Helena. Sie sagte das weder tieftraurig noch erfreut. »Und wohin fahren wir?«, fragte ich. »Zu mir«, erwiderte sie. Sie sagte das weder traurig noch hocherfreut. Darauf gab es keine Frage mehr. Den Rückspiegel mit ihren beiden auf mich gerichteten Augen hätte ich gerne abmontiert, eingerahmt und auf lebenslang über mein Gefängnisbett gehängt.

Die Fahrt war ein Gefecht der Lichter gegen die Finsternis. Eine letzte Ampel blinzelte grün. Das Auto quetschte sich in eine Lücke und hielt, der Motor wurde ruhig. Helena riss fest am Hebel der Handbremse: ein hartes, knarrendes, endgültiges Geräusch, um mir zu beweisen, dass sie wusste, was sie tat.

Hausportal, Fahrstuhl, Wohnungstür. Meine Faust. Meine Augen. Mein Mantel. Alles öffnete sich, Helena hatte immer den richtigen Schlüssel in der Hand. Der Korridor. Der Kamin. Das Klavier. Der Teppich. Das Gemälde. Der Schrank. Die Couch. Alles hatte den Glanz, die Farbe und den Geruch der Besitzerin. Hier drinnen war windstiller Herbst.

Jacques Offenbach erlaubte uns, ohne Verlegenheit zu schweigen. Es gab kein Wort, das hierhergehörte. Ich durfte mich an einem Whiskeyglas festhalten, um das Gleichgewicht nicht zu verlieren. Das Glas war fünfmal leer, ehe ich ahnte, wer ich war und was mit mir geschah. Meine Finger hatten sich unter ihren Haaren am Nacken angesaugt. Ich spürte ihre Lippen an meinen. Einige wenige Berührungen und die Bisswunden der Vergangenheit waren mit einer Schutzschicht überzogen. Ihr Atem legte sich über mein Gesicht und hauchte mir ihr Leben ein. Ihre Zunge kreiste um meinen Mund und stieß sanft hinein. Sie fühlte sich wie Honig an und schmeckte auch so.

Ihre Hände tasteten nach meiner Haut. Ich sah Helena aus knapper Distanz in die schmalen Schlitze ihrer Augen, die diese Suche lenkten. Ich hatte dabei tiefen Einblick in ihre Lust und bemerkte im selben Moment, dass es meine war. Das stimulierte ihre. Das feuerte meine an. Das ließ ihre über die Beherrschung hinaus wachsen. Helena stöhnte leise. Hätte das unerlaubte Freispiel meiner verdrängten Sehnsüchte hier geendet, hätte ich gesagt, es war bereits der Höhepunkt. Doch es war erst der Beginn.

Der Whiskey, der Liebestaumel hatten mich zu Boden gerissen. Umschlungen mit Helena Selenic, meiner Turmspringerin, meiner Richterin, meiner Henkerin, rollte ich über den Teppich und blieb auf dem Rücken liegen. Sie schmiegte sich an mich, zog mir mit den Zähnen das Hemd nach oben, wirbelte mit ihren roten Locken über meinen Bauch, stopfte mir den Nabel mit ihrer Zunge und rieb mir die lebendig begrabene und tief verschüttete Begierde zwischen meinen Beinen freier und freier und freier.

Wieder ein hartes, knarrendes, endgültiges Geräusch, das mir bewies, dass sie wusste, was sie tat. Diesmal war es der Reißverschluss ihrer Hose. Helena hatte alle Entscheidungen getroffen und die Verantwortung dafür übernommen. Ich musste nicht überlegen, wie weit ich gehen durfte. Wir waren schon weit darüber hinaus. Sie hauchte mir immer ungehemmter ihre Lust ins Ohr. Ihre Arme überkreuzten sich und warfen den roten Weihnachtspullover ab. Sie saß und rieb sich jetzt auf meiner geöffneten Hand, ließ einen Träger ihres letzten schmalen Streifens Stoff über die Schulter fallen, schüttelte ihr Oberteil ab und hob ihre Brust zu meinem Mund.

Zu viel unerlaubtes Glück aus dem Nichts, zu unverschämt, zu stark konzentriert. In meinen Augen juckten die ersten Tränen. Ich hatte Angst, diese Sekunden sogleich an den tristen Rest meiner ewigen Langeweile zu verlieren. Helenas Finger hatten hinter ihrem Rücken alles noch Ausstehende besorgt. Ich spürte mich tief, eng und hart in ihr. Der Höhepunkt des Verbotenen war erreicht und schickte sich an, unsere beiden Körper zu verlassen. Ich überschrie alle anderen Stimmen in mir. Lustschreie. Glücksschreie. Trauerschreie. Angstschreie. Todesschreie.

Helena bäumte sich auf, bog sich zurück, drehte sich zur Seite, ließ sich auf mich fallen, rollte mit mir den Boden unter uns weich, lag plötzlich unter mir, blinzelte mich an, feuerte mich an, flehte mich an weiterzumachen, immer weiter, immer weiter, nur nie aufhören. Ich genoss die Sucht, zu sehr dafür, dass ich kein

Genießer war. Das musste sich rächen. Alles musste sich rächen. Ich verbot mir, an die Stille danach zu denken. Vergeblich. Ich wusste, nach meinem letzten Schrei auf dem Höhepunkt der Unverfrorenheit würden alle Wege tief in meine Abgründe zurückführen. Schon hörte ich meine Stimme schwächer werden und in letzten heftigen Stöhngeräuschen untergehen. Helena hatte ihre Spitze erreicht und versuchte sie mit meiner verschmelzen zu lassen. Ihre Fingernägel bohrten sich in meinen Nacken. Meine Tränen ätzten in den Augen. Rote Haare fielen herab und trockneten sie.

Mein Whiskeyglas war immer öfter leer. Offenbach tat weiter, als wäre nichts geschehen. Helena streichelte mein Gesicht. »War es aus Mitleid?«, fragte ich betrunken. »Ja, natürlich«, sagte sie mit schlecht inszenierter Ironie und lächelte entspannt, wie es Verliebte in Filmen nach dem ersten Mal gerne taten. »Du setzt deinen Job aufs Spiel«, sagte ich streng. »Es ist kein Spiel«, antwortete sie echt und ernst. »Es ist dein Leben, ich kann nicht zusehen, wie du es wegwirfst.« »Warum liegst du dann neben mir?«, fragte ich. Sie sagte nichts. Ihre Finger trippelten auf meiner Brust, als wartete sie auf etwas. Der Whiskey drehte in immer kürzeren Intervallen die jeweils neue schnellste Runde in meinem Kopf.

»Warum tust du das mit mir?«, fragte ich. »Warum hast du es getan?«, erwiderte Helena. Ich schob ein volles Glas Whiskey nach, um mir die Ohren von innen zu verstopfen. War das die letzte Phase ihrer Einvernahme? War das ihr Notprogramm, um den Fall doch noch aufzuklären? Hatte sie dafür mit mir Sex haben müssen? Musste sie mich dafür lieben?

Als ich aufwachte und schreien wollte, lag Helena neben mir und umarmte mich. Plötzlich war keine Zeit mehr zu verlieren. »Um sechs müssen wir vor dem Gefängnis sein. Wir müssen uns beeilen«, sagte sie. Das sah ich ein. Es ging um ihren Job, der war wichtiger als alles, was mich betraf. Ich hielt meinen Kopf unter kaltes Wasser und bemühte mich, wieder eine Art Mensch zu werden.

Die unruhige Fahrt in Helenas Einsatzfahrzeug war der logische Zeitsprung zurück. Flucht vor der Flucht.

Rückflucht. Alles ungeschehen machen. Wandertag zu Ende. Schulpflicht. Tagesordnung. Erst das Vergnügen, dann die Pflicht. Zum Glück war ich kein depressiver Mensch. Unser bestechlicher Wächter wartete dort, wo wir ihn verlassen hatten. Ich schlüpfte artig in die Handschellen. Die Winterluft zerschnitt mir die Whiskeylunge. Das Tor ging auf. Das Gefangenenhaus schluckte mich beim Eingang und spie mich vor der Zelle wieder aus.

Helena schwieg noch immer. Ihre letzten Worte, »Wir müssen uns beeilen«, waren in ihrer Herbstwohnung geblieben. Ich wusste, was ich sie jetzt nicht fragen durfte, und schon war es geschehen: »Sehen wir uns wieder?« Ich wendete mich rasch ab, um ihre Antwort zu versäumen. Aber ein »Ja« hörte man immer. Sie hatte »Ja« gesagt, undeutlich, zögerlich, kleinlaut, aber: Ja! Drei Monate musste es halten.

Sechzehn

Für den Prozess wünschte ich mir einen dieser sportlich-strengen jungen Richter, die dringend Karriere machen mussten, weil sie den Segelschein schon hatten. Ende Januar erfuhr ich, dass Anneliese Stellmaier den Vorsitz übernehmen würde. Sie war die älteste und wohl auch die mildeste Richterin des Hauses. Ich mochte sie sehr. Ihr Job war ein Irrtum. Sie war zu gütig dafür. Sie war mehr Missionarin als Juristin. Sie glaubte, dass sich schlechte Menschen bessern würden, nur weil sie es ihr unter Eid versprachen – als Belohnung dafür, dass sie ein paar Monate oder Jahre weniger Haftzeit verbüßen mussten, als ihnen rechtmäßig zugestanden wäre.

Ausgerechnet bei Stellmaier hatte der Oberste Gerichtshof den Antrag auf Befangenheit abgewiesen, obwohl wir uns vom Zulächeln her kannten, obwohl wir öfter in den Verhandlungspausen über Kulturjournalismus geplaudert hatten, das heißt: Sie hatte geplaudert, ich hatte genickt. Hätte ich mitgeplaudert, hätte ich meinen Job gegen meine Überzeugung verteidigen oder gegen mein Berufsethos verraten müssen.

Vor Stellmaiers Nominierung waren drei ihrer erstgereihten Kollegen, die ich bei Verhandlungen stets nur von weitem beobachtet hatte, die mich mit Sicherheit die volle Härte des Gesetzes hätten spüren lassen, unter fadenscheinigen Begründungen abgelehnt worden. Das alles erfuhr ich unabsichtlich von meinen Justizwachebeamten. Sie verkauften es mir als Jubelmeldungen, diese Ahnungslosen.

Ich hätte schwören können, dass an höchster Stelle für mich interveniert worden war. Ich hatte meinen Exchef Guido Denk, den Herausgeber der »Kulturwelt«, in Verdacht. »Die gesamte Belegschaft steht wie ein Fels hinter Ihnen«, hatte er mich in einem hässlich-festlichen Neujahrsbillett mit Rauchfangkehrermotiv wissen lassen. »Wir alle sind von Ihrem Unglück tief betroffen und von Ihrer Unschuld überzeugt«, hatte er angefügt. Ich hasste uns Journalisten. Niemand konnte so heucheln wie wir.

Seit vierunddreißig Tagen wartete ich auf Helena. Jede Nacht hoffte ich aufs Neue, dass mich der Mann mit dem Schlüsselbund abholen und der Untersuchungsrichterin vorführen würde, auf dass mich diese endlich wieder »frische Luft schnappen« schickte – in ihrer Begleitung. Mich erregte der Gedanke an unser Fluchtauto im Schnee, wie Helena die Handbremse zog, wie sie die Tür zum ewigen Herbst aufsperrte, wie sie umschlungen mit mir über den Teppich rollte und meine Vergangenheit platt walzte.

Am vierunddreißigsten Tag erhielt ich einen Brief von

meinem Pflichtverteidiger. Der Text war kurz, aber beunruhigend: »Sehr geehrter Klient, ich habe mich in der Freizeit mit Ihrem Fall nun etwas näher beschäftigt. Ich würde gerne mit Ihnen darüber reden. Ich sehe da gewisse Chancen für uns. Wenn Sie sich gut fühlen, rufen Sie mich bitte an. Hochachtungsvoll, Magister Thomas Erlt. PS: Anbei ein verschlossener Umschlag einer Bekannten von Ihnen, die mich um Übermittlung desselben ersuchte.«

Der beigelegte Brief war mit »Helga« gezeichnet, aber ich wusste sofort, dass er von Helena stammte. Ich wartete, bis ich mich gut fühlte. Gegen Mitternacht verließ mich die Geduld und ich öffnete den Umschlag.

»Lieber Freund«, schrieb sie, »meine Arbeit, du weißt schon welche, ist beendet, mein Versetzungsgesuch ist bewilligt, ich habe bereits meinen Resturlaub angetreten. Es musste schnell gehen. Besser für uns beide. Stiche heilen schneller als Schnitte.« Ich legte den Brief zur Seite und wartete, bis ich mich besser fühlte. Am nächsten Morgen gab ich auf und las weiter.

»Jan, ich glaube an dich.« So begann Helenas nächster Absatz. »Und ich bitte dich: Kämpfe! Du musst die Verantwortung für dich übernehmen. Beende deine destruktiven Selbstinszenierungen. Überwinde deine masochistische Selbstgerechtigkeit. Rücke endlich mit der Wahrheit raus. Beginne, die Wahrheit vor dir selbst zuzulassen. Du hast Delia nicht halten können. Na und? Höre auf, dich dafür zu bestrafen. Ihr beide wart nicht füreinander bestimmt. Das ist nicht deine Schuld. Schluss mit den

Selbstgeißelungen. Jan, ich kenne die P. in- und auswendig.« Die P.? – Ach, die Protokolle.

»Man ist kein Mörder aus freien Stücken, nur weil man es sein will, weil man es sich schuldig zu sein glaubt! Das kauft dir niemand ab. Es gibt nur eine logische Erklärung für das, was geschehen ist. Ich bitte dich: Sag sie! Sag sie! Sag sie! Du weißt, du kannst in kurzer Zeit das Gefängnis verlassen, wenn du willst. Ich werde dich abholen und wir werden zu mir fahren. Wir haben den Sommer für uns.« Sommer? Hatte sie Sommer geschrieben? Sie hatte Sommer geschrieben. Kam noch ein Sommer?

»Sollte dir das Kunststück gelingen, wegen Mordes verurteilt zu werden, dann streiche mich bitte aus deinem Gedächtnis.« – Ich musste nicht mehr weiterlesen. Ich zerknüllte den Brief und strich Helena aus meinem Gedächtnis. Als es dunkel wurde, spielte mir das Gedächtnis einen Streich und holte sie wieder zurück.

Am nächsten Morgen fühlte ich mich apathisch genug, meinen Anwalt anzurufen, um das von ihm angedrohte Gespräch so bald wie möglich hinter mich zu bringen. Er besichtigte gerade eine Wohnung und war deshalb mitleiderregend verwirrt und überfordert. Wahrscheinlich genierte er sich, öffentlich, im Kreise seiner Makler und Klienten, von einem Justizwachebeamten mit einem Mörder verbunden worden zu sein. Wenn er unbedingt mit mir reden wolle, sagte ich ihm, dann bitte gleich. Er zeigte Verständnis dafür. Ihm fehlte vermutlich die Vorstellungskraft, wie es um den Terminkalender eines Untersuchungshäftlings bestellt war. Er glaubte, ich hätte mit Mühe eine Lücke für ihn gefunden.

Zu Mittag saßen wir beide erschöpft im Besucherzimmer, ich wegen der schlaflosen Nächte davor, er wegen der ungefähr zwanzig Stufen ohne Fahrstuhl hierher. Erlt hatte über die Weihnachtsfeiertage noch ein paar Kilo zugenommen. Vielleicht schwitzte er aber auch aus Angst vor mir. Ich war unrasiert, meine Haare waren fast so fettig wie seine Haut, mein grauer Freizeitanzug hing lasch und faltig an mir herab. Möglicherweise hatte ich bereits den irren Blick, der meiner lebenslangen Haftstrafe gehorsam vorauseilte. Ich trainierte diesbezüglich schon ein bisschen für den Auftritt vor den Geschworenen.

»Die Tat, wie Sie sie mir bei unserem jüngsten Gespräch geschildert haben«, begann er mit blecherner Stimme, »wirft einige Fragen auf.« Ich nickte einsichtig. »Um es zu präzisieren«, sagte er, »es ist nicht leicht nachvollziehbar, was Ihre Beweggründe gewesen sein mochten, die Sie dazu bewogen hatten, Schritte zu setzen, in diese Richtung, dass Sie die Scheu ablegten …« So ging das eine Weile weiter. Ich bemühte mich aus Höflichkeit, so zu tun, als würde es mir schwerfallen, sein Tempo bei der Dichte an Gedanken mitzugehen.

»Um es auf den Punkt zu bringen.« – Ich rechnete nicht mehr damit und war entsprechend entspannt. »Sie müssen Ihr Opfer Rolf Lentz gekannt haben.« – Das traf mich unerwartet. Ich wollte aufstehen, aber er hatte die Brille abgenommen und der durchdringende Blick seiner Schweinsaugen nagelte mich auf meinem Sitz fest.

»Sie haben den gleichen Jahrgang wie er. Sind Sie gemeinsam zur Schule gegangen?« – Er war zu aufgeregt, um die Antwort abzuwarten. »Lentz hat zwei Semester Germanistik studiert. Kannten Sie sich vielleicht von der Uni?« – Die Situation übersprang die Grenze der Absurdität. Ich musste laut auflachen. Erlt kramte eine rosa Flügelmappe hervor. Darin befanden sich ausgeschnittene Zeitungsberichte. Er versuchte sie hastig vor mir auszubreiten. »Lentz hat eine Schwuleninitiative gegründet. Er leitete ein Aktionismusseminar. Er führte Demonstrationszüge zur Freigabe weicher Drogen an. Er war Mitorganisator eines Aids-Kongresses. Und er war einer der Sprecher der Plattform gegen die strafrechtliche Diskriminierung von Homosexuellen. Auch Sie haben darüber berichtet, Herr Haigerer. Kannten Sie ihn von dorther näher? Sind Sie schwul? Hatten Sie ein Verhältnis mit ihm? Hat er Sie betrogen? War es Eifersucht? Mord im Affekt? Das ist strafmildernd. Paragraf sechsund...« – »Genug«, schrie ich. Ich erschrak selbst darüber.

Erlt zuckte zusammen, sammelte hastig die Zeitungsartikel ein und verstaute sie in der Mappe, die er sogleich verschwinden ließ. Er war Opfer eines Anfalls übertriebener Courage geworden. Er war ein Musterschüler, ein verkappter Sherlock Holmes unter den Muttersöhnchen. Er war vermutlich von klein auf gewohnt, für kognitive Leistungen belohnt zu werden, zum Beispiel mit Vanillekipferln. Ich war zu grob zu ihm. Das tat mir sofort leid.

Ich erklärte ihm mit größtmöglicher Sanftmut, dass ich

mich in keiner überragend guten psychischen Verfassung befände und dass ich derzeit über mein Mordopfer weder etwas zu sagen habe noch etwas über es zu hören wünsche, nicht einmal seinen Namen. In welche Richtung er das deute, sei ganz allein ihm überlassen. Er solle mich bitte auch mit Interpretationen dazu verschonen. Es sei überhaupt nicht notwendig, sich mit meinem Fall weiter zu beschäftigen. Es läge ein Tatsachengeständnis vor, die Fakten sprächen für sich. Er nickte schüchtern und wagte nicht mehr mich anzusehen.

Ich legte flüchtig meine Hand auf seine Schulter und sagte: »Glauben Sie mir, ich weiß es zu schätzen, dass Sie mir helfen wollen. Aber das ist eine unnötige Fleißaufgabe. Ich habe nichts davon. Und Sie ebenfalls nicht. Sie bekommen nicht einmal Geld dafür. Schonen Sie Ihre Kräfte für die schwierigen Prozesse. Das hier wird ein leichter.« Er sah kurz zu mir auf. Seine Schweinsaugen verkrochen sich wieder hinter seiner Brille. Ich zwinkerte ihm zu. »Wir machen das Beste daraus«, sagte ich. Er bedankte sich. Er wusste nicht, wofür. Er fühlte sich schlecht, als er mich verließ. Er kam sich unnötig vor. Das war er. Mir tat leid, dass er es merkte.

Die nächsten Tage in der Zelle waren kaum zu überstehen. Ich hielt es mit mir allein nicht mehr aus und suchte vergeblich nach einer Beschäftigung, die mich von mir wegbrachte. Irgendwann kam ich auf die Idee, in der Bibel zu blättern, die in der Nachttischlade lag. Für akute Notfälle war jede Zelle mit einer schwarz gebundenen

Ausgabe der Heiligen Schrift ausgestattet. Die Sprache stimmte mich traurig. Als Lektor wäre das bei mir nicht durchgegangen. Die Gleichnisse machten mich betroffen, denn sie betrafen mich nicht. Religion war nichts, was man erlernen konnte. Entweder man glaubte oder man wusste oder man tat so, als wüsste man. Alles drei zählte nicht zu meinen Stärken. Meine Stärke war es, Erwartungen zu erfüllen. Diesmal waren es meine eigenen Erwartungen, wenn ich durchhielt. Ich legte die Bibel zur Seite. Lieber hätte ich die Schachnovelle gelesen. Noch viel lieber hätte ich sie gelebt und geschrieben.

In deprimierender Regelmäßigkeit wurde mein Ausharren mit mir selbst von Visiten des Personals unterbrochen. Von ihren Mahlzeiten aß ich gerade so viel, dass es nicht nach Hungerstreik aussah. Post nahm ich nicht mehr an. Zeitungen wagte man mir nicht mehr in die Zelle zu legen. Eine der wenigen Beschäftigungen, die mich tatsächlich erfolgreich von mir wegbrachten, war nämlich die Zerstückelung von Zeitungspapier in konfettikleine Teile. Trotz meines miserablen Gemütszustands versuchte ich freundlich zu den Beamten zu sein. Sie dankten es mir und erzählten keine neuen Geschichten von draußen. Manchmal fragte ich sie sogar, wie es ihnen ging. »Danke, es geht so«, antworteten sie dann meistens. Ihnen war die Gesprächsfreude vergangen. Vermutlich ging es ihnen automatisch besser, nachdem sie mich gesehen hatten.

In einem Anfall von Erlebnishunger grub ich irgendwann den zerknüllten Brief von Helena wieder aus. Ich nahm mir fest vor, nur das Ende zu lesen, nichts von dem, was ich schon einmal gelesen hatte. Es gelang nicht. Ich las: »Sollte dir das Kunststück gelingen, wegen Mordes verurteilt zu werden, dann streiche mich bitte aus deinem Gedächtnis.« Ich hasste diesen Satz. Er war brutal. Versuchte Erpressung. Allerdings schon im Ansatz gescheitert.

Bei Geschäftsbriefen durfte man nicht vergessen, das Kleingedruckte zu lesen. Da stand nun fast unleserlich: »In sehr, sehr dringenden Fällen, wenn du wirklich nicht weiterweißt, kannst du mir eine Botschaft zukommen lassen. Kennwort: Wilfried mit W wie W.! Ich muss in den nächsten Tagen übrigens noch einmal ins Büro, meine Wertgegenstände abholen. Erinnerst du dich? Du hast mich gefragt, ob wir uns wiedersehen. Ich habe Ja gesagt. Deine Helga.«

Ich wartete, bis mir meine Essensträger den nächsten Gang servierten. Dann erkundigte ich mich nach einem Herrn Wilfried, der hier angeblich als Wächter arbeitete. Den Nachnamen, so gab ich an, hatte ich vergessen. Ich sollte ihm von einem gemeinsamen guten Freund Grüße ausrichten und ihm eine Botschaft überbringen – mündlich, wenn es leicht ging. Wilfried Hörl, der einzige Wächter Wilfried, versah seinen Dienst im Rayon drei, erfuhr ich. Die Kollegen nannten ihn Graf Dracula, »Graf«, weil er früher als Butler in einem Herrschaftshaus gedient hatte, »Dracula«, weil er kein Blut in den Adern hatte und nur Nachtschichten machte. Sie versprachen mir, ihn vorbeizuschicken. Als Gegenleistung aß ich eine volle Schüssel Kartoffelsuppe und legte für den Koch ein Zettelchen mit der Aufschrift »köstlich« an den Tellerrand.

Der Graf kam noch in derselben Nacht. Der Schlüsselbund war der gleiche wie damals. Das Geräusch rüttelte schmerzvolle Erinnerungen in mir wach: Weihnachten mit Trauerrand. Alex lag schon unter der Erde. Irgendwann musste es ein Begräbnis gegeben haben, und ich war nicht dort gewesen. Alex im Stich zu lassen, darin war ich konsequent.

Zur Begrüßung gab ich dem Grafen ein paar Scheine. Geld hatte ich mehr, als ich hier brauchen konnte. »Wo ist der Brief?«, fragte er mich. Jetzt roch ich es: Er hatte Schnaps statt Blut in den Adern. »Nein, ich habe keinen Brief, ich …« – »Morgen Nacht, zwei Uhr früh?«, fragte er. »Verzeihung, ich würde gerne mit ihr sprechen«, erwiderte ich. »Morgen Nacht, zwei Uhr früh?«, wiederholte er genervt. Ich sagte: »Ja, danke, das ließe sich einrichten.« Er lachte nicht. Er verstand nichts vom schlechten Humor eines verlegenen Mörders. Ich gab ihm noch einen Schein zur Verabschiedung. Geld war mir egal. Er rasselte mit den Schlüsseln, das war seine einzige menschliche Regung.

Ich hatte verlernt, mich auf etwas zu freuen. Was mir blieb, war Aufregung ohne Gebrauchsanleitung, sie aus mir rauszulassen. Überdruck ohne Ventil. Kalter Schweiß unter der Haut. Ich dachte an Delia, wie sie sich von ihrem Romancier Jean Legat küssen ließ. Ich musste mich übergeben. Ich redete mir ein, dass es die Kartoffelsuppe war.

»Es ist der Kreislauf«, attestierte der Amtsarzt, zu dem sie mich gezerrt hatten, weil ich kreidebleich auf dem Fußboden gelegen war. »Sie sollten Sport machen, Sie sollten wieder zu laufen beginnen, das hat Ihnen gutgetan«, sagte er. Ich dachte an die Tischlereiwerkstatt und mir wurde gleich wieder übel. Wenigstens ließ man mich den restlichen Tag in Ruhe. Als es dunkel wurde, ging es mir besser. Ich wartete auf den blutlosen Grafen mit dem Schlüssel. Das machte Sinn. Das setzte den Kreislauf außer Kraft.

Um Mitternacht duschte und rasierte ich mich und zog frisch gewaschene Sachen an. Adrenalin war mein Aufputschmittel. Kurz dachte ich, dass ich mit mir im Reinen war und dass nichts Böses geschehen sein konnte in den letzten dreizehn Wochen. Dann sah ich mein Gesicht im Spiegel. Ich sah mir beim Weinen zu, wie sich der Mund verzerrte, wie die Augen schmal wurden, wie mich die Falten entstellten. Ich strich mir die Strähnen aus der Stirn und zählte die grauen Haare an den Schläfen. Bei sechzig hörte ich auf.

Der Graf kam pünktlich. Er hatte die Handschellen für mich dabei. Wir schlichen den düster beleuchteten Gang entlang. Die Wände gaben den Geruch von lebenslanger Kartoffelsuppe wieder. Vor manchen Zellen lagen noch die leeren Blechtröge, als würden hinter den Eisengittern frisch abgespeiste wilde Tiere schlummern. Wir ließen die letzten Stöhn- und Schnarchgeräusche hinter uns und erreichten den Juristentrakt, wo Mauer endlich nach Mauer roch. Im Dunkeln tasteten wir uns zum Ziel.

Der Graf knackte die Handschellen am Türrahmen, schob mich in Helenas Büro, schloss die Tür von außen und sperrte zu. Das Rascheln des Schlüsselbunds wurde leiser und leiser, bis es verschwand. Der Raum war überheizt und vollkommen schwarz, die Jalousien waren runtergelassen. Der Schweiß unter meiner Haut erhitzte sich und trat aus. Mein Tastsinn verließ mich. Ich blieb stehen und wartete, bis mich die Angst einfing. Schlechter Scherz? Böses Spiel? Intrige? Falle? Ich dachte an die Tischlereiwerkstatt. Der Hilfeschrei steckte mir bereits im Rachen. Ich musste nur noch den Mund öffnen und ihn rauslassen.

Da erlöste mich Helenas lautlose Stimme: »Jan, ich bin hier.« Das kam von der Couch, auf der die Pariserin die Beine doppelt überkreuzt hatte. Ich tastete mich hin. Helenas Geruch lief mir entgegen, umarmte mich, hüllte mich ein. Ewiger windstiller Herbst.

»Schön, dass du da bist«, flüsterte sie. Man hörte es nicht. Ich verstand es nur, weil ich es gleichzeitig mit ihr sprach. Ich kroch zu ihr unter die Decke, schmiegte mich an sie, drückte sie an mich, umschlang sie mit Armen und Beinen. So verharrte ich unverschämt, als hätte ich ein Anrecht auf ewige Geborgenheit. Nur die Bürouhr tickte gnadenlos dagegen an. Sie trieb mir in immer neuen Schüben heißen Schweiß auf die Stirn.

»Du hast Schüttelfrost«, sagte Helena nach einigen Stunden. – »Mein Kreislauf«, erwiderte ich. »Du solltest mehr Sport machen, du solltest vielleicht wieder laufen gehen«, flüsterte sie. Ich lächelte. Ich küsste sie. Es war bereits ein Kuss in die andere Richtung, einer, der uns dem Abschied näher brachte. Ich befand mich im freien Fall und wartete auf den Aufprall. Ich versteckte mich vor mir. Ich schmiegte mich an Helenas heiße Haut. Ich verkroch mich unter der Decke. Aber das Geräusch kam näher und näher. Und dann stand der Graf mit dem Schlüsselbund vor der Tür und rasselte die Trennung herbei. Helena musste bleiben. Ich wurde abgeholt.

SIEBZEHN

Der siebente März war ein guter Tag. Das wusste ich gleich am Morgen. Nur nicht fühlen, dachte ich. Um sechs weckte mich mein Butler. Ich musste vorher versehentlich eingeschlafen sein. Das machte mich stolz.

Ich lag noch ein paar Minuten auf dem Rücken und beobachtete die 40-Watt-Birne, wie sehr sie sich plagte, meine finstere Haftzelle auszuleuchten, aber bald hatte sie es geschafft, bald kam die Verstärkung von außen durchs Fenster, der Frühling. Delia. Ich versuchte zu weinen. Das war rationell. Ich wollte noch ein letztes Mal Tränen rauslassen, bevor ich sie mir für immer verbieten musste. Es ging nicht, es kam nichts Flüssiges mehr. Ich tat mir nicht mehr leid. Das war ein gutes Zeichen. Der siebente März war ein guter Tag.

Gegen sieben schickten sie mir noch einmal den Amtsarzt vorbei. Ich hatte meinem Anwalt zwar untersagt, das Wort »Prozessuntauglichkeit« in den Mund zu nehmen. Aber die Medien hatten mich offenbar todkrank geschrieben und jetzt glaubten es alle. Auch im Gefängnis war man besorgt. Sogar der Gerichtspräsident war bei mir gewesen, um mich davon zu überzeugen, dass es mir nicht gut ging. Jedenfalls nicht gut genug, um die sieben Verhandlungstage durchzustehen. Er witterte die letzte Chance, dass der Prozess platzen könnte, dass doch noch alles ein glimpfliches Ende fand, für mich, für die Presse und somit auch für ihn.

Ich war gesund. Meine wöchentlichen Brechdurchfälle waren der Beweis, dass mein Körper noch genügend Abwehrkräfte gegen sich selbst besaß. Hager war ich schon immer gewesen. Dass einem nach fünf Monaten U-Haft die Backenknochen herausstanden, war keine pathologische Leistung. Vielleicht hätte ich in den unerträglich langen Februartagen essen sollen, anstatt an Helena zu denken, ob sie mich noch einmal abholen würde.

»Sie gefallen mir nicht, Herr Haigerer«, sagte der Amtsarzt. Auch er gefiel mir nicht, aber das spielte keine Rolle. Ich lächelte und sagte: »Ich fühle mich stark genug.« Er wusste nicht, dass Fühlen für mich verboten war, und erwiderte: »Meinetwegen, mir soll es recht sein, es ist ja Ihr Prozess.« Aus Dankbarkeit biss ich vor seinen Augen in eine Scheibe Zwieback und goss Schwarztee nach.

Um acht wurde ich abgeholt. Die beiden bulligen Justizwachebeamten kannte ich nicht. Sie waren neu in meinem Gefangenenleben und steif wie die Uniformen, die sie trugen. Ihre Gesichter rochen frisch imprägniert und hatten etwas weltmännisch Herzeigbares. Vermutlich waren sie aus einem Fotoshooting als Sieger hervorgegangen. Sie mussten ja jetzt mit mir durch alle Blätter und Fernsehkanäle. Vielleicht waren sie auch nur geliehene Komparsen vom Theater.

Sie führten mich einen interessant gesteckten Kurs mit vielen Stufen entlang, einmal ein Stockwerk hinauf, dann wieder hinunter. In schlechten Kriminalfilmen wären dabei gut ein halbes Dutzend Fluchtaktionen und Geiselnahmen drin gewesen. Schon dachte ich, sie hätten sich verirrt. Aber schließlich erreichten wir einen Haftraum, zumindest stand das auf dem Schild vor der Tür. Drinnen sah nichts nach Haftraum aus, aber auch nichts nach einem anderen Raum. Es fehlte jedes Inventar. Vielleicht war das Absicht. Vielleicht waren Mörder wie ich geständiger, um dieser Kahlheit hier zu entrinnen.

Die stumme Verlegenheit der beiden machte mich nervös. Ich fragte sie, ob sie glaubten, dass noch einmal Schnee kommen würde. Schnee im März war ja nichts Außergewöhnliches. »Ich denke schon«, sagte einer. Er konnte also denken. Seine Stimme war mit einer Wachsschicht überzogen. »Hoffentlich nicht«, sagte der andere. Er konnte also hoffen. Das sprach für ihn.

»Darf ich Sie etwas fragen?« – Wir hatten eindeutig zu viel Zeit in einem zu leeren Raum, die Frage musste kommen. Es war der, der auf keinen Schnee hoffte. »Haben Sie den Mann wirklich umgebracht?« Er ließ mir ein paar Sekunden Zeit, um nicht zu antworten. Dann sagte er: »Sie sehen nämlich nicht aus wie einer, der einen umbringt.« Ich bedankte mich mit einem gequälten Lächeln und fragte, wie denn einer aussehe, der einen umbrachte. – »Brutaler, viel brutaler«, sagte der, der dachte, dass es noch Schnee geben würde. »Die echten Brutalitäten stecken oft tief in einem drinnen, die sieht man nicht«, sagte ich. Ich bereute den Satz, ich wollte nicht klug wie Harrison Ford sein, aber sie nickten, als hätten sie etwas fürs Leben gelernt.

Ein Rauschen aus einem Funkgerät erlöste mich von dem Gespräch. Der an den Schnee glaubte, nickte dem, der auf keinen Schnee mehr hoffte, zu. Sie räusperten sich, richteten ihre Uniformschultern und streichelten ihre Scheitel. Einer fragte mich: »Sind Sie bereit?« Ich lächelte. Ich war bereit, seit Jahren schon.

Wir bewegten uns direkt auf die Klangwolke zu. So viele Stimmen auf einmal taten mir nicht gut. Sie erinnerten mich an Gesellschaften von früher, mit Delia, dem Mittelpunkt jeder Gesellschaft. Delia brauchte Gesellschaften, um Mittelpunkt sein zu können. Mit mir zu zweit war sie kein Mittelpunkt, ich war in meiner Liebe zu starr auf sie fixiert, drehte mich zu wenig um sie, war nicht rund genug, sie zu umgeben.

Die Stimmen übersteuerten. Ich war froh, meine Komparsen eng an mir zu haben. Wir befanden uns beim Hintereingang zum Großen Schwurgerichtssaal. Von der anderen Seite hatte ich in meinem früheren Leben schon ein paarmal auf den Gang hinausgeschaut. Damals hatte ich nicht geahnt, dass ich mir hier einmal entgegenkommen würde.

Wir betraten den Saal und waren sogleich auf Sendung. So hell hatte ich es mir als Kind im Himmel vorgestellt, so laut in der Hölle. Der Lärm um mich schluckte die Hysterie und kollabierte, ich hörte nur noch Dröhnen auf hoher Frequenz. Ich zählte meine Schritte bis zur Anklagebank. Vierzehn Schritte. Die meisten Mörder brauchten mehr. Sie trippelten und stolperten in den Saal. Manche wurden hineingeschleift. Als Gerichtsreporter hatte ich ihnen immer auf die Füße geschaut. Wenn sie zur medialen Hinrichtung in den Saal geführt wurden, konnte ich ihnen nicht ins Gesicht sehen. Ich hätte mich sonst mitschuldig gemacht.

Die Kameralichter, die mich suchten und fanden, waren ätzend grell. Ich durfte, ohne dass man es mir verübeln konnte, meine Augen schließen. Nur nicht fühlen, dachte ich. Unter den spitzen Schreien hörte ich oft meinen Namen. »Hey, Haigerer!« »Jan, hier!« »Jan, schau her!« Ich versuchte, einen freundlichen Mund zu machen. Ich wollte ihnen ein guter Exkollege sein.

Ich hörte auch: »Wie geht's dir?«, »Bist du krank?«, »Sag was!«, »Ein paar Worte bitte!«, und: »Wird es ein Freispruch?« Ein paar Stimmen kannte ich von früher. Ich hatte sie nicht vermisst. Einer schrie: »Herr Haigerer, was haben Sie heute gefrühstückt?« Das war eine beliebte Journalistenfrage. Sie brachte Mörder mit braven Bürgern an einen Tisch. Ich freute mich über die Frage, sie war so banal, dass sie mir guttat. Ich warf dem Kollegen »Tee und Zwieback« zurück. Hundert Journalisten schrieben jetzt »Tee und Zwieback« auf ihre Notizblöcke. Einmal war ich einer von ihnen. Einmal hatte ich selbst »Tee und Zwieback« geschrieben.

Vor mir gab es heftige Positionskämpfe. Die Fotografen wollten näher an mich heran. Sie hatten noch keine scharfen Bilder von den Haaren in meinen Nasenlöchern. Polizisten drängten die Kameraleute zurück, diese wehrten sich und setzten ihre schweren Geräte ein. Alle taten ihren Job und waren bereit, sich dafür zu zerfleischen. Ich selbst war austauschbar, die Kämpfe fanden so oder so statt, mein Mord war nur ein geeigneter Anlass. Das beruhigte ein bisschen mein Gewissen.

Einen Sozialfall ließen sie zu mir durch. Seine Hand zerfloss auf meiner Schulter. Mein Anwalt, natürlich, er gehörte zu mir und suchte Schutz vor der Meute. Wenn einer Angst hatte und vorher tagelang zu viel gegessen hatte, roch das bestialisch. Aber ich beugte mich zu ihm und grüßte ihm ins Ohr. Ich sagte: »Freut mich, Herr Magister«, oder einen ähnlichen Schwachsinn. Ich kam mir schäbig vor. Ich hatte ihn in die Sache reingezogen. Seine Mutter musste ihn jetzt im Fernsehen sehen, Seite an Seite mit einem Mörder.

Er schrie mir verzweifelt eine Frage ins Ohr. Ich verstand nichts. Aber ich nickte. Wahrscheinlich hatte er mich gefragt, ob ich die Anklageschrift studiert habe. Das fragte er mich immer. Bisher hatte ich stets »Noch nicht« gesagt. Jetzt setzte er nach. Ich verstand nur »im Sinne der Anklage«. Wahrscheinlich wollte er wissen, ob ich mich im Sinne der Anklage schuldig bekennen würde. Ich nickte heftig und klopfte ihm auf den Oberarm. Das sollte heißen, dass schon alles in Ordnung sei. Er schnaufte und rang nach Luft. Ich hätte ihm gern den Krawattenknopf gelockert. Aber ich war nicht sein Vater.

Der Lärm brach ab, die Spots wurden schwächer, das Blitzlichtgewitter verzog sich zur Richtertafel. Der an den Schnee glaubte, nahm mir die Handschellen ab. Der auf keinen Schnee mehr hoffte, deutete mir, ich könne die Hände jetzt auseinandernehmen und an meine Seiten legen. Aber ich hielt sie zusammen, Pulsader an Pulsader. Ich blieb mein Gefangener, das war und blieb ich mir schuldig.

»Ich bitte jetzt die Fotografen und Fernsehteams, den Saal zu verlassen«, verkündete eine sehr angenehme Stimme durch den Lautsprecher. Sie gehörte Anneliese Stellmaier, der Richterin. Sie saß schräg links von mir, etwa sieben Meter entfernt, im Zentrum der Bühne. Ich wagte nicht, meinen Kopf zu ihr zu drehen. Ich genierte mich dafür, dass wir uns kannten. Dafür, dass sie mich anders kannte.

Mir war es gelungen, noch keine Person wahrzunehmen, keine der etwa dreihundert, die auf mich starrten. Meine Augen waren geöffnet, mein Blick war starr nach vorne gerichtet. Zu meiner rechten Seite hatten sich in gut einem Dutzend Zehnerreihen die Zuschauer und Journalisten eingefunden. Auf den Rängen und Logen darüber mussten die Ehrengäste ihre Plätze eingenommen haben. Vermutlich befand sich auch Guido Denk dort, mein ehemaliger Herausgeber. Möglicherweise saß der Gerichtspräsident neben ihm und lächelte ihm gerade aufmunternd zu.

Unmittelbar hinter mir schwitzte mein Anwalt. Ich erkannte ihn am Geruch. Links von ihm mussten die

Sachverständigen sitzen. Ganz außen, in meinem toten Winkel, befand sich der Platz des Staatsanwalts. Etwa fünf Meter vor mir saßen die Geschworenen in zwei aufsteigenden Reihen. Ich ließ sie ineinander verschwimmen. Ich erkannte nur schemenhaft, dass mehr Frauen als Männer unter ihnen waren. Umgekehrt wäre es mir lieber gewesen.

Alle Stimmen verstummten gleichzeitig, um Sekunden zu sparen, als ginge es um kostbare Drehzeit. »Gericht« kannten sie alle viel besser aus amerikanischen Filmen als aus der Wirklichkeit. Filme kannten sie überhaupt besser als die Wirklichkeit. Die Wahrheiten mussten im Film plakativer serviert werden und waren deshalb leichter als solche erkennbar. »Gut« kam aus dem einen Topf, »böse« aus dem anderen. Auch wenn die Töpfe nahe beieinanderstanden, auch wenn sie im Zuge der Handlung mehrmals versteckt und miteinander vertauscht wurden, um die Spannung zu erhöhen, so wurden die Inhalte der Töpfe doch niemals vermischt. Kein Publikum der Welt hätte das honoriert.

Stellmaier fragte mich, ob ich wusste, was ich tat. Sie meinte nicht den Mord, sondern den Prozess. Sie hatte ein paar medizinische Gutachten in der Hand, die dem Gericht nahelegten, die Verhandlung aufzuschieben. Man wies mir schwere Gastritis, dramatisch niedrigen Blutzucker und noch ein paar teuflische Werte nach. Ich beteuerte, dass es mir gut ging und dass ich mich den Umständen entsprechend wohlfühlte. In jedem Fall sei ich prozesstauglich, sagte ich. Mir gelang es leider nicht, flehentliche Untertöne zu vermeiden.

In den Geschworenenbänken regte sich etwas. Die Dritte von links in der ersten Reihe stellte ihren Kopf quer. Ich musste hinsehen. Es war eine ältere Dame. Sie erinnerte mich an meine Mutter. Sie sah mich an, als erinnerte ich sie an ihren Sohn. Ich zwang mich, ihr nicht zuzulächeln. Mir war nach: »Wird schon alles gut, Mutter.« Zum Glück beherrschte ich mich und riss meinen Blick von ihr los. Ich hoffte, das wirkte ein bisschen kaltblütig. Sie durften mich nicht mögen. Und ich durfte mich nicht fühlen. Das waren meine beiden strengsten Verbote für die nächsten Tage.

Die Verhandlung wurde nun offiziell eröffnet. »Wir probieren es einmal, auf ausdrücklichen Wunsch des Angeklagten. Ein Arzt wird ihn beobachten«, verkündete die Richterin. Ich hörte das dankbare Raunen meiner Exkollegen im Saal. Ein geplatzter Prozess wäre für sie eine Katastrophe gewesen. Eigens für diesen Anlass hatten sie Hunderte Zeilen und TV-Sekunden erkämpft. Womit hätten sie den vielen Platz zwischen den Inseraten füllen und die üppigen Sendezeiten verstreichen lassen sollen?

Anneliese Stellmaier begann nun, wie das üblich war, mit dem amtlichen Teil. Das war wie das Ausfüllen von Formularen, nur mündlich. Ich bestätigte: Jan Rufus Haigerer, geboren am achtzehnten Juli neunzehneinundsechzig, österreichischer Staatsbürger, Hildegard und Berthold die Eltern, mittlerweile beide verstorben, keine Geschwister. »Familienstand?« – »Ledig«, sagte ich. »Wohnhaft?« – Eine faszinierende Frage an einen Strafgefangenen. Wohn-Haft. Da fraß die Zukunft bereits die Vergangenheit auf. Ich war geneigt, »Ja« zu antworten. Aber ich wusste, was gemeint war, und gab meine alte Adresse an.

Ausbildung? Ja, ich war zur Schule gegangen, schön brav, wie es sich gehörte. Grundschule, Gymnasium mit Matura. »Mit Auszeichnung?«, fragte Stellmaier. Wieso wusste sie das? – Ja, mit Auszeichnung. Ich sah, wie sie den Kopf zur Seite hob und den Geschworenen zunickte. Zehn Semester Germanistik an der Universität. »Abgeschlossen?« Ja, abgeschlossen. Ich hatte immer alles abgeschlossen, das täuschte ein wenig über die jeweilige Sinnlosigkeit hinweg.

Beruflicher Werdegang? »Werdegang« – ein schönes, ehrliches Wort. Man wird. Man geht. Es wird schon werden, es geht von alleine weiter. Es nimmt seinen Lauf, nur nicht so schnell. Das Werden hat seinen eigenen Gang. Bei mir: starker Werdegang, kaum eine Chance gegenzusteuern. Hier und heute genügten dazu Stichworte: sieben Jahre Lektorat beim Erfos-Verlag. »Cheflektorat?«, fragte Stellmaier. Ja, Cheflektorat. Danach der Wendepunkt im Werdegang. Ein Wendepünktchen, so klein, dass es alle übersehen hatten. Journalistenschule in Hamburg. »Mit Auszeichnung absolviert?« Ja, mit Auszeichnung. Und was hatte das mit dem Mord zu tun? Mein Magen schluckte den Ärger und drückte auf die Kehle.

Danach: neun Jahre angewandter Journalismus. Reporter und Redakteur bei der »Kulturwoche«. »Unter anderem Gerichtsberichterstatter«, wusste Stellmaier. Ich nickte. Sie lächelte. »Und mit dem Haus und seinen Gebräuchen hier bestens vertraut«, setzte sie nach. »Kann man sagen«, sagte ich. Ich versuchte ernst zu bleiben. Aber wenn mich jemand anlächelte, konnte ich nicht anders, als es zu erwidern.

Einkommen? Ja, ich hatte gut verdient. Ich hatte Ersparnisse. Ich hatte sogar Aktien und Optionsscheine und solche Sachen. Lothar Hums, ein Kollege aus der Wirtschaftsredaktion, hatte sie mir so lange eingeredet, bis ich nachgab. Keine Ahnung, wie viel sie wert waren. Geld schob ich immer weit weg von mir. Ich hatte weder Lust, es anzuhäufen. Noch wusste ich, wofür ich es verdiente.

Sorgepflichten? Keine. Sorgen viele. Pflichten genug. Aber keine Sorgepflichten. Schade. Zwei uneheliche Kinder, für die ich nur schlampig Alimente zahlte – und die Frau Geschworene, die mich an meine Mutter erinnerte, hätte ihren aus schwerem Mitleid gekippten Kopf endlich wieder gerade gestellt.

»Vorstrafen?«, fragte mich Stellmaier. Sie wusste es natürlich, aber ein paar Geschworene wussten vielleicht nicht, dass sie es wusste. Ich tat so, als müsste ich nachdenken. Schließlich sagte ich: »Keine.« – »Ja, die Strafregisterauskunft ist leer«, bestätigte Stellmaier. Sie drehte sich zu den Geschworenen und sagte: »Der Angeklagte ist unbescholten.«

Nun kam eine Formel, die ich auswendig kannte.

Stellmaier färbte sie persönlich und sagte: »Herr Haigerer, achten Sie auf den Gang der Verhandlung. Das muss ich Ihnen nicht extra sagen. Auch die folgende Empfehlung könnte ich mir sparen. Verantworten Sie sich wahrheitsgemäß. Sie wissen, ein Geständnis ist nach unserer Rechtsprechung der wesentlichste Milderungsgrund.« Sie konnte es nicht dabei belassen. Sie fügte verschämt an: »Damit wir das im Protokoll haben.«

ACHTZEHN

Links hinter mir, im toten Winkel, begann Staatsanwalt Siegfried Rehle mit seiner einleitenden Rede. Er sprach knapp zwei Stunden. Dazwischen musste die Verhandlung unterbrochen werden. War es sein dumpfer Bariton der gnadenlosen Gerechtigkeit, der an meinen Magenwänden schabte und kratzte, bis sie zu zerreißen drohten? War es der Inhalt seiner groß angelegten Aufräumungsarbeit mit mir, dem Verbrecher wider besseres Gewissen?

Ich bat, die Toilette aufsuchen zu dürfen. Meine Komparsen hängten mich an die Schellen und schleppten mich aus dem Saal. »Ist Ihnen übel?«, fragte der, der an den Schnee glaubte. »Nein, nein«, sagte ich, »alles bestens, nur zu viel Tee getrunken heute früh.« Ich betätigte die Klospülung, damit die Geräusche des Erbrechens übertönt wurden. Danach ging ich mit Rehle beinahe über die volle Distanz. Ich hielt meinen Kopf gesenkt. Ich wollte von den Geschworenen nicht frontal als jener angesehen werden, von dem der Staatsanwalt diese böse Geschichte erzählte. Ein paarmal beugte sich der, der auf keinen Schnee mehr hoffte, unter mein Gesicht, um nachzusehen, ob ich eingeschlafen war, oder bewusstlos, oder vielleicht schon tot.

Kein einziges Mal drehte ich mich zu Rehle um. Seinen Anblick ersparte ich mir. Ich wusste, wie penibel gepflegt ein französischer Rasen sein konnte, wenn er schwarz war und aus dichten kurzen Barthaaren bestand, die ein spitzes Kinn bedeckten.

Seine Eröffnungsrede war nüchtern wie eine Lautsprecherdurchsage. Er gönnte sich kein Pathos, leistete sich keine Ausbrüche, zeigte keine Gefühlsregungen. Er legte kein Gewicht auf bestimmte Worte. Er wiederholte und umschrieb das Immergleiche so oft, dass es wie ein dickflüssiger Brei in die Gehirne der Zuhörer einsickerte und sich darin festsaugte.

Rehle bat die Geschworenen alles zu vergessen, was sie über mich wussten. Das war klug, dafür war ich ihm dankbar. Er ordnete die Arbeit der Medien (zu Recht) dem Bereich der Mythen und Legenden zu. Nichts von alledem konnte den Laienrichtern bei ihrer Suche nach der Wahrheit dienlich sein. Er verabscheute Journalisten, wie ich wusste, und ging ihnen aus dem Weg. Sie waren für ihn chronische Rechtsbrecher mit der feigen Immunität der Masse im Rücken. Sie waren unverfrorene Verklärer, Beschöniger, Manipulatoren der Gesetze. Sie destabilisierten das Rechtssystem, statt es zu stützen. Sie schufen sich ihre eigenen Strukturen der Macht, mit denen sie die Politik beherrschten, das Land regierten und die Gesellschaft prägten.

»Die mediale Massenhysterie um diesen Fall ist auch

mir nicht entgangen«, gab er zu. »Und ich räume ein, dass der Sachverhalt ...« (Rehle liebte die Wörter »einräumen« und »Sachverhalt«. Das eine war seine Funktion, das andere bestand exakt aus jenen beiden Essenzen, die seinem Begriff von Rechtsstaatlichkeit entsprachen: die »Sache« und das ihr abgenötigte »Verhalten«. »Sachverhalt« ließ keine emotionellen Schlupflöcher zu.)

»Und ich räume ein, dass der Sachverhalt an Pikanterie wenig zu wünschen übrig lässt«, sagte er. »Ein rechtschaffener, angesehener, anständiger, fleißiger, etablierter, gut situierter, hochgebildeter, beruflich erfolgreicher, aufrechter Bürger« – und das war nur ein kleiner Teil der Eigenschaften, mit denen er mich zwei Stunden lang verwöhnte –, »dieser entspannte, freundliche, aufmerksame, höfliche, immerzu lächelnde Mann« – lächelte ich immerzu? –, »dieser Mann, der scheinbar keiner Fliege etwas zuleide tun konnte, begeht eine Tat, die ihm kein klar denkender Mensch auch nur im Entferntesten jemals zugetraut hätte.« Auch ich hatte sie mir mehr zugemutet als zugetraut.

»Die schlimmste Tat, zu der ein Individuum fähig ist. Das größte Verbrechen unserer westlichen zivilisierten Ordnung.« Ein paar Zehntelsekunden Atemstille. Keine Taktik. Rehle war zum besten Zeitpunkt der Motor seines Brummtons abgestorben. – »Er begeht einen Mord, die brutalste, grausamste, hässlichste Bösartigkeit, die unser Gesetz kennt und die es mit der strengsten Strafe, die das Gesetzbuch vorschreibt, verfolgt – mit bis zu lebenslanger Haft!« Ich fasste dies als vorweggenommenes Prozessergebnis auf und nickte heftig.

»Nun stellt sich uns allen natürlich sofort die Frage: Warum macht er das?« Ich presste die Augen fest zu. Ich hatte Seeigel im Magen. Konnten sie, wenn sie sich weiter hinauf verlagerten, einen Herzinfarkt auslösen? »Gestatten Sie mir, die Frage vorerst zur Seite zu schieben.« Gestattet. »Gestatten Sie mir zudem, die Frage als gar nicht so relevant zu betrachten, wie sie auf den ersten Blick erscheinen mag.« Gestattet. Die Seeigel rollten sich zögerlich wieder ein. Von meiner rechten Seite, an der die Journalisten und Zuhörer saßen, schwoll ein dröhnendes, raunendes Geräusch an und brach gleich wieder ab.

»Sehen wir uns doch lieber einmal den Sachverhalt an, lassen wir die Fakten sprechen«, forderte er die Geschworenen auf. »Ein Mann wird beim Betreten eines Lokals aus kurzer Distanz von einer Kugel niedergestreckt. Der den Revolver geführt hat, sitzt hier vor uns.« Die letzten Worte durchlöcherten meinen linken Hinterkopf. Vermutlich hatte sich Rehle beim Sprechen zu mir gedreht. »Um ihm die Schuld nachzuweisen, müssen wir da begreifen, wie es geschehen konnte?« Sie mussten es nicht begreifen. »Nein, das müssen wir primär nicht. Denn wir haben ein lückenloses Tatsachengeständnis vorliegen. Ein Mordgeständnis, das sämtliche Notwehr- oder Unglücksvarianten ausscheiden lässt und die Beteiligung von Zweit- oder Dritttätern explizit ausschließt.« Mehrmals unterschrieben. »Und er hat es mehrmals handschriftlich unterzeichnet und somit wiederholt bestätigt.« Ohne Widerspruch. »Und es fand sich in seinen

Aussagen absolut nichts Widersprüchliches.« Die Pistole. »Und wir haben das alles entscheidende Beweisstück, wir haben die Tatwaffe, sie gehörte ihm, er selbst hatte sie bei sich, wir haben seine Fingerabdrücke, ausschließlich seine ...« Wo war Helena? Saß sie im Publikum? Liebte sie mich?

»Darf ich hierzu nur die letzten Worte des Angeklagten aus dem Polizeiprotokoll verlesen?« – Liebte sie mich? – »Da sagt er: Abschließend gebe ich, Jan Haigerer, noch einmal dezidiert an, dass ich die Tat schon Tage vorher bis ins Detail geplant habe. Ich habe den Mord vorsätzlich begangen. Ich war weder betrunken noch in anderer Weise geistig beeinträchtigt oder verwirrt. Ich hatte einen klaren Kopf. Zum Opfer habe ich nichts zu sagen. Über das Motiv meiner Tat werde ich erst zu einem späteren Zeitpunkt sprechen.« – Liebte sie mich oder wollte sie nur herauskriegen, warum ich es getan habe?

»Werte Damen und Herren in der Geschworenenbank, der Angeklagte Jan Rufus Haigerer hat aus der Sicht der Staatsanwaltschaft den Tatbestand des Paragrafen 75, Strafgesetzbuch, nach allen Richtlinien des Gesetzgebers einwandfrei erfüllt. Sie werden ihn am Ende des Prozesses im Sinne der Anklage schuldig sprechen müssen und wegen Mordes zu verurteilen haben. Somit ist aus der Sicht der Anklagebehörde ein Großteil Ihrer Arbeit bereits von vornherein erledigt.« – Hat sie herausgekriegt, warum ich es getan habe?

»Als psychologische Fleißaufgabe, als zugegebenermaßen äußerst spannendes Kriminalrätsel, bleibt uns allen jetzt noch die große Frage nach dem Warum. Eigentlich sind es zwei Warums. Das Warum der Tat. Und das Warum des bisher so eisernen Schweigens darüber. Für das Urteil sind die Antworten wenig relevant, für das Strafausmaß könnten sie aber unter Umständen von Bedeutung sein. Vielleicht wird uns der Angeklagte diese Frage schon morgen ...« – Liebte sie mich? Warum nahm sie mich mit nach Hause? Tat ich ihr leid? Wollte sie mir Sex schenken? Wollte sie wirklich nur Sex? »... möchte ich Sie dringend warnen, meine Damen und Herren. Beurteilen Sie den Sachverhalt nach dem Verstand und lassen Sie sich nicht von irreführenden Gefühlen leiten. Lassen Sie sich vom gewandten Auftreten, von der sympathischen schüchternen Art des Angeklagten nicht täuschen. Haben Sie kein Mitleid mit ihm. Wer fähig ist, einen derart kaltblütigen Mordplan zu hegen und ihn auf eiskalte Weise in die Tat umzusetzen, hat jedes Anrecht auf Schutz und Anteilnahme und jede ...« Eine fremde männliche Stimme erschlug das Brummen der Hornisse unter meiner Schädeldecke. »Entschuldigung, ich glaube, dem Angeklagten geht es nicht gut.« Das kam aus der Geschworenenbank.

Ich spürte ein Rütteln der beiden Komparsen links und rechts, wie sie mich hochzogen und auf die Beine stellten. An Helena zu denken tat mir nicht gut. Fühlen war ja verboten. Hätte ich beinahe vergessen. Ich entschuldigte mich für meine kurze Benommenheit, ich führte sie auf die schlechte Luft im Raum zurück. Mein Blick zog ein paar verschwommene Schleifen über die Geschworenenbänke. Ich sah, wie sich Mutter die Augen rieb. Die Richterin verordnete eine längere Verhandlungspause. Drei Amtsärzte bemühten sich um mich.

Nachher ging es mir besser. Vermutlich war mein Magen gegen die dumpf dröhnende Stimme des Staatsanwalts allergisch gewesen. Es gab ja auch Töne, da vibrierten die besten Verstärkerboxen der teuersten Hi-Fi-Anlagen. »Rehle ist ein Arschloch«, flüsterte mir der, der an den Schnee glaubte, ins Ohr. Ich versuchte eine Geste zu setzen, die dieser Ansicht widersprach. »Ein echter Wichser«, sagte der, der auf keinen Schnee mehr hoffte. Ich nickte. Ob echt oder unecht, Wichser waren wir alle, jeder auf seine Weise, die wenigsten nur auf die herkömmliche.
Thomas Erlt, mein Verteidiger, war nun am Wort. Das machte mich fast so nervös wie ihn. Ich fühlte mich als Vater eines Kindes, das zur großen Schuljubiläumsfeier ein Gedicht aufsagen musste, welches es nicht gelernt hatte, und ich war erst beim Abprüfen unmittelbar vor dem Auftritt dahintergekommen. Ich sollte Erlt vielleicht auch einmal sagen, dass es Deodorants gab, die die Wirkung von Schweiß erheblich reduzierten. Außerdem waren gute Leinen- und Baumwollhemden heute bereits durchaus erschwinglich, in Sonderangeboten fast so billig wie Erlts klein karierte Polyestermischungen aus dem Supermarkt, die jeden Körpergeruch mit drei multipliziert der Öffentlichkeit preisgaben. Und ich saß unmittelbar davor. Vielleicht war der siebente März doch kein gar so guter Tag.

Erlt begann leise. Seine Blechdosenstimme ging in der Unruhe im Saal unter. Außer meinen Komparsen und mir merkte keiner, dass er bereits am Wort war. Zum Glück. Er sprach von Immobilien. Nicht, dass er sie den Geschworenen zum Kauf anbieten wollte oder ihnen diesbezüglich seine anwaltliche Vertretung nahelegte. Er war nur bemüht zu erklären, was er als Mietrechtsexperte hier im Großen Schwurgerichtssaal beim so genannten »Prozess des Jahres« verloren hatte: sich und sonst nicht viel.

Es war aber so – und da waren bereits einige auf ihn aufmerksam geworden –, dass »jeder Angeklagte das Recht auf eine Verteidigung« hatte. Das sage natürlich nichts über die Verwerflichkeit eines Mordes aus, meinte er. Er sei der Letzte, der »für ein Gewaltverbrechen auch nur das geringste Verständnis aufbringen und irgendein Wort der Entschuldigung« finden könne. (Und hätte er sich noch so sehr darum bemüht.)

»Bis heute begreife ich nicht, warum er sich keinen Wahlverteidiger genommen hat«, gestand er. »Wenn es um alles oder nichts geht, können doch die Anwaltskosten keine Rolle spielen«, jammerte er. »Und wir haben ja gehört, über wie viel Bargeld mein Mandant verfügt.«

Er gab zu, dass er sich diesen Fall nie freiwillig ausgesucht hätte, dass er vom Los dazu bestimmt worden war, mir hier zur Seite zu stehen. Er gab zu, dass er sich überhaupt nicht wohl in seiner Haut fühlte. Er gab zu, dass er bisher kläglich daran gescheitert war, zu mir eine Beziehung aufzubauen. Plötzlich war es ruhig im Saal. »Ich komme an meinen Mandanten einfach nicht heran«, sagte er. Seine Stimme klang weinerlich. Hier spendete er der eigenen Ratlosigkeit eine stille Gedenkminute.

Meine Augen wagten erste vorsichtige Ausflüge in die Bänke der Laienrichter. Links hinten, umarmt von einer Goldhundekette, saß ein Pornoproduzent, der die Todesstrafe forderte, egal wofür. Vorne rechts fiel mir die zwanzig Jahre jünger geschminkte Frau mit der wuchtigen Brille auf, deren Unterkiefer einen Kaugummi knechtete und dabei in steten Intervallen vom Gesicht ausbrach, ehe sie ihn mit Hilfe der Zunge wieder zurückholte, um weiterzukauen. In ihrer Wohnsiedlung war sie vermutlich die Wortführerin aller Ausländer-raus-Bewegungen. Es waren jene beiden Geschworenen, die gelangweilt, apathisch oder einfach von der Situation überfordert zur Seite blickten. Ich konnte wetten, dass sie ihr Urteil bereits kannten.

Über die anderen sechs wagte ich meine Blicke nur flüchtig zu streifen, denn von ihnen allen fühlte ich mich übergut beobachtet, scharf und viel zu mild zugleich. Mir schien es, als wären sie mir in ihren Bänken bereits einige Meter näher gerückt. Mutter hatte wenigstens den Kopf gerade gestellt, das beruhigte mich.

Erlt setzte seine Beichte fort: »Ich muss Ihnen gestehen, dass ich nicht die leiseste Ahnung habe, was an diesem Samstag im Oktober in Bob's Coolclub geschehen ist.« Er musste ihnen weiters gestehen, dass er vorerst keine rechtlichen Mittel in der Hand hatte, die ihm erlaubten, an der Stichhaltigkeit der Mordanklage zu zweifeln. Das Wörtchen »vorerst« irritierte mich ein bisschen.

Aber ich fand, das wäre ein gutes Ende seiner Eröffnungsrede gewesen. So schlecht hatte er sich nicht geschlagen. Das gab ihm bestimmt Auftrieb für die nächsten unangenehmen Prozesstage, an denen er vermutlich nicht viel zu sagen hatte.

»Zum Abschluss will ich nur noch etwas Persönliches anmerken, was mir meine Mutter von klein auf mitgegeben hat.« – Auch wenn sie jetzt mächtig stolz auf ihn war und ihm zur Belohnung abends sein Lieblingsessen kochte: Musste das sein? – »Es ist ein bisschen das Gegenteil von dem, worauf der hochgeschätzte Herr Staatsanwalt gegen Ende seiner Ausführungen verwiesen hat.« Bitte nicht! Die Seeigel in meinem Magen fuhren bereits wieder ihre ersten, zum Glück noch weichen und stumpfen Stacheln aus.

»Thomas, sagte meine Mutter, schau einem Menschen tief in die Augen, und du wirst sehen, ob er ein guter oder ein schlechter Mensch ist.« Ich drehte mich zu ihm um und sah ihm von unten tief in die Augen. Ich war ein schlechter Mensch. Aber er sah mich nicht an. Er konzentrierte sich auf den Schlusssatz. »Ich habe meinem Mandanten mehr als einmal tief in die Augen gesehen. Und wenn ich auch sonst zum gegebenen Zeitpunkt nicht viel Erhellendes zu diesem fürchterlichen Mordfall und zu seinen mysteriösen Hintergründen beitragen kann, so sage ich Ihnen mit aller Entschiedenheit: Jan Haigerer ist ein guter Mensch. Überprüfen Sie es selbst, werte Geschworene. Schauen Sie ihm tief in die Augen. Und erst danach widmen Sie sich Ihrem Verstand.«

Ich schüttelte den gesenkten Kopf, um zu protestieren. Ich stieß meine Komparsen in die Seiten, um ihnen ähnliche entrüstete Gesten zu entlocken. Das war billige Effekthascherei. Aus Augen konnte man nur Farben, Pupillengröße und Trunkenheit herauslesen, der Rest war Trug. »Ich danke Ihnen für Ihre Aufmerksamkeit«, sagte Erlt. Ich war böse auf ihn. Aber ich mochte ihn. Er war ein guter Mensch.

Nachdem sie mich von der Toilette zurückgebracht hatten, wurde mein Mordprozess auf den achten März, neun Uhr früh, vertagt.

Neunzehn

An diesem Abend raffte ich mich unter meiner todmüden 40-Watt-Birne auf und bemühte mich, etwas Gutes für den nächsten Tag zu tun. Ich aß fünf verweste Bananen aus bereits schwarz verfärbten Schalen. Ich nahm alle Säfte und Pulver ein, wie sie mir von den Amtsärzten seit Wochen verschrieben worden waren. Ich kaute altes trockenes Brot, bröselte mir einen staubigen Kuchen in den Rachen, wagte mich über eine Tafel Bitterschokolade und spülte Kamillentee nach, bis mein Bauch seine einstige Spannkraft wiedergewonnen hatte. Zumindest fühlte es sich von innen so an.

Dann lud ich die beiden diensthabenden Justizwachebeamten auf eine Tasse Kaffee ein. Das war ein schwerer Fehler, aber ein leichterer wäre mir in dieser Situation nicht eingefallen. Ich wollte nicht alleine sein mit mir. Der Preis dafür war, dass ich mir meinen ewigen Erzfeind in die Stube holte, die aktuellen Schlagzeilen. Die Beamten benahmen sich demütig. Sie brachten die Abendausgaben sämtlicher Zeitungen mit und waren stolz, sie mir wie Diplome unter die Nase reiben zu dürfen. Ich lehnte ab. Aber sie blieben hartnäckig und zwangen mich, meine Trophäen entgegenzunehmen.

Für sie war ich an diesem Tag ein größerer Held als der neue Oscarpreisträger und eine bedeutendere Persönlichkeit der Geschichte als der gescheiterte Nahostvermittler. Denn mein Prozess stahl beiden die Titelstorys, meine Fotos waren doppelt so groß und meine Schlagzeilen doppelt so dick wie die der anderen.

»Knalleffekt im Coolclub-Mordprozess«, titelte der »Anzeiger«: »Staatsanwalt trichtert Geschworenen Mordurteil ein«. Der Text unter dem Bild lautete: »Bluthund gegen Hase: Siegfried Rehle jagt Jan Haigerer«. Etwa so vornehm drückte sich auch »Tag aktuell« aus: »Erster Tag im Prozess des Jahres. Der Staatsanwalt blamiert sich: dünne Suppe, harte Worte. Der Angeklagte klappte zweimal vor Schwäche zusammen.«

Die tonangebende Boulevardzeitung »Abendpost« war, wie nicht anders zu erwarten, um größte Objektivität bemüht. »Erfahrene Prozessbeobachter sind sich einig: Mörder sehen anders aus«, lautete die Schlagzeile auf der Titelseite. Darunter standen fett gedruckte Wortfetzen: »Jan Haigerer von der U-Haft schwer gezeichnet. Bis zum Skelett abgemagert – er ernährt sich seit Monaten von Tee und Zwieback – und doch immer ein freundliches Lächeln auf den Lippen. Der Angeklagte hat alle Sympathien auf seiner Seite. Auch sein tollpatschiger Pflichtverteidiger erregt Mitleid. Bösartige Attacken des Staatsanwalts und ein Rundumschlag gegen die Medien des Landes prägen den ersten Prozesstag. Das Fehlen eines

Tatmotivs stört den selbstgerechten Kläger Siegfried Rehle überhaupt nicht. Blättern Sie weiter. Abendpost-Reporterin Mona Midlansky, eine enge Vertraute des Angeklagten, exklusiv: ›Heute wird mein Freund Jan sein Schweigen brechen.‹ Der große Prozess in Wort und Bild; Analysen und Kommentare: Seite 3 bis Seite 10.«

Die seriöse »Kulturwelt« schockierte mich am meisten. Sie hob das unausstehlich vermessene Zitat meines Anwalts in die Überschrift: »Haigerer ist ein guter Mensch«. Unterzeile: »Der Pflichtverteidiger verblüffte das Gericht mit einem sensiblen Eröffnungsplädoyer. Die Mordanklage gegen den renommierten Kulturwelt-Autor steht auf äußerst wackeligen Beinen.« – Das hatte ihnen Guido Denk wahrscheinlich persönlich diktiert. »Lesen Sie auf Seite 7: Ein Mann, den man mögen muss. Psychogramm eines immer freundlichen Grüblers. Jan Haigerer – wie ihn seine engsten Mitarbeiter kennen ...«

Am Ende der traumatischen Presseschau baten mich die Beamten, die Zeitungen zu signieren. Ich bestrafte mich mit meinem eigenen Zynismus, lächelte und unterzeichnete mein Verbrechen unter den jeweiligen Schandtaten meiner ehemaligen Berufskollegen. Der Bananenbrei schob sich dabei bis zum Rachen hinauf. Aber ich schluckte. Noch ein allerletztes Mal. Der siebente März war ein guter Tag. Hatte ich es doch gewusst.

In der Nacht träumte ich schlecht von Helena. Als ich aufwachte, wollte ich schreien vor Angst, mich verraten zu haben und ausgerechnet von ihr hintergangen worden zu sein. Die Glühbirne leuchtete matt und zwang mich aufzustehen. Der Bananenbrei ergoss sich über das Waschbecken. Das war befreiend. Wenn ich leer war, fühlte ich mich mir am nächsten.

Ich hatte noch ein paar Stunden Zeit, um gesund zu werden. Ich begann mit dreißig Liegestützen. Vielleicht hatte ich mich verzählt und es waren nur dreizehn, ehe meine Arme die Arbeit verweigerten. Danach studierte ich die Gebrauchshinweise sämtlicher Arzneimittel und nahm jeweils das oberste Limit der empfohlenen Dosen. Ich probierte es noch einmal mit einer Banane. Ich war bereits Weltmeister im Hinunterschlucken. Nur das Untenbehalten musste ich noch üben. Vielleicht beim nächsten Mord. (Das war ein Scherz.) Ich lachte mir im Spiegel zu und erschrak. Zugegeben, ich hatte mein Äußeres in den letzten Wochen ein bisschen vernachlässigt, aber dass mir Keith Richards einmal entgegenblicken würde, hätte ich nicht für möglich gehalten.

Um sechs Uhr morgens fragte ich meinen Guten-Morgen-Butler, ob er mir einen Friseur organisieren könnte. Er fand den Witz nicht schlecht für einen Mordangeklagten am bevorstehenden zweiten Prozesstag. Ich überzeugte ihn davon, dass mir, der ich sonst nie etwas verlangte, ein sauberer Kurzhaarschnitt ein dringliches Bedürfnis war. »Wie Sie wollen«, sagte er, »ich hole meine Schere.«

Zum Frühstück ließ ich drei Toastscheiben über mich ergehen. Ei und Butter entsorgte ich, Schale und Packung legte ich auf das Tablett, um vor dem Amtsarzt einen ernährungsphysiologisch guten Eindruck zu hinterlassen.

Beim Rasieren war ich gründlicher als sonst, die Zahncreme ließ ich länger im Mund als gewöhnlich.

In einer der ungeöffneten Packungen aus der Gefängniswäscherei befand sich ein schwarzgrauer Anzug. Keine Ahnung, ob er mir gehörte. Aber er passte mir. Die Hose fing sich zwar erst an den Hüften, aber das war immerhin noch vor zwei Jahren modern. Mit dem schwarzen T-Shirt darunter wagte ich mich noch einmal vor den Spiegel: Großartig, ich war zufrieden. Nicht mehr Keith Richards, nur noch Nick Cave.

Für den Amtsarzt reichte es. »Heute gefallen Sie mir«, sagte er. Er gefiel mir auch diesmal nicht. Aber ich lächelte. »Muten Sie sich nicht zu viel zu«, bat er mich, den Mörder. »Wenn Sie mir wieder zusammenklappen, krieg ich eins auf den Deckel.«

Um halb neun holten mich die Komparsen ab. Sie begrüßten mich herzlich und waren ganz besonders behutsam mit den Handschellen, dass sie mir auch ja kein Haar einzwickten. Sie geleiteten mich wie bei einer Ehrenrunde durch die Gänge zum Haftraum. Von vorbeikommenden Uniformierten ließen sie sich wie Angler feiern, die den dicksten Fisch an Land gezogen hatten und ihn nun an der Kette präsentierten. Sie machten aus ihrem Stolz, mir nahe zu sein, kein Geheimnis. Der Fasching war vorbei, auch sonst tat sich nicht viel in diesem Land. Ein paar Lawinen, ein paar Raubüberfälle, ab und zu eine Massenkarambolage auf der Autobahn. Aber sonst? Da waren schon alle glücklich, dass es mich und den Coolclub gab.

»Wie geht es Ihnen?«, fragte der, der an den Schnee glaubte. »Danke, man lebt«, sagte ich. Schade um jeden Buchstaben. »Klären Sie's heute auf?«, fragte der, der auf keinen Schnee mehr hoffte. Ich tat so, als hätte ich die Frage überhört. »Wie ist es draußen?«, fragte ich. »Kalt«, erwiderte der eine. »Es wird wohl doch noch schneien«, ergänzte der andere. Es war der, der das Gegenteil davon erhofft hatte. »Dann sind wir doch froh, dass wir hier drinnen sind«, sagte ich. Ich lachte wie Jack Nicholson in »Shining«. Zumindest dachte ich an eine Szene daraus. Beide lachten mit. Sie kannten anscheinend den Film nicht.

»Herr Haigerer, Sie wissen, was ich Sie als Erstes fragen werde«, sagte Anneliese Stellmaier. Ich mochte ihre Stimme, ihre noble Ruhe und ihren symmetrischen Haarkranz, der wie ein silbergrauer Turban aussah. Ich saß jetzt ihr gegenüber, in der Mitte der Bühne, hinter dem so genannten Zeugenstand. Das war ein kleines Pult mit Mikrofon, das Platz für Notizen bot und fallende Hände auffing, wenn Angeklagte strauchelten oder Zeugen nicht mehr weiterwussten.

Hinter mir raunte das Publikum. Rechts lauschten die Geschworenen, so konzentriert, dass ich es hören konnte. Halb links vor mir saß der Staatsanwalt. Erstmals sah ich ihn. Wir nickten uns kurz zu und schlossen die Augen zum respektvollen Gruß. Ich war enttäuscht: Ihm fehlte das halbe Gesicht. Ihm fehlte der Bart. Vielleicht wollte ihn seine Frau einmal nackt in der Zeitung sehen.

»Ja, Frau Rat, ich bekenne mich im Sinne der Mordanklage schuldig«, sagte ich mit erstaunlich viel Kraft in der Stimme. Der ausverkauft riechende Saal, in dem nur noch der ölige Duft von Popcorn und Erdnüssen fehlte, bebte. Vermutlich hatte ich im Endspiel nach der Verlängerung soeben den entscheidenden Elfmeter verschossen.

Anneliese Stellmaier seufzte und drehte sich nacheinander zu ihren beiden beisitzenden Kollegen, die sie flankierten. Der eine hieß Helmut Hehl, wirkte chronisch verschlafen und stand so knapp vor der Pensionierung, dass er alle paar Minuten auf die Uhr sah, ob es endlich so weit war. Ich hatte ihn noch nie reden hören, und man hatte nicht das Gefühl, dass er einem zuhörte. Dennoch spreizte er immer wieder angespannt seine Lippen. Vermutlich war er taubstumm und hatte Angst, dass man in seinen letzten Arbeitswochen doch noch dahinterkam. Er hob die Hände ein paar Zentimeter und ließ sie fallen. Es sollte heißen: Was soll man tun?

Links von Stellmaier saß Ilona Schmidl. Ihr sagte man ein Verhältnis mit dem Rechtsanwaltskammerpräsidenten nach. Sie sollen von der Sekretärin auf seinem Bürotisch erwischt worden sein. »Du schmutziges Schweindi«, soll sie in der Babysprache geschrien haben, erzählten sich Anwälte und Journalisten wochenlang in der Gerichtskantine. Der Satz wurde nach und nach ausgebaut. Zuletzt hieß es: »Besorg's mir einmal so richtig, du geiles schmutziges Drecksschweindi.« Dazu stellten sich alle den üppig wuchernden Schwimmreifen des über den

Tisch gebeugten Kammerpräsidenten und das kreuzbiedere Verhandlungsgesicht der Beisitzerin Ilona Schmidl vor – und konnten sich nicht mehr halten vor Lachen. Schon interessant, wie man Menschen sehen wollte, die man nicht kannte, und was man dabei von sich selbst verriet.

Auch Schmidl hob die Hände, ließ sie aber nicht fallen, sondern drehte sie in der Luft um. Dazu verzog sie ihren für den Anlass zu rot gestrichenen Mund wie eine Comicfigur. Es sollte heißen: Da kann man nichts machen.

»Na schön, dann beginnen wir ganz von vorne«, sagte die Richterin. Ihre Stimme war brüchig, sie hatte den Schock noch nicht verdaut. Sie hatte mich anscheinend bis zuletzt für einen anständigen Menschen gehalten. Es tat mir weh, ausgerechnet sie zu enttäuschen.

Kindheitserinnerungen? Musste das sein? »Das liegt schon sehr weit zurück«, entschuldigte ich mich präventiv. Dabei hatte ich mir fest vorgenommen, keine blöden Antworten zu geben. Ein Ausflug fiel mir ein, als ich als Fünfjähriger im Wald verlorengegangen war, und als man mich einige Stunden später fand, war mein Leben ruiniert und meine Psyche kaputt.

Schlüsselerlebnisse? – »Nichts Aufregendes, Frau Rat«, sagte ich. Hinter mir raunte es leicht. Im Publikum hatte man vermutlich ein paar Hitchcock-Szenen erwartet. Weihnachten: kleiner Baum, wenig Geschenke, aber meistens sehr stimmungsvoll, log ich. Ostern: bunte Eier. Geburtstag: eine Torte. Kommunion: eine Kerze. Firmung: eine Uhr. Urlaub mit Vater und Mutter: bescheiden, aber schön. Urlaub nur mit Mutter: bescheiden, aber auch nicht schlecht.

Was Vater von Beruf war? – Lehrer für Deutsch und Philosophie. In der Freizeit schrieb er Gedichte. Wurden sie veröffentlicht? – Nein, er schrieb sie nur für sich. »Er war sehr introvertiert«, antwortete ich. Wie mein Verhältnis zu meinem Vater war? »Gut«, sagte ich. »Wir mochten uns.« – »Sie sagen *mögen*, aber nicht *lieben*«, bemerkte Stellmaier. – »Ich sage selten ›lieben‹, Frau Rat«, erwiderte ich. (Außerdem verließ er uns, als ich sieben war.)

Und die Mutter? – Schneiderin. »Eine kluge, bescheidene, liebenswerte Frau«, sagte ich. »Sie sagen das so distanziert«, fand Stellmaier. – »Vor zehn Jahren ist sie bei einem Autounfall ums Leben gekommen«, antwortete ich.

Fast zwei Stunden kramten sie erfolglos in meiner Kindheit herum. Mühsam wurde es, als Guido Denks Freund Professor Benedikt Reithofer, der Psychiater, auf die Idee kam, mitzukramen. Bis dahin hatte ich ihn nicht wahrgenommen, er hob sich zu wenig von den gemeißelten Figuren der Justizgeschichte in der Holzvertäfelung des Saales ab. Nun musste er sein Honorar rechtfertigen und fragte unter anderem: »Hat es zu Hause viel Streit gegeben?« – »Nein, Herr Professor, wir waren eine sehr stille Familie.« – »Haben Sie nicht manchmal Zorn auf Ihre Eltern gehabt?« – »Ja, zum Beispiel wenn ich im Bett lesen wollte und Mutter drehte mir das Licht ab, um Strom zu sparen.« – »Das meine ich nicht«, sagte Reithofer. »Grundsätzlicheren Zorn. Dass Sie sich von Ihren Eltern ungerecht behandelt fühlten, dass Sie unterdrückt wurden, dass Sie nicht wirklich frei waren, dass Sie nicht so viel Geld hatten wie Ihre Freunde.« – »Meine Freunde hatten auch nicht viel Geld«, erwiderte ich. Die Mienen vor mir waren ziemlich ernst. Meine Antworten gefielen ihnen nicht, aber sie mussten sie nehmen, wie sie waren. Der Psychiater machte sich wenigstens Notizen. Das wirkte professionell. Er erweckte den Eindruck, nachher »akute Irgendwas« diagnostizieren zu können.

Der erste Teil der Einvernahme endete unangenehm. Die Frau Geschworene, die meiner Mutter ähnlich sah, zeigte auf und bat die Richterin, mir eine Frage stellen zu dürfen. Das war unüblich. Normalerweise meldeten sich Laienrichter erst zum Schluss oder gar nicht zu Wort. »Herr Haigerer, haben Sie unter der Trennung Ihrer Eltern gelitten?«, fragte sie. Schon ihre Stimme verriet, dass sie unter der Trennung meiner Eltern derzeit mehr litt als ich.

»Natürlich war es nicht angenehm«, sagte ich, »aber meine Mutter kam gut darüber hinweg, das war mir das Wichtigste. Und im Vergleich zu den Familienverhältnissen meiner Freunde ging es mir noch gut. Oft ist es besser, die Eltern trennen sich, als sie bleiben zusammen.« Während meiner stumpfsinnigen Antwort musste ich ihr in die Augen sehen. Sie war sehr bedrückt. Ihr ging der Mordfall nahe. Warum musste man eine so kultivierte, sensible Dame in diesem Alter noch mit den grausamen Kehrseiten des friedlichen Alltags konfrontieren?

Da lobte ich mir den Pornoproduzenten, der links außen saß. Er würdigte das psychologische Gewäsch aus der Kindheit mit verächtlicher Langeweile. Von solchen Geschworenen hätte ich mir acht gewünscht.

Noch einer meldete sich. Zwei Plätze weiter saß ein junger Mann in schwarzem Rollkragenpullover. Glatt rasierter Kopf. Auffallend geschwungene, grün umrandete Nickelbrille. Architekturstudent. Oder Informatik. Vielleicht auch Hochschule für angewandte Kunst. Vor seinem Blick fürchtete ich mich ein bisschen. Er war es gewohnt, Dinge zu durchschauen. Er konnte logistische Rätsel lösen. Er wollte hier nicht aus der Übung kommen.

»Herr Angeklagter, ich habe noch eine Frage an Sie«, sagte er. Die Stimme kannte ich. Er war es gewesen, der am Vortag den Staatsanwalt unterbrochen hatte, indem er bemerkte, dass es mir nicht gut ging. »Woran ist Ihr Vater gestorben?«, fragte er. »Selbstmord«, sagte ich zeitgleich. »Wissen Sie, warum?«, fragte er. »Er hatte Depressionen«, antwortete ich. »Wissen Sie, auf welche Weise?« – »Er hat sich erschossen«, sagte ich. Das Publikum ließ einen Stoßseufzer der Erleichterung los. In der Pause brauchte ich ein paar Tabletten.

ZWANZIG

Nach der Unterbrechung graute mir erstmals vor der Penetranz ihrer mitleidvollen Blicke. Hoffentlich lösten sich die Medikamente in meinem Kopf bald auf und machten mich stumpf und unanfällig für Gefühlsattacken von außen. Ich hatte ihnen ein Stichwort gegeben. Sie hatten plötzlich einen Verdacht. Sie hatten eine Ahnung, wie sie es anstellen konnten, mich aus der Verantwortung zu entlassen. Und sie waren ungeduldig geworden. Sie drängten auf die Auflösung des Mordrätsels zu meinen Gunsten. Sie waren bereit, mit mir über die Leiche meines Opfers zu gehen, um mich zu verschonen.

Sie täuschten sich in mir. Das zwang mich, sie immer wieder von neuem zu enttäuschen. Bis sie endlich verstanden, dass es nichts zu verstehen gab. Bis sie hinnahmen, dass ich ein Mörder war, einer der freundlichsten, einer der übelsten, einer der berechnendsten. Einer, dessen Kalkül es war, keinen Grund für seine Tat zu liefern. Einer, dessen Trumpf es war, die Karten erst auszuspielen, wenn sich keiner mehr erinnern konnte, dass es dieses Spiel je gegeben hatte, wenn mein Fall nur noch Zeitungsstaub war und niemand mehr wusste, wie viele Jahre auf »lebenslang« mir noch fehlten.

Zwei sechs null acht neun acht. – Mein Wahnsinn war nicht die Tat, für die sie mich bestrafen mussten. Der Mord war die Ausnahme vom Wahnsinn. Mein Wahnsinn war es, die Regeln der Normalitäten besser zu beherrschen als die Normalen. So war ich groß geworden. So lebte ich.

»Auf Ihre Vorgeschichte werden wir später zurückkommen, wenn wir die Zeugen dahaben«, sagte Richterin Stellmaier hastig. »Wir machen jetzt einen Sprung.« Ich nickte. Ich hasste Sprünge. Ich hatte stets Angst vor der Landung. Ich landete niemals weich. Zum Glück war ich kein depressiver Mensch.

»Wie gut kannten Sie Rolf Lentz?« – Mit dieser Frage hatte ich gerechnet, seit es den mit der roten Jacke in meinem Kopf gab. Sie schockierte und erleichterte mich gleichzeitig. Es war, als hätte er sich nun endlich doch noch entschlossen zurückzuschießen. »Ich kannte ihn nicht, ich kannte nicht einmal seinen Namen. Er war mir völlig fremd, ich habe ihn in der Mordnacht zum ersten Mal gesehen«, erwiderte ich. Ich war nicht sicher, ob ich die Antwort nur laut gedacht hatte, wie ich es gewohnt war. Aber der Aufschrei in den Rängen hinter mir bewies, dass meine Worte hörbar gewesen waren.

»Wie kam es zum Tod von Rolf Lentz?«, fragte Stellmaier. Sie blieb ruhig. Sie setzte nach. Sie war eine unterschätzte K.-o.-Schlägerin. »Ich habe ihn erschossen«, sagte ich. »Wollten Sie ihn erschießen?« – »Ja, natürlich«, sagte ich rasch. Ich erschrak über das grausame Wort »natürlich«. Das Publikum hinter meinem Rücken musste zur Ruhe gebracht werden. Es flogen keine Steine. Aber ich spürte sie. Und sie taten mir gut.

»Das müssen Sie uns erklären«, sagte Stellmaier. Sie blickte zum Psychiater. Der döste vor sich hin, als durchschaute er mich im Schlaf, um sein Honorar noch selbstschonender zu verdienen. Gegen meinen Willen drängte es mich, die Reaktion des Studenten mit dem schwarzen Rollkragenpullover in der Geschworenenbank zu testen. Er hatte den Kopf über ein Blatt Papier gebeugt. Er machte sich Notizen. Das gefiel mir nicht. Nichts gefiel mir. Alles lief falsch. Der Staatsanwalt holte tief Luft und schluckte sie. Er war mein Vertrauter, mein Gleichgesinnter, mein Wegbereiter, meine Ergänzung auf hundert Prozent des Bösen. Uns beiden stand harte Arbeit bevor. Wir mussten der Gerechtigkeit zum Durchbruch verhelfen, wir mussten die Anklage durchbringen, gegen die Stimmung hier im Saal.

»Da gibt es nichts zu erklären«, sagte ich. Das klang trotzig. Endlich ein paar Minuspunkte. Ich hörte Unmutsäußerungen hinter mir, die von Ordnungsrufen des beisitzenden Richters Helmut Hehl erstickt wurden. Hehl fürchtete vermutlich, dass sich seine Pensionierung verzögern könnte, wenn nicht bald Ruhe im Saal herrschte. »Ich denke doch, dass es da etwas zu erklären gibt, Herr Haigerer«, sagte Stellmaier liebenswürdig.

Ich vervollständigte den Halbkreis vor meinen Augen.

Ich strich über die regungslos grellroten Lippen von Ilona Schmidl und erlaubte mir einen letzten Blick zu meiner linken Seite. Mein tapferer Verteidiger war erschöpft in seinem Sitz versunken und wischte sich den Schweiß von der Stirn. Er hatte den Mund leicht geöffnet, vermutlich um nicht ständig vom eigenen Erstauntsein überrascht zu werden. Ich zwinkerte ihm aufmunternd zu. Nun hatte ich sie alle durch. Ich schloss die Augen von innen und machte mich fertig zum Sprung. Ich vernahm nur noch die Stimme der Richterin und den Widerhall der meinen. So versuchte ich das Gleichgewicht zu halten. So fieberte ich der Landung entgegen.

»Entsprechen Ihre übereinstimmenden Angaben vor der Polizei und vor der Untersuchungsrichterin der Wahrheit?« – »Ja.« – »Der Vorfall liegt schon ein halbes Jahr zurück. Wenn Sie sich an etwas nicht mehr erinnern können, dann sagen Sie: ›Ich kann mich nicht mehr erinnern‹, aber sagen Sie nichts Falsches, ja?« – »Ich kann mich an alles erinnern.«

»Seit wann besitzen Sie eine Faustfeuerwaffe?« – »Seit dem dreizehnten September des vorigen Jahres.« – »Das war etwa vier Wochen vor der Tat.« – »Vier Wochen und fünf Tage.« – »Woher hatten Sie sie?« – »Gekauft. In einem Waffengeschäft.« – »Haben Sie einen Waffenschein?« – »Nein.« – »Wozu haben Sie sich die Waffe besorgt?« – »Um jemand umzubringen.« (Stille, Rauschen.)

»Jemand?« – »Irgendjemand.« – »Sind Sie selbst auch irgendjemand?« – »Nein. Ich bin ich. Irgendjemand ist jemand anders.« – »Wollten Sie sich selbst umbringen?« – »Nein.« – »Herr Haigerer, wollten Sie Selbstmord begehen wie Ihr Vater?« – »Nein.« – »Auf die gleiche Weise wie er?« – »Nein.« – »Ihrem Leben ein Ende bereiten?« (Stille. Rauschen. Meine Hände vor den Augen.) »Sollen wir die Verhandlung unterbrechen?« – »Nein, danke.«

»Wie gut kannten Sie Bob's Coolclub?« – »Sehr gut, ich war vor dem Mord etwa zwanzigmal dort.« – »Gehen Sie gern in solche Lokale?« – »Nein.« – »Stimmt es, dass Sie in den letzten zehn Jahren niemals in Lokale dieser Art gegangen sind?« – »Ja.« – »Warum dann plötzlich?« – »Um meinen Mord vorzubereiten.« – »Ihren Selbstmord?« – »Meinen Mord. Bitte glauben Sie mir.« – »Wie soll man jemand glauben, der mindestens die Hälfte der Wahrheit verschweigt?« – »Einen Mord gesteht man nicht, wenn man ihn nicht begangen hat.« (Murmeln, Rauschen.) »Aber es gibt keinen Mord ohne Grund.« (Schweigen.) »Schämen Sie sich für Ihren geplanten Selbstmord?« – »Ich hatte einen Mord geplant. Und durchgeführt.« – »Warum?« – »Bitte nicht.« (Stille.)

»Sie wollen also Ihren Mord schon Tage vorher vorbereitet haben?« – »Ja.« – »Wie?« – »Indem ich mich in Bob's Coolclub an den immer gleichen Tisch in einer Nische setzte und den Eingang beobachtete. Der Platz war so gewählt, dass mich niemand sehen konnte, dass die Distanz zur Tür knapp und die Schusslinie frei war. So ging ich die Tat hundertmal im Geiste durch.« – »Wozu?« – »Um sicher zu sein.« – »Was heißt sicher?« – »Dass es auch gelingen wird.« – »Was, ›es‹?« – »Der Mord.« – »Der

Selbstmord?« – »Der Mord!« (Das war ein Schrei, ich entschuldigte mich.)

»Kommen wir zum siebzehnten Oktober.« – »Ja.« – »Was war das für ein Tag?« – »Ein Samstag.« – »Wie war das Wetter, wissen Sie es noch?« – »Es regnete.« – »Ziemlich deprimierend, nicht wahr?« – »Überhaupt nicht, ich mag Regentage.« – »Sie hatten keinen Dienst?« – »Richtig.« – »Es war der erste Samstag seit langem, an dem Sie keinen Dienst hatten?« – »Richtig.« – »Da kommt man etwas aus dem Rhythmus, nicht wahr?« – »Wie meinen Sie?« – »Aus dem Gleichgewicht des Alltags. Man fällt in ein Loch. Man hat plötzlich Zeit, über sich selbst nachzudenken.« – »Das sehe ich nicht so.« – »Wie dann?« – »Entweder man ist in einem Loch oder man ist in keinem Loch, egal ob Werktag oder nicht, egal ob Sonne oder Regen.« – »Und Sie waren in einem Loch?« – »Ich war in keinem Loch.« (Mein ganzes Leben war ein Loch, Pause.)

»Sie erwachten alleine?« – »Man erwacht immer alleine.« – »Ich meine, es lag niemand neben Ihnen?« – »Nein, es lag schon längere Zeit niemand neben mir.« – »Warum nicht?« – »Weil es niemanden gab.« – »Niemanden nach Ihrer Freundin Delia?« – »Ja, Frau Rat.« – »Darauf kommen wir in den nächsten Tagen noch zurück.« (Drohung, Herzschlag, Stille.)

»Was machten Sie am Morgen dieses Samstags?« – »Ich schlief.« – »Und dann?« – »Stand ich auf.« – »Und?« – »Machte mich fertig.« – »Wofür?« – »Ich war mit einer Freundin verabredet. Ich half ihr beim Umzug.« – »Erst einer Freundin beim Umzug helfen und dann einen Fremden erschießen?« – »Ja.« – »Eine seltsame Mischung für einen verregneten Oktobersamstag, finden Sie nicht?« – »Ja, vielleicht.« – »Herr Haigerer, wer soll Ihnen das glauben?« – »Sie, Frau Rat. Das Gericht. Die Geschworenen. Alle. Man muss es mir glauben. Es ist die Wahrheit.« (Murmeln, Unruhe.)

»Ihre Freundin hieß Alexandra?« – »Ja, Alex, sie lebt nicht mehr.« (Stille. Rauschen. Meine Hände vor den Augen.) »Sollen wir die Verhandlung kurz unterbrechen?« – »Ja, bitte.«

»Wann haben Sie Ihre Freundin Alexandra an jenem Samstag verlassen?« – »Gegen sechs Uhr, es war schon dunkel.« – »Was haben Sie dann gemacht?« – »In meinem geparkten Auto gewartet.« – »Worauf?« – »Dass die Zeit verging.« – »Waren Sie trübsinnig?« – »Nein.« – »Was dann?« – »Aufgeregt.« – »Warum?« – »Ich hatte einen Mord vor mir.« – »Warum?« (Schweigen, Stille.)

»Wo war Ihre Waffe?« – »In meiner Jackentasche.« – »Die ganze Zeit über?« – »Ja, sie steckte in einem Wollhandschuh.« – »Warum?« – »Als Tarnung, für Bob's Coolclub, damit man sie nicht als Pistole erkennen konnte.« – »Wann betraten Sie das Lokal?« – »Knapp nach zehn Uhr. Ich war einer der ersten Gäste.« – »Was, wenn Ihr Tisch schon besetzt gewesen wäre?« – »Ich hatte ihn zur Sicherheit reserviert.« – »Und dann?« – »Trank ich Wein, Blauen Zweigelt.« – »Wie viel?« – »Das weiß ich nicht mehr.« – »Eher ein Glas oder eher einen Liter?« – »Eher einen Liter.« – »Das ist viel.« – »Ich habe damals viel vertragen.« – »Wenn man so viel trinkt, kommt man vielleicht auf dumme Gedanken.« – »Auf die dümmsten Gedanken kommt man, wenn man nüchtern ist, finde ich.« – »Haben Sie sich Mut angetrunken?« – »Ja, kann sein.« – »Mut wofür?« – »Für meinen Mord.« (Murmeln.)

»Und dann?« – »Habe ich die Pistole vor mir auf den Tisch gelegt.« – »Wozu?« – »Um sie in die richtige Position zu bringen.« – »Was heißt ›in die richtige Position‹?« – »Mit der Mündung zur Eingangstür.« – »Haben Sie die Mündung nicht auf sich selbst gerichtet?« – »Nein.« – »Und wenn das Zeugen behaupten?« – »Das kann niemand behaupten. Das kann niemand gesehen haben.« – »Was kann niemand gesehen haben? Dass Sie die Mündung auf sich selbst gerichtet hatten?« – »Ich habe die Mündung auf die Eingangstür gerichtet.« (Das war geschrien. Ich entschuldigte mich. Ich sammelte Minuspunkte.)

»Und dann?« – »Habe ich den Zeigefinger an den Abzug gelegt und gewartet.« – »Worauf?« – »Bis jemand eintrat.« – »Wer?« – »Mein Opfer.« – »Wer sollte Ihr Opfer sein?« – »Irgendwer.« – »Und wenn es ein Kind gewesen wäre?« – »Bob's Coolclub besuchen um diese Zeit keine Kinder.« – »Oder eine schwangere Frau?« – »Es ist ein Männerlokal, darum hatte ich es für meinen Mord ausgewählt.« – »Wenn nur irgend möglich, verwenden Sie das Wort ›Mord‹. Wieso?« – »Ich sage einfach, was Sache ist.« – »Sie sagen ›mein Mord‹, als wären Sie stolz darauf.« – »Ich bin nicht stolz darauf.« – »Als wäre Ihnen der Selbstmord misslungen und stattdessen ein Mord geglückt.« (Raunen, Pause.) »Als würden Sie Ihr Versagen durch ein versehentliches kriminelles Gelingen rechtfertigen wollen.« (Meine Hände vor dem Gesicht.) »Selbstmord kläglich gescheitert, Mord unabsichtlich gelungen?« (Meine Knöchel in den Augenhöhlen.)

»Haben Sie in letzter Sekunde in einem Reflex die Waffe von sich weggedreht und der Schuss hatte sich bereits gelöst und der Mann beim Eingang wurde getroffen?« – »Nein!«, schrie ich. »Und wenn das ballistische Gutachten eine Drehbewegung der Waffe für wahrscheinlich hält?« – »Dann irrt es!« – »Bitte schreien Sie nicht so.« – »Verzeihung.« (Unruhe, meine Daumen in den Ohren.) »Zehn Minuten Pause.«

Ich durfte in der Anklagebank bleiben. Meine Komparsen schützten mich zu beiden Seiten. Mein Anwalt legte mir eine Hand auf die Schulter. Ich schüttelte mich, sehr leicht, um ihn nicht zu beleidigen. Er nahm die Hand wieder weg, er war ein guter Mensch.

Ich starrte auf meine Schuhe. Schuhe von draußen. Für draußen. Ausgangsschuhe. Schwarze Lederschuhe. Glattleder. Matt glänzend. Vorne breit. Etwa vier Jahre alt. Ich war in einem Schuhgeschäft gewesen und hatte sie gekauft. Komisch. Ich hatte sie anprobiert. Es war ein sonniger Tag. Montag, nach der Arbeit. Schuhe kaufen. Sie hatten auf Anhieb gepasst. Ein paar Wochen nach Delia. »Die nehme ich«, hatte ich gesagt. Wahrscheinlich hatte ich gelacht. Ich hatte mich gefreut. »Den Karton können

Sie weglassen«, hatte ich gesagt. »Brauchen Sie ein Pflegemittel?«, hatte die Verkäuferin gesagt. »Nein, danke«, hatte ich erwidert. Ich hatte Schuhe gekauft. Komisch.

»Geht es wieder, Herr Haigerer?« – »Ja, Frau Rat.« – »Sie wollen also auf den Eingang gezielt haben?« – »Ja, richtig.« – »Und was sahen Sie da?« – »Wie sich die Tür öffnete.« – »Und?« – »Wie jemand das Lokal betrat.« – »Irgendjemand?« – »Ja, irgendjemand.« – »Und?« – »Ich zählte eins, zwei, drei, vier, fünf.« – »Wieso?« – »Weil ich wusste, dass der Mann fünf Sekunden später exakt in meiner Visierlinie stehen würde. Das hatte ich die Abende davor hundertmal geprobt.« – »Und?« – »Bei fünf habe ich geschossen.« – »Haben Sie hingesehen?« – »Als der Schuss fiel, nicht mehr.« – »Warum nicht?« – »Ich konnte nicht.« – »Und vorher?« – »Flüchtig.« – »Was haben Sie gesehen?« – »Dunkle Herrenschuhe, hellblaue Jeans und eine rote Jacke.« – »Und das Gesicht?« – »Habe ich nicht gesehen. Da war ein Schatten drüber.« – »Ein Schatten.« – »Ja, ein Schatten.« (Pause.) »Ein Schatten«, wiederholte Anneliese Stellmaier. Sie murmelte es. Ich schloss die Augen.

»Und nachher?« – »Was nachher, Frau Rat?« – »Wie haben Sie sich gefühlt?« – »Schlecht.« – »Wieso?« – »Weil ich einen Menschen umgebracht hatte.« – »Statt sich selbst?« – »Bitte nicht, Frau Rat.« – »Und was haben Sie danach getan? Haben Sie sich gestellt?« – »Das wollte ich.« – »Aber?« – »Ich habe mich zu sehr geniert.« – »Vor wem?« – »Vor mir selbst. Und vor Inspektor Tomek.

Wir kannten uns gut. Er hätte es mir nicht geglaubt.« – »Warum hätte er es Ihnen nicht geglaubt?« – »Weil er mich anders kannte.« – »Alle kannten Sie anders, Herr Haigerer. Und alle lernen Sie weiterhin anders kennen.« – »Ich weiß, das ist mein Problem.« (Schweigen, Stille, Schatten.)

Die Richterin war mit mir fertig. Nun hatten die anderen das Fragerecht. Ich hörte kaum noch zu. Die Antworten fielen mir leicht. Wir müssen einige Stunden so verbracht haben. Mir ging es körperlich gut. Das heißt, ich wusste nicht, wie es mir ging. Ich spürte mich nicht. Ich war auf Automatik programmiert, ich funktionierte von selbst. Hin und wieder leistete ich mir einen Blick zu den Geschworenen. Sie waren ergriffen. Sie erschraken, wenn ich sie ansah. Sogar der Pornoproduzent ließ eine Art Regung unter seinem Oberlippenbart erkennen. Er fand den Film nun doch recht spannend.

Bei Siegfried Rehle schöpfte ich Hoffnung. Rehle war mein Mann. Er tat so, als würde er mir glauben. Er fragte mich, ob ich aufgestaute Aggressionen in mir habe. Ich musste ihn leider enttäuschen. Darauf war er zum Glück vorbereitet. Er bot mir eine taugliche Alternative an: »War es dann eher eine fixe Idee von Ihnen, einen Menschen umzubringen?« – Er sagte das sehr brutal, stellvertretend für mich und mein Handeln. Er ballte seine Fäuste. Er riss die Augen weit auf. An seinen Schläfen traten die Adern hervor. Warum war ich nicht wie er? Mörder allein zu sein genügte offenbar nicht. Man musste wenigstens ein bisschen so aussehen. Warum sah ich nicht aus wie Rehle?

»Ja, die Idee war fix«, erwiderte ich. »Und den Grund wollen Sie uns hier einfach nicht nennen.« – »Nein, den will ich nicht nennen«, sagte ich. – »Aber es gibt einen Grund.« Das war eine unangenehme Frage. Ich musste erstmals wieder nachdenken. Dann sagte ich: »Ja, natürlich, für alles gibt es einen Grund.« – »Kennen Sie den Grund?« Zwei sechs null acht neun acht. »Ja«, sagte ich zögerlich. Ich wollte es eigentlich offenlassen. Aber »Ja« war zu kurz, um nicht eindeutig zu sein. Es wurde laut im Saal. Helmut Hehl, der Pensionist, schrie um Ruhe.

»Aber Sie wollen den Grund nicht verraten«, sagte Siegfried Rehle. – Er fletschte die Zähne. Das sollte er nicht tun. Er hatte zu viel Zahnfleisch und zu wenig Zahn. Es sah so aus, als wollte er bissiger sein, als er konnte. »Nein, den Grund will ich nicht verraten«, flüsterte ich. »Einfach so nicht oder haben Sie einen Grund, warum Sie uns Ihr Motiv für den objektivierten Sachverhalt, die Ermordung des Künstlers Rolf Lentz, nicht nennen wollen?« Rehle war aufgestanden. Er hob seinen Blick über meinen Kopf. Er war jetzt eine Art Opernsänger, was den aufgeblähten Brustkorb betraf. Nur die Stimme wollte nicht so recht.

»Für alles gibt es einen Grund«, sagte ich. »Danke, keine weiteren Fragen«, schrie Rehle. Das hatte ich in meinem früheren Leben Hunderte Male gehört, als ich noch selbst über Prozesse berichtete. »Danke, keine weiteren Fragen« war die Formel der vermeintlichen Sieger.

Leider hielt ihre Wirkung niemals lange an. Im Film wäre jetzt Schnitt gewesen.

Professor Benedikt Reithofer, der Psychiater, wurde aus dem honorigen Tiefschlaf geholt, um ihnen meinen »missglückten Selbstmord« zu veranschaulichen. Er sagte alles, was sie hören wollten, mit Worten, die sie nicht hinterfragen konnten, weil sie sich gegeneinander absicherten: dass die nach innen gekehrte Aggression für manche schwerer einzugestehen war als die nach außen gerichtete. Dass die Schande über einen gescheiterten Suizid bei bestimmten Patienten schmerzhafter war als die Vorstellung, ein Kapitalverbrechen begangen und eingestanden zu haben, mit allen Konsequenzen bis hin zu einer mehrjährigen Gefängnisstrafe. Dass die Identifikation mit der Tathandlung eines Mörders auf anachronistische Weise sogar sinngebend und somit antidepressiv wirken konnte. Dass damit endlich Ventile für die aufgestauten Schuldgefühle geschaffen waren.

»Ohne meinem Gutachten vorgreifen zu wollen«, sagte der Professor vorsichtshalber immer dazu. Seine Worte waren also außer Konkurrenz, eher nur für die Harmonie des ausklingenden Prozesstages gedacht. Damit die Geschworene, die mich an meine Mutter erinnerte, besser schlafen konnte. Ich gönnte es ihr. Aber für mich waren die beschwichtigenden Worte unerträglich. Ich hatte panische Angst vor jedem auch nur vagen Gedanken an eine unrechtmäßige Freiheit. Was sollte ich als Mörder draußen tun? Schuhe anprobieren? Schuhe kaufen?

Einundzwanzig

In der Zelle wartete ein Brief auf mich. Er versteckte sich unter der üblichen Post, die ich nicht mehr öffnete, weil die Türen nach draußen bereits zu gut verriegelt waren. Der weiße Briefumschlag war rot gefleckt. Den Platz für die Adresse nahmen die Worte: »Häftling Haigerer, dem Erlöser« ein. Der Absender hieß »Danke«. So jemanden, der das zu mir nach alldem sagen durfte, kannte ich nicht. Die Botschaft war aus allen Zusammenhängen gerissen, die mein haltloses Leben hier mühsam kitteten.

»Lieber Jan Haigerer«, hatte da jemand mit aufdringlich großen Buchstaben auf einen kleinen Zettel geschrieben, »mit Bestürzung verfolgen wir aus der Zeitung, wie Sie sich Schuld um Schuld aufladen. So war es nicht gedacht, so entspricht es nicht den Vereinbarungen. So hätte es Rolf nicht gewollt. Nicht um diesen Preis. Bitte machen Sie reinen Tisch. Gott stehe Ihnen bei. Anke Lier.«

Ich musste mich jemandem anvertrauen. Ich hatte nur Helena. Ich musste mit ihr sprechen. Ich holte mir die drei diensthabenden Justizwachebeamten in meine Zelle. Sie brachten mir die neuen Schlagzeilen mit: »Jan Haigerer, sich selbst sein größter Feind.« »Fatal gescheiterter Selbstmord immer wahrscheinlicher.« »Der Angeklagte will lieber Mörder als Selbstmörder sein.« »Vieles deutet auf fahrlässige Tötung hin.« »Staatsanwalt Rehle gibt nicht auf.« »Ist Haigerer noch zu retten? Starjournalist gesteht Mord, der nicht wahr sein kann.«

Ich tat so, als würde ich mich von den Beamten für meine matten Leistungen vor Gericht rügen lassen. Sie durften meinen Fall sogar in aller Kürze neu aufrollen und mir kluge Tipps geben, wie ich mich von nun an zu verhalten habe. Ich schwieg dazu, das motivierte sie, mich weiter zu bedrängen. Endlich legte einer sein Handy auf den Tisch. Ich spielte damit beiläufig bis zur Unauffälligkeit, steckte es ein und verschwand, während sie hitzig weiterdiskutierten, auf die Toilette. Dort wählte ich Helenas Nummer.

»Selenic.« – »Helena, ich muss dich sprechen«, flüsterte ich. – »Jan? Du? Jan, das geht nicht.« – »Helena, ich habe einen Brief bekommen, ich muss mit dir darüber reden.« – »Jan, du weißt, dass der Fall für mich abgeschlossen ist. Bitte ruf nicht an. Das ist nicht gut für dich.« – »Aber ich muss mit dir darüber reden, es ist wichtig.« Ich schämte mich für meinen flehentlichen Ton. »Jan, du hast einen Rechtsbeistand. Rede mit Erlt. Er ist dazu da, dir zu helfen.« – »Ich verstehe«, sagte ich, »verzeih mir die Störung.« Ich ärgerte mich über meinen vorwurfsvollen Ton. »Jan, halte durch«, hörte ich noch. »In ein paar Tagen ist alles überstanden. Und dann …« Ich verbannte Helena von meinem Ohr, drückte auf das kleine rote Telefon und zog an der Klospülung. Draußen steinigten sie gerade den Staatsanwalt. Ich hatte weder Lust noch Kraft, ihn zu verteidigen. Es war schon spät. Ich bat die Wachen, mich alleine zu lassen.

Am dritten Prozesstag wollte ich mich schonen. Den Brief hatte ich über Nacht verdaut. Ich hatte mir eingeredet, dass er mich nicht interessierte, dass er mich nichts anging. Ich hatte mir ferner verboten, an Helena zu denken. Dafür hatte ich meinen Schlaf geopfert.

Der Amtsarzt war mit meinem Magen zufrieden, zumindest mit dem, was er davon erfuhr. Ich sagte, der Magen sei wieder ganz der Alte. Dazu lächelte ich. Das beruhigte beide, den Magen und den Amtsarzt. Wenn ich etwas glaubwürdig konnte, dann lächeln. Selbst im Spiegel war mein Lächeln überzeugend. Es überzeugte mich, dass der Rest, den die Unordnung bei mir hinterlassen hatte, sauber aufgeräumt war. Ich wusste, dass ich mich selbst belog. Aber ich war stolz, wie gut ich es konnte. Ich schwor mir durchzuhalten. Ich musste Wege immer zu Ende gehen. Es lag nur noch die steil überhängende Wand zum Gipfel vor mir. Oben hatte ich Jahre Zeit, mich auszuruhen.

Im Schwurgerichtssaal hing noch immer die dicke Luft vom Vortag. Meine Komparsen hievten mich in den Sitz. Wir wechselten ein paar Worte übers Wetter. Am Wochenende sollte man schon die ersten Frühlingsausflüge unternehmen können, erfuhr ich. Ich besaß keine Wanderschuhe mehr, ich hätte mir welche kaufen müssen, zum Glück war ich hier.

Die Journalisten waren etwas zurückhaltender als an den ersten beiden Verhandlungstagen, die Fotografen nachlässiger, das Licht war nicht mehr so grell und ging bald wieder aus. Vielleicht gab es wo einen Amoklauf, der die Kräfte der Medien spaltete. Aus dem Publikum winkten mir Hände aus meinem früheren Leben zu, vorne links drückte mir jemand den Daumen einer hochgehaltenen Faust zur Unterstützung.

Das Beweisverfahren wurde eröffnet. Das heißt, ich durfte schweigen. Ich lehnte mich zurück. Ich freute mich sogar ein bisschen auf meine Freunde von der Polizei. Sie waren als erste Zeugen geladen. Vorher durfte man mir ergänzende Fragen zum Vortag stellen. Ich musste mich nun doch noch einmal in die Mitte der Bühne setzen, mit dem Rücken zum Publikum. Der Haarkranz von Richterin Stellmaier saß diesmal ein wenig windschief auf ihrem Kopf. Die Beisitzerin Ilona Schmidl testete einen neuen bräunlichen Lippenstift, der sie alt machte. Mein Anwalt Thomas Erlt ließ eine gestreifte Krawatte über ein rotweiß kariertes Hemd baumeln, vermutlich um weitere Mitleidseffekte zu sammeln. Staatsanwalt Rehle strich mit der Zunge suchend über die kahle Oberlippe. Er sollte sich den Bart wieder wachsen lassen, der machte ihn härter. Keiner von ihnen wollte diesmal etwas von mir wissen, zum Glück.

Zuletzt drehte sich Anneliese Stellmaier zu den Geschworenen: »Haben Sie vielleicht noch Fragen an den Angeklagten?« Der kahlköpfige Student mit der grünen Nickelbrille, der mir nicht ganz geheuer war, meldete sich. »Würden Sie es heute wieder tun?«, fragte er mich. Ich hielt seinem unerschrockenen Blick nicht stand. Er, der Klügste, glaubte also nicht an einen gescheiterten Selbstmord. Ich hätte ihm dafür gerne öffentlich Respekt gezollt. Aber ich log: »Es hat sich viel verändert seit damals. Ich kann Ihre Frage beim besten Willen nicht beantworten.«

»Darf ich noch einmal?«, fragte er die Richterin. »Selbstverständlich«, sagte sie. »Herr Angeklagter, wollen Sie eingesperrt werden?« Das war mir zu direkt. Da musste ich nachdenken. So viel Zeit hatte ich nicht. Ich erwiderte: »Ich wünsche mir nichts anderes als ein gerechtes Urteil.« – »Haben Sie die Tat begangen, um eingesperrt zu werden?«, setzte er nach. Niemand stoppte ihn. Ich sah zur Richterin. Ihre Mimik gab die Frage frei. »Nein«, sagte ich. Es war ein klares Nein, stark und unüberhörbar, das kräftigste Nein, das ich in diesem Zustand hier in den Raum setzen konnte. »Danke«, sagte der Student, »keine weiteren Fragen.«

Gruppeninspektor Lohmann war der erste Zeuge. Er sah mich nicht an. Das enttäuschte mich. Vermutlich wollte er mir damit helfen. Ja, er sei damals der Protokollführer gewesen, bestätigte er. Ob er sich an meine Einvernahme erinnern könne? – »Und ob«, sagte er. »So etwas vergisst man nicht, Frau Rat.« Seit achtzehn Jahren sei er im Dienst. Dutzende Verdächtige habe er einvernommen. Nie sei ihm etwas Vergleichbares untergekommen. Ob er das präzisieren könne? »Es ist mehr ein Gefühl,

Frau Rat«, sagte er, »meinen Kollegen ging es da nicht anders. Wissen Sie, dieser Mann kann nichts Böses getan haben. Das gibt es nicht. Das ist wie ein Alptraum, in den er da hineingeraten ist und aus dem er nicht mehr rauskommt. Wir fassen es noch heute nicht. Immer stimmen Tat und Täter überein. Das ist ein Gesetz in der Kriminalität. Hier nicht, Frau Rat. Hier absolut nicht. Haigerer hat von einem Mörder so viel wie eine Ameise von einem Raubtier.«

Der Staatsanwalt wurde wütend. »Machen Sie Ihre Arbeit nach Gefühl und Spekulation oder zählen für Sie Sachinhalte?«, fragte er. »Natürlich geht es um die Fakten«, antwortete Lohmann kleinlaut. – »Sind Ihre vierundvierzig Seiten Protokoll Poesie oder hat der Angeklagte ein lückenloses Mordgeständnis abgelegt?« – »Ja, das hat er, aber …« – »Gibt es irgendwelche Indizien, die diesem Geständnis widersprechen?« – »Nein, die gibt es nicht, aber …« – »Danke, keine weiteren Fragen.«

»Darf ich auch eine Frage stellen?«, sagte ich. »Selbstverständlich«, erwiderte die Richterin. – »Herr Inspektor, blühen schon die ersten Kirschtomaten in Ihrem Garten? Werden es dieses Jahr wirklich dreimal so viele?« – »Herr Haigerer, was soll das?«, fragte Stellmaier. Hinter mir raunten Zuhörer. »Verzeihung, das war privat«, sagte ich. »Tomaten blühen erst im Juni«, meinte Lohmann verschämt. Er zwinkerte mir zu. Es ging ihm gut.

Danach kamen Rebitz, der Verwegene, und Brandter, der junge Polizei-Bassist. Rebitz begrüßte mich mit einem unter der Uniformachsel versteckten Victory-Zeichen. Er gab an, dass er glaubte, dass ich ein Fall für den Psychiater sei. »Er muss ein zweites Ich haben, sonst passt das nicht zusammen.« Ob ich bei der Einvernahme einen verstörten oder niedergeschlagenen Eindruck gemacht habe? – »Nein, überhaupt nicht, er war mehr wie ein Kollege als wie ein Verdächtiger«, sagte Rebitz. »Es war ein gutes Gesprächsklima. Wir haben sogar gemeinsam gescherzt.« – »Ist das der neue Stil der Polizei, dass sie mit dringend Tatverdächtigen eines brutalen Mordes Scherze macht?«, fauchte der Staatsanwalt. »Wir haben es ihm einfach nicht abgenommen«, erwiderte Rebitz. »Wir haben bis zuletzt gedacht, jetzt wird er die Sache aufklären.« Und nach der Einvernahme? »Da waren wir ratlos, irgendwie am Boden zerstört. Wir haben uns gefragt, wie einer so ein Masochist sein kann. Das kann er doch nicht gewollt haben, was er da getan hat.«

Auch der junge Brandtner begrüßte mich. Er hob die Augenbrauen, als wollte er mir von etwas vorschwärmen. Vielleicht hatte er den Liedtext, den ich ihm geschenkt hatte, zu einem famosen Lovesong verarbeitet. »Zuerst dachten wir, er sei schwul. Es hieß ja, es war ein Schwulenmord«, erklärte er der Richterin. »Aber dann deutete nichts mehr darauf hin.« Sondern worauf? »Auf gar nichts. Wir haben aufgeschrieben, was er uns erzählt hat. Wir sind bis in alle Details gegangen. Wir haben hundertmal gebohrt. Aber es ist nichts herausgekommen. Der Mord ist für uns eigentlich immer unglaubwürdiger geworden, obwohl die Fakten alle gestimmt haben«, sagte Brandtner.

Mein Anwalt mischte sich ein. Er wollte wissen, was

Brandtner aufgrund seines persönlichen Eindrucks von mir und der Tat glaubte. Der Staatsanwalt protestierte gegen die Frage. »Das ist spekulativ, ein Polizist ist kein psychiatrischer Sachverständiger.« – »Aber er hat Erfahrung im Umgang mit Delinquenten. Und er hat Wahrnehmungen gemacht«, sagte die Richterin. Sie ließ die Frage zu. »Für mich war das ein Unfall. Er hat mit der Pistole gespielt und ein Schuss ist losgegangen. Danach muss bei ihm etwas ausgeklinkt sein. Vielleicht ist er danach unter Schock gestanden. Vielleicht steht er noch immer unter Schock.«

»Kann es nach Ihrer Einschätzung auch ein missglückter Selbstmordversuch gewesen sein?«, fragte die Richterin. »Das glaube ich nicht«, erwiderte Brandtner. »Er hat trotz allem Lebensfreude ausgestrahlt. Er hat sich für die Dinge rundherum interessiert. Er war irgendwie optimistisch. Das ist keiner, der aufhören wollte.«

Beim Abgang in den Haftraum blieben mir ein paar Sekunden Zeit, um über die Reihen der Zuhörer zu streifen. Da verfing sich mein Blick in diesen unverwechselbar roten Haaren. Ganz hinten stand meine entflohene Turmspringerin und unterhielt sich mit einer zierlichen Frau, die mir den Rücken zudrehte. Ich sah nur ihre langen schwarzen Haare und die lebendige Sprache ihrer Hände. Ich glaubte sie von irgendwoher zu kennen. Eine Bürokollegin? Eine Schriftstellerin? Jemand aus meinem früheren Leben?

»Sie sind ja ganz schön beliebt«, sagte der, der an den Schnee geglaubt hatte. Ich lächelte. »Wie ein Filmstar«, schwärmte der, der auf keinen Schnee mehr gehofft hatte. Ich schwieg. Wer war die Frau? Was hatte Helena mit ihr zu reden? Mein flaues Gefühl im Magen wuchs wieder an.

Danach kamen Zeugen, die ich nicht fürchtete. Es waren meine früheren Arbeitskollegen bei der »Kulturwelt«. Ich musste leider einführende Worte zu diesem neun Jahre langen Schlusskapitel meines Berufslebens sprechen. Ich log. Ich sagte, dass mir der Job Spaß gemacht habe. »Vor allem Gerichtsreporter war ich gern«, schleimte ich. Das war noch eine meiner geringfügigsten Lügen. »Unser Haus hat Sie auch als seriösen Berichterstatter kennen und schätzen gelernt«, schleimte Stellmaier zurück. Sie meinte es ernst. Siegfried Rehle funkelte mich böse an. Er hasste Journalisten. Er bemühte sich erfolgreich, bei mir keine Ausnahme zu machen.

Die Kollegen wussten wenig von mir zu erzählen. Ich sei ehrgeizig, freundlich und hilfsbereit, sagten sie. »Man konnte alles von ihm haben«, erfuhr ich. »Er war einer der Angenehmsten überhaupt«, meinte Lothar vom Wirtschaftsressort. »Eine Frohnatur«, sagte Jens vom Sport, der keine Ahnung hatte. Nur einer kannte mich ein bisschen besser: Chris Reisenauer.

»Jan war ruhig und verschlossen«, sagte Chris. »Ich hatte den Eindruck, er war auf meisterhaft überspielte Weise depressiv.« Das gefiel mir nicht. Am liebsten hätte ich laut protestiert. »Ich schätzte ihn so ein, dass sich hinter seinem ewigen Lächeln tiefe Abgründe verbargen.« Ich drehte mich zu meinem Anwalt um. Er konnte auch einmal etwas Sinnvolles tun. Er zuckte mit den Achseln. »Manchmal hatte ich den Eindruck, er war todunglücklich«, fuhr Chris fort. »Hat er Ihnen auch Privates erzählt?«, fragte die Richterin. »Nein, kein Wort. Ich wusste nur, dass er eine Freundin namens Delia hatte. Das wussten wir alle. Er hat am Anfang mindestens dreimal täglich mit ihr telefoniert.« Und später? »Nicht mehr.« Warum nicht? »Keine Ahnung.« Ob ich je etwas von einer Trennung erzählt hätte? »Nein. Hat er sich denn von Delia getrennt?«, fragte Chris.

An meinem letzten Arbeitstag, zwei Tage vor der Tat, war ich noch sechs Stunden Chris gegenüber vor dem Computer gesessen. War ihm etwas an mir aufgefallen, irgendeine Veränderung? »Nein, gar nichts. Er war so wie immer«, sagte er.

Und wieder meldete sich der junge Kahlkopf: »Herr Zeuge, hat Ihrem Kollegen Haigerer der Job eigentlich Spaß gemacht?« – »Nein, im Grunde nicht«, sagte Chris nach längerem Überlegen, »er hat zwar immer versucht, es sich einzureden, aber er hat sich nie als Journalist gefühlt.« – »Als was hat er sich denn gefühlt?«, fragte der Student. Woher nahm er solche Fragen? »Als Schriftsteller, er kommt ja vom Verlag, Bücher waren seine große Leidenschaft.« – »Warum hat er dann keine Bücher geschrieben?«, fragte der junge Mann. In meinem Kopf verstärkten sich die Bässe. »Das müssen Sie ihn selbst fragen«, erwiderte Chris. »Darf ich?«, fragte der Geschworene die Richterin. Sie nickte.

»Herr Haigerer?« Ich stand auf, mir war weich in den

Knien. »Warum haben Sie eigentlich keine Bücher geschrieben?«, fragte der Zeuge. Seine Worte drangen in dumpfem Hall an meine Ohren. Von oben schob sich eine graue Wand vor meine Augen, die dunkler und dunkler wurde. Hinten spürte ich die Hände meiner Komparsen, die mich stützten. Die dicke Luft im Raum verstopfte meine Atemwege. »Ihm ist schlecht«, rief die Stimme aus Blech hinter mir. »Wir benötigen eine Prozesspause«, setzte Erlt nach. Er hatte etwas Sinnvolles getan.

Ich entschuldigte mich für die Unterbrechung. Es musste eine kleine Kreislaufschwäche gewesen sein. Wahrscheinlich war es die schlechte Luft im Saal. Der Geschworene solle sich seine Frage merken, bat ihn die Richterin. »Wir werden zu dem Themenkomplex ›Erfos-Verlag und Bücher‹ in diesem Verfahren zu einem späteren Zeitpunkt noch einige Zeugen hören. Dann wird alles Zugehörige erörtert«, sagte Stellmaier. Die Luft war jetzt besser. Ich atmete tief durch und versuchte zu lächeln.

Mona Midlansky saß schon hinter dem Zeugenstand. Der obligatorische Knopf mehr als notwendig ihrer schwarzen Bluse war offen. Aber Rehle schaute in die Akten, Hehl auf die Uhr, Erlt auf mein Hinterhaupt und die anderen waren Frauen. Ilona Schmidl warf der Journalistin einen abschätzigen Blick zu. Sie fand sie vulgär und zog zum Beweis ihre dicke rote Oberlippe herab. Wer wen vulgär fand, sah dabei vulgär aus. Wer wen vulgär finden konnte, musste es selbst sein. Midlansky und Schmidl schenkten sich nichts.

Nein, Midlansky war mit mir weder verwandt noch verschwägert. Ja, sie wusste, dass sie als Zeugin zur Wahrheit verpflichtet war und dass eine falsche Aussage strafbar war. Ja, sie kannte mich gut. (Das war ihre erste Lüge.) Sie kannte mich als »netten, sensiblen Kollegen, mit dem man nicht viel anfangen konnte«. Was hieß »viel anfangen«? – »Reden über Storys, Berufstratsch, Informationen austauschen, auf ein Bier gehen und solche Dinge«, sagte sie. »Er war ein abgehobener Schöngeist, kein Reporter«, beschrieb sie mich. »Der Journalismus war für ihn wie eine Art Strafversetzung. Ich hatte den Eindruck, der Job war ihm zu brutal. Jan war eher ein weicher Typ.«

Dann kam die Begegnung im Auto vor dem Coolclub zur Sprache, am Tag nach der Tat. Was hatte ich dort zu suchen? »Ich glaube, er wollte die Sache verarbeiten. Oder er war hinbestellt worden.« Von wem? »Von einem der Hintermänner.« Das löste Unruhe im Saal aus. »Dem Gericht sind keine Hintermänner bekannt«, sagte Stellmaier. Da schwang ein bisschen Enttäuschung mit, als wünschte sie sich welche.

Wie ich auf Mona Midlansky in dieser Situation gewirkt hätte? »Wie einer, der wie die Jungfrau zum Kind gekommen ist«, sagte sie. »Der Mord muss ihm ziemlich zugesetzt haben. Er ist ja in unmittelbarer Nähe gewesen.« Rehle wurde wütend: »Sie wissen, dass der Angeklagte selbst geschossen hat. Das ist erwiesen. Und Sie wissen, dass er den Mord gestanden hat. Wie können Sie sich über diese Fakten hinwegsetzen?« – »Nicht einmal wenn ich mit eigenen Augen sehe, dass Jan Haigerer auf jemanden schießt, glaube ich es«, erwiderte Midlansky. »Er ist einer der gewaltfreiesten Menschen, die ich kenne. Da bringe ich zehnmal eher wen um als er.«

Ob das Gericht ihre persönliche Überzeugung hören wollte? – Leider ja. »Jan ist da wo hineingeraten. Er wird unter Druck gesetzt. Er nimmt den Mord jetzt auf sich, weil er ohnehin weiß, dass ihm keiner glaubt.« Und die Waffe? Und die Fingerabdrücke? »Das ist im Nachhinein so gemacht worden«, fantasierte Midlansky. »Darum hat Inspektor Tomek den Fall auch abgeben müssen. Das geht in höhere Kreise der Polizei.« Ob sie für ihre Thesen irgendwelche Anhaltspunkte hätte? »Tut mir leid. Das fällt unter die journalistische Verschwiegenheitspflicht«, erwiderte Mona. »Wir sind mitten in den Recherchen.« Ich hielt die Hände vors Gesicht.

»Meinen Sie die Ostmafia?«, fragte der Pornoproduzent mit der Hundekette. Er war aufgewacht. Der Fall entwickelte sich gut. Jetzt fehlte ihm nur noch etwas vom Rotlichtmilieu, vielleicht ein kleiner Menschenhandelsring oder ein Swingerklub. »Mehr will ich nicht sagen«, erwiderte Midlansky. Ihre klügste Antwort des Tages. Ich hob meinen Blick zu den Geschworenen und bemerkte, dass mich der junge Mann mit der Nickelbrille beobachtete. Kurz sahen wir uns in die Augen. Ich lächelte ihm zu. Er lächelte zurück. Er wusste mehr als alle anderen. Er wusste nur nicht, was. In fünfzehn Jahren war er um die vierzig. Da sollte er es erfahren.

ZWEIUNDZWANZIG

In der Zelle lauerte mir der zweite Brief der blutroten Serie mit der Widmung »Jan Haigerer, dem Erlöser« auf. Zwei sechs null acht neun acht. Eine Woche noch bis zum Ziel. Dann lebenslang Ruhe mit Aussicht. Nichts hielt mich mehr zurück. Kein Schreiben dieser Welt.

Ich öffnete den Umschlag. Zeitungsausschnitte waren auf ein Blatt Papier geklebt. Erschienen in der »Kulturwelt«, im August und September des vergangenen Jahres. Die Texte waren Kurzmeldungen, Kleinanzeigen unter dem Fangwort »Sonstiges«. Drei verschieden lange Texte waren offenbar je dreimal geschaltet worden.

Der kürzeste lautete: »Abhilfe sucht Hauptdarsteller. Die Zeit läuft uns davon. Chiffre 371, an den Verlag.« Der zweite Text: »Mut lebt. Kunst lebt. Darstellung lebt. Inszenierung lebt. So macht Ableben Sinn. Unter ›Rolfunsterblich‹ an den Verlag.« Das dritte Inserat war das längste. Es beinhaltete die Worte: »Mein Leben läuft von mir weg. Dein Leben läuft an dir vorbei. Treffen wir uns in der Mitte! Gehen wir glücklich auseinander. Du rast wagemutig auf dich zu. Ich schleiche mich friedvoll von mir fort. Die Kunst ist unser Verbündeter, dein

Retter, mein Erlöser. Unter ›Rolfunsterblich‹ an den Verlag.«

Ein paar Minuten zu spät zerriss ich den Brief.

Am Abend kam Erlt, wie vereinbart. Ich erzählte ihm nichts von den Briefen. Im Sprechzimmer gab es Tee und Kekse. Einen aß ich selbst. »Thomas«, sagte er und streckte mir den Arm entgegen. »Jan«, erwiderte ich und musste dafür seine Hand trocknen. Ich war der erste Mörder, mit dem er per du war.

»Wie es aussieht, gehen wir frei«, verkündete er laut. Leider hatte er kein Megafon bei der Hand. Meine Wachen nickten wohlwollend. Ich lächelte. Über gute Nachrichten freute ich mich immer. Außerdem glaubte ich ihm kein Wort. Es lag an mir, den Freispruch zu verhindern. Das war meine Angelegenheit. Ich wollte Thomas Erlt nicht damit belasten. Er hatte seine Scheu vor mir endlich abgelegt. Auch er hielt mich für einen tugendhaften Selbstmörder, der krankhaft darum bemüht war, Schuld auf sich zu laden. Er versuchte mich mit untauglichen Mitteln ein bisschen aufzuheitern, damit ich es nicht wieder probierte. Wenigstens bis zum Ende des Prozesses musste ich suizidmäßig clean bleiben. Den Gefallen konnte ich ihm gerne tun.

»Warum ich dich hergebeten habe«, sagte ich möglichst wenig staatstragend, das Du-Wort half mir dabei, »ist die Sache mit Rolf Lentz.« Ich wunderte mich, wie leicht mir der Name über die Lippen kam. Thomas sollte bitte so nett sein und mir die Unterlagen der Dokumentation über die Begegnungen zwischen mir und dem mit der roten Jacke dalassen. »Ich will mich auf die weiteren Zeugeneinvernahmen vorbereiten«, sagte ich. Das gefiel ihm. Vorbereiten war immer gut gewesen. Schon in der Schule.

»Und was machen die Geschäfte?«, fragte ich abschließend. Er erzählte mir von einer bevorstehenden Absiedlung mit unangenehmen Mieterprotesten. Ich rächte mich für einige Szenen im Gerichtssaal und klopfte ihm auf die Schulter. »Du wirst das schon hinkriegen, wie ich dich kenne«, sagte ich. Er freute sich. Das waren gute Worte, um das Gespräch zu beenden. Der Abschied war herzlich und gar nicht wehmütig. Wir sahen uns ja bald wieder.

Am nächsten Tag war ich fieberfrei. Sonnenstrahlen lösten meine 40-Watt-Birne ab. Der Amtsarzt war telefonisch mit mir zufrieden, er musste mich erst gar nicht besuchen. Ich erfuhr, dass die Zeitungen bereits meinen Freispruch feierten. Es war an der Zeit, den Kopf aus der Schlinge zu ziehen.

Den Zeugenauftritt von Chefinspektor Tomek wartete ich noch ab. Er war der Erste gewesen, der mich nach der Tat gesehen hatte. Es war sein schwerer Fehler gewesen, mich laufen zu lassen. Er bereute ihn nicht. Im Gegenteil: »Wenn Haigerer ein Mörder ist, war ich nie ein Polizist«, sagte er. Und: »Ich hätte nicht gedacht, dass ich in einem absurden Theater einmal eine Hauptrolle spielen würde.«

Warum er als leitender Ermittler in der Causa Lentz abgezogen worden war? »Ich habe selbst darum gebeten. Ich verfolge keine Unschuldigen«, erwiderte Tomek. Er erinnerte sich noch gut an unsere Begegnung im Coolclub, eine knappe Stunde nach dem Mord. »Jan war am meisten von allen überrascht. So gut kann man das nicht spielen. Wäre er es gewesen, hätte er sich entweder gestellt oder er wäre geflüchtet. Glauben Sie mir, ich kenne alle Reaktionen von Verbrechern, ich bin lange genug dabei.«

Der Staatsanwalt blieb vorerst ruhig. Er hielt dem Zeugen die belastenden Indizien vor, aus denen klar wurde, dass ich und nur ich der Täter gewesen sein konnte. »Können Sie als routinierter Kriminalist noch in den Spiegel schauen, wenn Sie diese Fakten kennen und Ihren Journalistenfreund dennoch schützen?« – »Man muss diesen Jungen vor sich selbst schützen, vor seiner absurden Inszenierung einer Selbstzerstörung«, antwortete Tomek. »Denn den grundlosen Mord gibt es nicht. Und den gewaltfreien Mörder ebenfalls nicht.« – »Aber es gibt ein Mordopfer! Es gab einen unschuldigen Barbesucher, der diese Perversion von Grundlosigkeit und Gewaltfreiheit mit dem Leben bezahlen musste.« Endlich schrie Rehle. Endlich überwand er sein eingeräumtes Sachverhalten. Pathetisch war er am besten. Laut war er am ehrlichsten. Schauspielschüler sollte man ins Gericht schicken.

Tomek schloss sich der Unfallvariante an. »Er muss mit der Waffe gespielt haben, dabei muss sich der Schuss gelöst haben. Und das kann er sich nicht mehr verzeihen«, sagte er. Was ich mit einer scharf geladenen Faustfeuerwaffe gegen Mitternacht in einer Bar zu suchen hatte? »Das dürfen Sie einen Polizisten nach dreißig Dienstjahren nicht fragen«, erwiderte Tomek. »Über die Faszination von Waffen könnte ich Bücher schreiben.«

Bevor er den Saal verließ, kam der Inspektor auf mich zu und beugte sich zu mir. »Kopf hoch, Junge.« Ich nickte gedemütigt, Tomek konnte ja nichts dafür. In der Pause durften mir meine Komparsen noch einmal zum Freispruch gratulieren, ein allerletztes Mal. »Wenn der Flieder blüht, sind Sie draußen«, drohte mir der, der an den Schnee geglaubt hatte. Die Vorstellung, noch einmal Flieder riechen zu müssen, nahm mir die letzte Scheu vor meinem bevorstehenden Auftritt.

Als sich das Schönwetterrauschen im Saal legte, hob ich die Hand und bat, etwas sagen zu dürfen. Die Richterin rief mich sofort auf. Ich schritt in die Mitte der Bühne und blieb dort stehen. Ich erkannte niemanden mehr. »Wollen Sie sich nicht setzen?«, fragte mich eine fremd gewordene Stimme. Ich wusste keine Antwort darauf. Ich sagte: »Hohes Gericht, ich möchte ein Geständnis ablegen.«

Nun setzten von hinten Geräusche ein, die mich zwangen, mehr aus meiner Brust herauszuquetschen, als ich darin hatte. Das machte mich schwindelig. Das Standmikrofon half mir, mein Gleichgewicht zu halten. Ich umklammerte es mit beiden Händen und legte meinen

Mund wie ein Popstar, der das Publikum verführte, auf den schwarzen Schaumgummi. Ich sagte so deutlich, dass ich selbst es hören konnte: »Es war nicht irgendjemand. Ich habe nicht auf einen Fremden geschossen. Ich habe mein Mordopfer gekannt. Ich habe Rolf Lentz gut gekannt. Er war mein. Er war mein. Er war mein …« Silberne Spiralen drehten sich auf schwarzviolettem Hintergrund. Auf »eins« öffnete sich der Türspalt. Auf »zwei« erkannte ich dunkle Herrenschuhe. »Drei« waren hellblaue Jeans. »Vier« – Rot-Rot-Rot-RotRot-töne verschwammen und wurden schwarz. Meine Augen tränten. Ich presste sie zu. Ich zog den Kopf ein. Mein linker Zeigefinger krümmte sich. Die verbliebene Kraft meines Körpers und meines Geistes brannte in der Fingerkuppe. Sie überwand alle Schwellen und Barrieren und drückte gegen den Hebel. Meine Zähne bissen mir die Schläfen aus dem Schädel. Dann endlich war der Finger durch. »Fünf« war ein befreiender Krach und ein Aufschrei der Massen hinter mir. Das Mikrofon lag in Einzelteilen auf dem Boden. Die Steinfliesen kamen mir entgegen und streiften meine Stirn.

»Er war mein Geliebter«, hörte ich dumpf vor dem Zusammenbruch. Das Echo des Entsetzens war weit von mir entfernt. Ich spürte nur noch, dass ich lächelte. Dann wurde der Raum um mich verdunkelt.

Einige Stunden später saß ich wieder vor der Richterin. »Der Kreislauf«, entschuldigte ich mich. Alles lief im Kreis, doch ich war mit dem Rest meiner Fliehkräfte ausgebrochen und gestrauchelt. Schauspielschüler sollte man ins Gericht schicken. Dort wurden die Rollen gelebt, nicht gespielt.

Die Menschen hier sahen mich jetzt wie einen Verbrecher an. Die Geschworene, die mich an meine Mutter erinnerte, hatte den Kopf gerade gestellt. Die Ausländerhasserin kaute den Kaugummi exklusiv gegen mich. Der Mann mit der Hundekette ließ seinen Mund verraten, dass er gerne vor mir ausgespuckt hätte. Einen Mord hätte er mir verziehen, dass ich offensichtlich schwul war – niemals. Auch aus den Gesichtern der anderen war die qualvolle Güte verschwunden. Das gab mir Rückhalt. Das half mir, meine Geschichte ohne Stocken zu erzählen.

Ich nannte alle Berührungspunkte in unser beider Biografie. Mein Freund, der dicke Anwalt Thomas, der sich nun vor Schande in seiner Bank versteckte, hatte akribisch recherchiert. Ich war gut vorbereitet.

Was man vor dem Schlafengehen lernte, merkte man sich. Ich war ein guter Schüler. Ich kannte die Daten auswendig.

Zwei Jahre hatten Lentz und ich gemeinsam Germanistik studiert. »Ich fühlte mich vom ersten Augenblick an zu ihm hingezogen«, sagte ich. (Ohne diesen Satz war Weltliteratur unvorstellbar.) Aber ich wehrte mich erfolgreich dagegen. Homosexualität war bei mir zu Hause und also auch in mir zu Hause mir verboten. Ich konnte das meinen Eltern nicht antun. Die Richterin nickte gekränkt.

Ich zwang mich zu Beziehungen mit Frauen. Es funktionierte. Aber ich spürte dabei nicht viel. Vierzehn Jahre war ich mit einer Frau namens Delia zusammen. (Dieser Satz tat mir gut.) »Eine platonische Leidenschaft, wenn Sie so wollen«, bot ich den Geschworenen an. Sie wollten nicht, sie verabscheuten mich. Doch dann holten mich meine verdrängten Sehnsüchte wieder ein. Ich traf Lentz bei einer Pressekonferenz, über die ich berichtete. Er gründete eine Schwuleninitiative und leitete Aktionismusseminare, an denen ich anonym teilnahm. »Er war ein Junkie, ziemlich heruntergekommen«, erzählte ich. »Das verstärkte meine Liebesgefühle zu ihm. Ich musste in seiner Nähe sein. Ich wollte ihn aus dem Sumpf ziehen und merkte dabei nicht, dass ich selbst immer tiefer darin versank.« (Als ich noch Lektor beim Erfos-Verlag war, hatte ich Sumpf-Bilder aller Art sofort trockengelegt. Literaten, die den Sumpf benötigten, um Abgründe zu beschreiben, waren auf dem besten Wege, schreiberisch unterzugehen.)

Unser Kontakt intensivierte sich, wir sahen uns jetzt regelmäßig. Unsere Beziehung wurde bald auch intim.

»Aber unsere Treffen mussten streng geheim bleiben, das war meine Bedingung. Niemand durfte wissen, dass wir ein Paar waren. Ich genierte mich dafür vor meiner verstorbenen Mutter, vor meinen Freunden, vor mir.« Ich selbst hatte nie ein Problem mit Homosexuellen. Ich hatte nur plötzlich das Problem, dass ich selbst einer war.

Um seinen Drogenkonsum einzuschränken, teilten wir das Gift. Statt seiner Entwöhnung feierten wir bald meinen Einstieg in die Szene. »Aber wir feierten immer nur zu zweit«, betonte ich. »Im August erfuhr ich, dass ich nicht sein Einziger war.« Ich presste meine Augen halb zu, spannte meine Lippen und warf den Geschworenen ein paar Gesten kranker Eifersucht hin, wie man sie von Michael Douglas kannte und wie ich sie am Morgen vor dem Spiegel in meiner Zelle geprobt hatte.

Es gab einen Jim und einen Ron und einen Boris. »So nannte er sie. Wie sie wirklich hießen, erfuhr ich nie.« (Zwischendurch kam mir meine Geschichte billig vor, aber das Strafgericht war ein Marktplatz, auf dem Lügen wie Wahrheiten verkauft wurden. Je billiger das Angebot, desto größer die Nachfrage. Die ernsten, desillusionierten Blicke der Juristen bewiesen mir, ihnen endlich gute Ware geliefert zu haben.)

»Ich steigerte mich in einen Eifersuchtswahn«, sagte ich. Ich spionierte ihm nach, stellte ihn in den miesesten Spelunken und machte ihm Szenen wie in italienischen Filmen. So ging das Wochen, bis ich nicht mehr weiterwusste. Die Drogen hatten meinen Verstand lahmgelegt. Ich drängte auf eine Aussprache mit Rolf. Ich brauchte ihn. Ich musste ihn für mich alleine haben.

Er wollte nicht mehr zu mir nach Hause kommen.

Wir vereinbarten ein Treffen in einem Lokal, das keiner von uns gekannt hatte: Bob's Coolclub. Er verhöhnte mich. Fünf Abende hintereinander kam er einfach nicht. Am Morgen rief er von einem seiner Geliebten aus an und entschuldigte sich. Je mehr er mich demütigte, desto mehr stand ich unter dem Zwang, ihm zu verzeihen.

»Aber irgendwann schlug die enttäuschte Liebe in Hass um.« Der Satz kam an.

Am letzten Abend nahm ich die Waffe mit ins Lokal. »Er wäre wohl wieder nicht gekommen, hätte er nicht dringend Geld gebraucht.« Als die Tür aufging und ich ihn an seiner roten Jacke erkannte, verlor ich die Kontrolle über mich. »Ich gab einen gezielten Schuss auf seine Brust ab. Als ich die Schreie hörte, wusste ich, dass ich es geschafft hatte.« Ich machte eine Pause, um den Saal durchatmen zu lassen. »Hohes Gericht, werte Geschworene, ich habe Rolf Lentz aus Eifersucht ermordet. Ich bitte, dafür angemessen bestraft zu werden.«

An meinen Komparsen erkannte ich, was ich angerichtet hatte. Sie griffen mich hart an, schubsten mich in den Haftraum. Die Handschellen blieben geschlossen. Keiner fragte, ob ich ein Glas Wasser wollte. Sie wandten sich von mir ab. Keiner sprach ein Wort. Ich genoss die Stille. Ich versäumte nichts. Draußen regnete es. Ich hörte es. Regen trommelte aufs Dach. Ich lachte lautlos. Ich war ein Verbrecher geworden. Zum Mord gehörten drei – das Opfer, der Täter und diejenigen, die den Täter Täter sein ließen. Endlich ließen sie mich.

Siegfried Rehle war in der Pause zehn Zentimeter gewachsen. Er streichelte über sein glatt rasiertes Kinn. Er genoss den Triumph. Endlich entsprach das ekelhafte Bild in seinen Augen meinem Abbild in der Anklagebank. Er war immer der Gute gewesen, er hatte das Böse nur reflektiert. Anneliese Stellmaier konnte ihre Enttäuschung über mich und die plakative Auflösung meines Mordfalls nicht verbergen. Ihr machte der Job keinen Spaß mehr. Am liebsten hätte sie sich mit den Geschworenen zur Beratung zurückgezogen und ein rasches Urteil gefällt. Leider durfte sie das nicht. Wir mussten weitermachen. Sie konnten mein Geständnis nicht einfach im Ganzen schlucken. Sie mussten die härtesten Brocken noch einige Male wiederkäuen.

»Warum erst jetzt?«, fragten mich alle. »Es war diese elendigliche Schande«, erwiderte ich in verschiedenartigsten Ausformungen. »Niemand wusste, dass ich schwul war. Nicht einmal meine engsten Freunde. Manchmal nicht einmal ich selbst.« Oder: »Wenn man etwas über so viele Jahre hinweg verschweigt und verdrängt, fällt es immer schwerer, es dann plötzlich einzugestehen.« Oder: »Dass ich zu so einer Tat fähig war, und diese erbärmlichen Umstände, unter denen ich dazu fähig war, dieses Eingeständnis von Schwäche und Hilflosigkeit – das habe ich bis heute einfach nicht aus mir herausgebracht. Lieber wollte ich als ein Mörder ohne Beweggründe dastehen denn als einer mit derart niedrigen Instinkten.« Das mussten sie hinnehmen. Das war logische Leichtkost, schlüssig formuliert. Ich war zufrieden.

»Wie haben Sie sich nachher gefühlt?«, fragte der Staatsanwalt. Er wollte noch ein paar seelische Leckerbissen aus mir herausholen. – »Zuerst erleichtert, dann miserabel«, erwiderte ich. »Ich habe den Menschen getötet, der mir am meisten bedeutet hatte im Leben.« (Jetzt machte es sich bezahlt, dass ich als Journalist bei Dutzenden Mordprozessen dabei gewesen war.)

Benedikt Reithofer saß und döste mit seinem »missglückten Selbstmord« nun ein bisschen peinlich im Abseits. Aber er war ein Routinier. »Ohne meinem Gutachten vorgreifen zu wollen«, begann er. Und dann folgte, dass ihn mein Geständnis überhaupt nicht überraschte. Nicht dass er zugab, immun gegen Überraschungen zu sein, sondern: »Nur enttäuschte Liebesgefühle sind im Stande, bei einem konfliktscheuen Menschen eine derart kriminelle Energie zu erzeugen.« Dann folgten seine schon bekannten Ausführungen über nach innen gerichtete und nach außen gekehrte Aggressionen. Sie passten immer. Es gab ja seine Bücher darüber.

Schließlich kroch auch Thomas aus seinem Versteck. Er hatte eine neue Aufgabe. Er wollte wenigstens versuchen, die Geschworenen von »Mord« abzubringen, und ihnen »Totschlag«, Mord im Affekt, schmackhaft machen. Das war das etwas harmlosere Delikt. Dafür gab der Gesetzgeber höchstens zwanzig Jahre Gefängnis her.

Ich hätte mich doch zweifelsfrei in einer »allgemein begreiflichen heftigen Gemütsbewegung« dazu hinreißen lassen, den Schuss abzugeben, bat mich mein Anwalt. Ich musste ihm leider widersprechen. »Als Ihr Freund Rolf das Lokal betrat, sind da die tagelang aufgestauten Gefühle plötzlich aus Ihnen herausgebrochen?«, fragte Thomas. – »Nein, nicht so plötzlich«, erwiderte ich. »Ich hatte knapp davor den Plan gefasst, ihn umzubringen. Das war vorsätzlich. Ich wollte Schluss mit ihm machen.

Wenn ich ihn nicht haben konnte, sollte ihn auch kein anderer haben dürfen.« Thomas sackte in seinen Sitz zurück. Ich beschloss, ihm nach der Verurteilung ein saftiges Extrahonorar zukommen zu lassen, eine Art Erschwerniszulage.

»Gibt es noch Fragen seitens der Geschworenen?«, fragte Stellmaier leidenschaftslos. Die Köpfe duckten sich. Nur einer richtete sich auf. Der mit der Nickelbrille legte seinen Kugelschreiber zur Seite und hob die Hand. Sein Gesichtsausdruck war unverändert geblieben. »Herr Haigerer, warum haben Sie ausgerechnet heute ein Geständnis abgelegt?« Das war keine schlechte Frage. Ich hätte gerne gesagt: »Danke für die Frage, sie wird prämiert.« Aber es wurde eine Antwort von mir verlangt. Ich sagte: »Auch da ist etwas in mir angewachsen. Ich war schon an den Tagen davor ein paarmal knapp daran, es herauszulassen. Der Druck in mir ist immer größer geworden. Heute war es dann so weit. Jetzt fühle ich mich leichter.« Das Letzte war ziemlich ehrlich. Ich hatte Hunger. Ich freute mich auf das Essen in meiner Zelle. Freitags gab es immer Kartoffelsuppe. Hoffentlich war heute Freitag.

»Oder hatten Sie Angst, freigesprochen zu werden?« Ich sah zur Richterin. Der Prozesstag hatte uns allen zugesetzt. Ich meinte, es war genug. Die Leute wollten bestimmt nach Hause gehen. »Beantworten Sie die Frage«, befahl Stellmaier. – »Ich habe schon wiederholt gesagt, dass ich ein schweres Verbrechen begangen habe und dass ich dafür meine gerechte Strafe bekommen will. Ich erinnere an die einführenden Worte des Staatsanwalts. Ich schließe mich seinen Ausführungen an.« Rehle verneigte sich vor mir. Wir konnten noch gute Freunde werden.

Der Student setzte sich nicht. »Darf ich weiter?«, fragte er. Er durfte. Beisitzer Hehl schaute vergeblich auf die Uhr. »Wer wusste von Ihrem Verhältnis zu Lentz?« – »Niemand«, antwortete ich zeitgleich. »Und die Geliebten Ihres Opfers?« – »Die vielleicht«, murmelte ich. Der junge Mann nervte mich. »Hören wir diese drei Männer als Zeugen?« Diese Frage war an die Vorsitzende gerichtet. Ich unterbrach sie beim Nachdenken. Ich erklärte ihm, dass es schwierig sein würde, die richtigen Namen und Adressen der Männer ausfindig zu machen. »Die sind garantiert in der Szene untergetaucht«, sagte ich. Ich schielte zum Pornoproduzenten. Der nickte, der kannte sich da aus. »Wir haben für morgen zum persönlichen Umfeld des Opfers mehrere Zeugen geladen«, erklärte die Richterin. Sie meinte, es sei genug für heute. Sie hatte Recht.

DREIUNDZWANZIG

Es war nicht Freitag, sondern Donnerstag. Es gab Linseneintopf. Ich hatte keinen Hunger mehr. Der dritte Brief der roten Serie mit der blasphemischen Widmung »Jan Haigerer, dem Erlöser« lag zwar in vier Teile zerrissen im Papierkorb, aber er tat seine Wirkung. Bald bemerkte ich, dass es keinen Unterschied machte, ob ich ihn las oder nicht.

Ich hatte Zeit bis zum nächsten Morgen, die Teile zusammenzusetzen. In ein paar Sekunden war ich fertig. Ruhig bleiben, Jan. Es war nur ein Brief. Die überhängende Wand hatte ich bereits genommen. In wenigen Tagen würde ich das Gipfelkreuz berühren. Als Lektor wäre der Vergleich bei mir durchgegangen, »Kreuz« war das richtige Bild.

Der Drohbrief sah diesmal anders aus: Die Schrift war mager kursiv, hatte keine Großbuchstaben, keine Satzzeichen, keine Absätze. Ein dünner langer Faden Geschriebenes zog sich der Breite nach über ein freizügig weißes Blatt Papier, das mit sich geschehen lassen musste, was geschah: *geschätzter jan haigerer warum warum nur was soll das bedeuten was erzählen sie dem gericht warum wollen sie schuldig sein schuldig wofür sie haben nichts böses getan sie haben eine schlechte sache zu einem guten ende gebracht sie haben getan wovor wir uns alle gefürchtet hatten sie haben erlöst und befreit sie haben dem grauen ein ende gemacht kein irdisches gericht darf sie dafür bestrafen das lassen wir nicht zu dagegen werden wir etwas unternehmen rolf der aktionist der freitodmaurer schaut auf uns herab was muss er sehen was muss er da sehen sie gehören in den himmel nicht ins gefängnis gott schütze sie ihr engelbert auerstal.*

Ruhig bleiben, Jan. Es war nur ein Brief. Ich machte Papierschnipsel daraus und versenkte sie im Linseneintopf. Zum Glück war ich kein depressiver Mensch.

Vor dem drittletzten Prozesstag blieb mir noch eine Stunde im Haftraum, um für mein Geständnis zu büßen. Meine Komparsen sprachen kein Wort mehr mit mir. Dabei hatte es die Nacht praktisch durchgeregnet, ich hatte zugehört und an die Dämonen aus den Briefen gedacht. Regen im März war zwar nichts Außergewöhnliches, aber es hätte Gesprächsstoff abgeworfen.

Der auf keinen Schnee mehr gehofft hatte, starrte auf sein Funkgerät. Es wirkte so, als wollte er es begreifen. Vielleicht ging er auch gerade einem lustigen Polizistencomputerspiel nach, die Technik draußen war ja schon sehr weit fortgeschritten. Der an den Schnee geglaubt hatte, versteckte sich hinter einer aufgeblätterten Zeitung, vielleicht um sich vor meiner Homosexualität zu schützen, vielleicht auch um mir aufs Auge zu drücken, dass meine Journalistenfreunde jetzt mit mir abrechneten.

Die Titelseite, die er mir entgegenhielt, schlug mir die Riesenzeile »Haigerer gesteht Eifersuchtsmord« ins Gesicht. Die Dachzeile lautete: »Dramatische Wende im Coolclub-Prozess«. Darunter stand: »Der renommierte Kulturwelt-Journalist legte ein erschütterndes Geständnis ab. Ihm droht jetzt eine lebenslange Haftstrafe. Das Urteil wird für kommenden Mittwoch erwartet.« Ich hätte wirklich gerne mit ihnen über den Dauerregen der vergangenen Nacht geredet.

Beim Eingang in den Saal nahm ich eine vertraute Person wahr. Vielleicht war mein Blick über ihre roten Haare gestrichen. Sogleich roch es nach ewigem Herbst. Es war der einzige Geruch von draußen, den ich annahm. Helena musste in einer der vorderen Reihen sitzen, das machte mich nervös. Was suchte sie hier? Worauf wartete sie? War ihre Arbeit mit mir nicht erledigt?

Fragen im Kopf zu stellen machte süchtig. Saß die zarte Schwarzhaarige, mit der sie sich vor einigen Tagen unterhalten hatte, neben ihr? Woher kannte ich sie? Was hatte Helena mit ihr zu tun? Was wollten sie noch von mir? Genügte ihnen nicht, dass ich Rolf so sehr geliebt hatte, dass ich ihn umbringen musste? Genügte nicht, dass ich es bereits selbst glaubte?

Zu Beginn des Verhandlungstages wurden Reste vom Vortag eingesammelt und abgegeben. Man wollte von mir wissen, wie oft ich meinen Liebhaber, den mit der roten Jacke, in den drei Monaten vor dem Mord gesehen hatte. »So oft wie möglich«, sagte ich. Und da war nie jemand anders dabei? »Nie«, erwiderte ich, »unser Verhältnis wurde absolut geheim gehalten. Meistens waren wir bei mir zu Hause.« Und wenn nicht? »Dann waren wir bei ihm.« Wo genau war das? »Immer woanders«, sagte ich. »Es waren Wohnungen seiner Freunde, die gerade unterwegs waren. Rolf hat überall und nirgendwo gewohnt.« Ich an ihrer Stelle hätte mir solche Antworten verbeten. Ob wir oft gestritten hätten? – »Nicht oft«, sagte ich. Was wir denn so miteinander getan hätten? – »Was man so tut in einer Beziehung«, antwortete ich. Endlich sahen sie mich böse an. Also gut: »Viel Musik gehört, über Kunst diskutiert, gemeinsam geraucht und geschnupft, Bilder gemalt, Illusionen gezeichnet, Wünsche geäußert, über unsere Zukunft nachgedacht ...« Bald wurde es ihnen zu mühsam, mir weitere Fragen zu stellen. Niemand kämpfte mehr für oder gegen mich. Thomas fehlten die Mittel und den anderen war die Lust vergangen.

Danach wurden Zeugen einvernommen, die ich nicht ansehen konnte. Robert und Margarete Lentz, die Eltern, und Maria Lentz, die Cousine. »Das hat einmal so weit kommen müssen«, sagte der Vater. Er meinte damit aber nicht seinen Kehlkopf, den der Schnaps zersetzt hatte. »Er hat sich nicht einordnen können. Er hat sein eigenes Leben gelebt, die Familie war ihm egal. Ihm war alles rund um ihn egal. Er hat geglaubt, er ist alleine auf der Welt. Aber um was zu erreichen, muss man an sich arbeiten. Das hat er nicht kapiert.« Als Rolf fünf war, hatte ihn der Vater zum letzten Mal gesehen. Darum gab es bald keine weiteren Fragen mehr.

»Rolf war ein schwieriges Kind«, erinnerte sich die Mutter. Ich wusste, wie sie aussah, ohne hinzusehen. »Er hat die falschen Freunde gehabt. Er war sehr labil und leicht beeinflussbar. Er war ein Künstler. Und er hat immer schon bei jedem Blödsinn mitgemacht.« Im Heim für Schwererziehbare kam er besser zurecht als zu Hause. »Ihm hat die strenge Hand des Vaters gefehlt«, wusste die Mutter. Sie selbst hatte leider zu wenig Zeit für ihn. »Ich musste schauen, dass ich selbst über die Runden kam.«

Vom Drogenhandel erfuhr sie erst aus der Zeitung. In der Jugendstrafanstalt hatte sie ihn öfter besucht. Er versprach ihr, alles besser zu machen. »Er hat immer gesagt, ich würde noch einmal stolz auf ihn sein«, sagte sie. Es entstand eine Pause. Wahrscheinlich weinte sie, aber man hörte nichts. Solche Mütter weinten immer lautlos. Ich senkte meinen Kopf und verbot mir Tränen. Die Geschichten waren doch immer die gleichen, egal ob einer noch lebte oder schon tot war. Was machte es für einen Unterschied?

Maria, die Cousine, war dem mit der roten Jacke am nächsten gekommen. Sie war Krankenpflegerin. Er hatte ein paar Jahre bei ihr gewohnt. »Er hat immer wieder probiert, von den Drogen wegzukommen«, sagte sie. »Er war ein Rebell, ein Unangepasster. Er hatte große Ideen. Er hätte nur einmal einen Erfolg gebraucht, daran hätte er sich aufgerichtet.« Das galt für alle. Erfolg hatten immer nur diejenigen, die ihn nicht brauchten, die auch ohne Erfolg glücklich geworden wären.

»Aber er hat doch Germanistik studiert«, wandte die Richterin ein. »Studiert?«, sagte Maria. Sie lachte auf. »Er hatte ja gar keinen Schulabschluss.« – »Der Angeklagte behauptet, er hätte mit ihm zwei Jahre gemeinsam studiert«, sagte Stellmaier. »Das kann nicht stimmen«, erwiderte die Zeugin. Ich ärgerte mich. Mein dicker Anwalt Thomas war zu nichts zu gebrauchen.

Ich musste das aufklären. Ich sagte, Rolf hätte regelmäßig Vorlesungen besucht. Ich sei davon ausgegangen, dass er das Studium ernsthaft betreibe. Vermutlich hatte er sich mir gegenüber geniert, die Wahrheit zu sagen.

Ob wir denn später nie darüber gesprochen hätten? »Über solche Dinge nicht«, sagte ich. Damit gaben sie sich zufrieden.

Wann sie ihn zuletzt gesehen habe? – Etwa ein Jahr vor seinem Tod. Ich war erleichtert. Ich blickte jetzt zu ihr auf. Sie erinnerte mich an das Foto von ihm in der Zeitung. »Ihm ging es gesundheitlich zuletzt schon sehr schlecht«, sagte sie. Ich wünschte, dass sie diesen Satz überhörten. Sie überhörten ihn.

»Hat er Ihnen auch von seinen Beziehungen erzählt?« – »Das war kein Thema zwischen uns«, sagte sie. »Ich weiß nur, dass alle seine Freunde deutlich jünger waren als er.« Ich nickte heftig, als sei mir bekannt, dass ich die große Ausnahme gewesen war. Ob er vielleicht einmal den Namen Jim oder Ron oder Boris erwähnt habe? »Nein, die Namen höre ich hier zum ersten Mal«, sagte sie. Und habe er von mir erzählt, von Jan Haigerer, dem angesehenen Journalisten? (Es tat mir weh, wenn sie mich Journalist nannten.) »Hat er nicht. Aber wie gesagt, ich habe ihn ein Jahr vor seinem Tod zum letzten Mal gesehen«, erwiderte die Zeugin.

Ob noch jemand Fragen habe? – Rehle meldete sich. »Wissen Sie, wie Ihr Cousin umgekommen ist?« – »Er ist erschossen worden«, erwiderte sie. »Sie sagen das so gleichgültig. Sie haben ihn doch geliebt«, befahl Rehle. »Ja, ich habe ihn geliebt, darum schmerzt mich auch nur der Verlust, aber nicht sein Tod«, sagte die Zeugin. »Das verstehe ich nicht«, murmelte Rehle leise genug, um keine weitere verwirrende Antwort zu provozieren. »Keine weiteren Fragen«, schloss er hastig an. Ich gratulierte ihm im Stillen.

Die Einvernahme der Cousine schien beendet. Ich presste die Augen zu und hoffte auf das befreiende »Danke, erledigt« von Richterin Stellmaier. Aber ich wusste zu genau, wessen Stimme ich noch zu hören bekommen würde. Schon sagte der mit der Nickelbrille: »Darf ich?« Er durfte. Niemand konnte es ihm verbieten.

»Warum haben Sie Ihren Cousin im letzten Jahr nicht mehr gesehen?«, fragte der Geschworene. – »Er wollte es nicht. Er hat mich nicht mehr an sich rangelassen.« – »Warum? Hatten Sie Streit?« – »Nein, keinen Streit«, erwiderte die Zeugin. »Rolf war bereits schwer gezeichnet von der Krankheit. Er hat sich zu Hause eingesperrt. Dort hat er kaum noch Besuch empfangen. Nur sein Arzt durfte zu ihm«, sagte sie. Im Publikum schwollen dumpfe Geräusche an.

»An welcher Krankheit hat er gelitten?«, fragte der Student. In amerikanischen Gerichtssälen konnte man Geschworene ablehnen. Ich saß auf dem richtigen Platz im falschen Land. »Er war HIV-positiv, die Krankheit war schon sehr weit fortgeschritten«, sagte sie. Das war ein Blitz, der unmittelbar vor mir einschlug. Der Donner im Saal folgte beinahe zeitgleich. Meine Übelkeit ließ mich im Stich. Das Unwetter war zu rasch und unerwartet hereingezogen.

Anneliese Stellmaier war aufgewacht. Sie blätterte aufgeregt in ihren Akten. »Frau Zeugin, Sie sind auch schon von der Polizei und von der Untersuchungsrichterin einvernommen worden, haben Sie da die Wahrheit gesagt?«, fragte sie. »Selbstverständlich«, erwiderte Maria Lentz. »Da haben Sie kein Wort von Rolfs schwerer Krankheit erwähnt.« – »Hab ich nicht? Wahrscheinlich bin ich nicht danach gefragt worden«, erwiderte die Zeugin. Sie wirkte fahrig.

»Aber so etwas Wichtiges erwähnt man doch auch ungefragt«, schimpfte die Richterin. »Ich bin davon ausgegangen, dass Rolfs Krankheit ohnehin allgemein bekannt war«, sagte die Zeugin. »In seinem Umkreis wussten alle, dass er nicht mehr lange zu leben hatte, alle mit Ausnahme seiner Mutter, der hatten wir die Wahrheit erspart.«

»Kann das auch sein Arzt bestätigen, wenn wir ihn von seiner Schweigepflicht entbinden?«, wollte die Richterin wissen. – »Natürlich kann er das.« Die Zeugin gab Namen und Anschrift bekannt. Sie tat das übereifrig, als hätte sie nur darauf gewartet. »Darf ich jetzt gehen?«, fragte sie. Sie durfte. Zu spät.

»Herr Haigerer, was sagen Sie dazu?«, fragte die Richterin. Helmut Hehl bellte zuvor einige Ordnungsrufe in den Saal. »Ich bin genauso überrascht wie alle hier«, erwiderte ich. Man nahm es mir ab. Ich merkte, dass ich beim Sprechen zitterte.

Ich beteuerte, nichts von der schweren Krankheit gewusst zu haben. »Andererseits ist mir in seinem Verhalten jetzt vieles klarer«, sagte ich. »Ich habe diese Schwächeanfälle immer falsch beurteilt. Ich dachte, das wären seine Entzugserscheinungen.« Ich machte eine künstlich lange Pause. »Und darum war er auch immer wieder für ein paar Tage verschwunden«, murmelte ich. Ich hielt meine Hände vors Gesicht. Ich machte Geräusche, die sich wie Schluchzen anhören ließen. Sie bemerkten, dass mit mir nichts anzufangen war. Ich durfte wieder auf meinem Platz zwischen den Komparsen versinken.

Weitere Zeugen aus dem Umfeld des Mordopfers wurden einvernommen. Es waren Jugendfreunde, Kumpel aus der Giftszene, Mitglieder der Schwuleninitiative, gescheiterte Aktionskünstler. Oder sie hatten einmal eine Affäre mit Rolf Lentz. Oder einen One-Night-Stand. Oder das Chaos als Religion. Oder die Ordnung als gemeinsamen Feind.

Für keinen schien Rolfs Verschwinden für immer ein großer Verlust zu sein, niemand empörte sich über den Mord. Leben und Tod waren bei dem mit der roten Jacke nie weit voneinander entfernt gewesen. Leben und Tod waren bei keinem Menschen weit voneinander entfernt, aber bei dem mit der roten Jacke hatte man das mit freiem Auge erkennen können. Siegfried Rehle wirkte nach dem Erfolg des Vortags, nach meinem Geständnis, ein bisschen niedergeschlagen. Er hätte sich ein Mordopfer gewünscht, dem mehr nachzutrauern war. Das hätte meine Eifersuchtstat unverzeihlicher gemacht, das hätte die Qualität der Anklage erhöht.

Keiner der Zeugen kannte mich, keiner hatte von mir gehört. Einige wunderten sich, dass es mich in Rolfs Leben gegeben haben soll. »Mit so einem wie dem hatte Rolf ganz bestimmt nichts zu tun«, sagte einer der Junkies. »Viel zu alt«, ein anderer. »Mit Lehrertypen trieb er es nie«, ein anderer. Aber ausschließen konnte es keiner.

Einige, die ihn besser gekannt hatten, wussten nichts von seiner schweren Krankheit. Das stärkte meine Position. Andere, die nur oberflächlich mit ihm zu tun gehabt hatten, waren bis ins Detail über den Verlauf seiner Immunschwäche informiert. Das irritierte mich, da passte etwas nicht zusammen. Zwei Zeugen hielten es für unmöglich, dass Rolf in den letzten Monaten fähig gewesen sein soll, seine Krankheit vor jemandem zu verbergen. »Er hatte nur noch kurze lichte Momente«, sagte einer. Ich schüttelte den Kopf, um den Geschworenen zu zeigen, wie sehr mich mein Geliebter bis zuletzt getäuscht hatte.

Der letzte Zeuge schließlich behauptete, er sei in der Mordnacht mit Rolf Lentz in Bob's Coolclub verabredet gewesen. Der Mann hieß Nick und man hätte ihn gerne zum Friseur geschickt, aber kein Friseur hätte sich seiner angenommen. Er lallte und stank nach notdürftig mit Bier behandeltem Alkoholentzug. Man wollte ihn so rasch wie möglich aus dem Gerichtssaal verabschieden.

Das Treffen mit Rolf Lentz hätte »geschäftlich« sein sollen, vermutlich ein Drogendeal auf Bobs Toilette. Er selbst sei zu spät gekommen, sagte Nick. Als er das Lokal betrat, habe der mit der roten Jacke schon regungslos auf dem Boden gelegen. »Da war nichts mehr zu machen«, erinnerte sich der Zeuge. Er meinte: In diesem Zustand war mit Rolf Lentz kein Geschäft mehr abzuwickeln. Bevor sich die Polizei für ihn interessieren konnte, hatte er Bob's Coolclub wieder verlassen.

»Schlafen Sie Ihren Rausch aus«, empfahl ihm die Richterin. Er sagte: »Jawohl, Frau Rat«, und dachte bereits an das Gegenteil. Der Student hatte diesmal keine Frage an den Zeugen. Das wunderte mich. Das beruhigte mich.

»Wir werden versuchen, den Arzt des Opfers für kommenden Montag zu laden«, verkündete die Richterin. »Außerdem haben sich zwei weitere Zeugen aus dem Kreis Rolf Lentz bei mir gemeldet, die nehmen wir gleich dazu. Damit ist die Verhandlung bis Montag geschlossen.«

Als wir bei meiner Zelle angelangt waren, bat ich meine Reisebegleiter von der Justizwache, vor mir einzutreten und die Post zu entsorgen. So sparte ich mir einen möglichen vierten Brief aus der roten Serie.

Mein Anwalt Thomas ließ mir wenig später, wie vereinbart, die Unterlagen zukommen. Ich verbrachte das Wochenende damit, die Einvernahmeprotokolle sämtlicher Zeugen, die den mit der roten Jacke gekannt hatten, zu studieren. Kein einziger hatte in einer früheren Aussage auch nur eine Andeutung gemacht, dass mein Mordopfer an einer schweren Krankheit litt. Dabei gingen vor allem Helenas Befragungen bis in die kleinsten Details. Unmöglich, dass einer so präzise arbeitenden Untersuchungsrichterin eine Aids-Erkrankung des Opfers entgangen sein konnte. Im Obduktionsbericht des Gerichtsmediziners waren zwar alle miserablen Leber-, Nieren- und Lungenwerte angeführt, aber auch da fand sich kein Hinweis auf eine HIV-Infektion. Ich tröstete mich damit, dass Rolfs schlechter gesundheitlicher Zustand keinen Milderungsgrund für mich darstellte. Ich selbst hatte ja nichts davon gewusst.

Mein Eifersuchtsmord war gut abgesichert. Es war Sonntagnacht. Ich aß ein paar Löffel kalte Brotsuppe. Ich mochte Brotsuppe. Danach legte ich mich auf mein Bett, beobachtete meine 40-Watt-Birne und wartete auf die Kronzeugin meiner abgeschlossenen Vergangenheit.

Vierundzwanzig

Den kalten Schweiß von der Nacht, als meine Vergewaltiger wieder bei mir gewesen waren, um den mit der roten Jacke zu rächen, duschte ich am Morgen weg. Ich nahm die doppelte Menge Zahnpasta, um den Geschmack zu neutralisieren. Im Spiegel sah mich einer an, dem vor sich selbst graute, der aber bemüht war, zum Abschluss sein Bestes aus sich herauszuholen. Das weiße Hemd für diesen Anlass war gebügelt, das schönste Sakko war faltenfrei geblieben. Ich hatte schon Wochen vorher Bücher daraufgelegt. Für mich war das der letzte Tag nach alten Maßstäben von Freiheit und den damit verbundenen Aufräumungsarbeiten.

Ich schwor mir auch, dass ich zum letzten Mal eine Zeitung in die Hand nahm. »Kein Tag ohne Sensationen im Coolclub-Mordprozess«, bemerkte die »Abendpost«. »Starjournalist hat einen Aidskranken erschossen. Er gibt an, nichts von der tödlichen Immunschwäche seines Liebhabers gewusst zu haben. Lesen Sie im Blattinneren: Das Doppelleben des schwulen Jan Rufus Haigerer. Alle liebten ihn, doch er lebte nur für einen. Ein erschütternder Report von Mona Midlansky, einer der wenigen, die er an sich heranließ.«

Der Amtsarzt war mit mir zufrieden. Er war heterosexuell und wollte mir nicht mehr zu nahe kommen. Die Komparsen holten mich pünktlich ab. Bei ihnen bemerkte ich den rapide fortschreitenden Verfall. Sie wirkten noch stumpfsinniger als vor dem Wochenende. Vermutlich konnten sie gar nicht mehr sprechen, selbst wenn sie es wollten. Die beiden einzigen Handgriffe, die sie beherrschten, waren das Anlegen und Öffnen der Handschellen, wobei derjenige, der an den Schnee geglaubt hatte, offenbar nur anlegen, und der, der auf keinen Schnee mehr gehofft hatte, nur öffnen konnte. Zumindest tat der eine nur dieses, der andere nur jenes. Beide schoben während ihrer Tätigkeit die Zungenspitze zwischen den Zahnreihen vor. Das war ein Zeichen dafür, dass auch diese Arbeit bereits geistig anstrengend war. Bald würde sie ihnen zu kompliziert sein. Immerhin wussten sie noch, wie man zu Fuß zum Großen Schwurgerichtssaal gelangte. »Jetzt haben wir es dann bald geschafft«, sagte ich, um sie ein bisschen aufzurichten. Sie reagierten zwar nicht, aber möglicherweise hatten sie die Botschaft verstanden.

Ich musste mich hinter den Zeugenstand setzen. Sie wünschten sich diesmal eine Einleitung von mir, einen kurzen Erlebnisbericht zu den sieben Jahren zwischen Studium und Journalismus, über mein Dasein als Cheflektor beim Erfos-Verlag. »Es war eine recht schöne Zeit«, sagte ich lethargisch. »Ich beschäftigte mich gerne mit Büchern.« Ich lächelte. Die Geschworenen sahen mich ernst und erwartungsvoll an. Worauf warteten sie? Es gab keine Überraschungen mehr. Der Prozess war gelaufen. Die beteiligten Juristen spulten nur noch ihr Programm ab.

»Hören wir uns einmal die Zeugen an«, schlug Anneliese Stellmaier vor. Ihr waren meine Sprechpausen zu lang geworden. Ich durfte mich auf die Bank zwischen die beiden leblosen Uniformhügel fallen lassen und rührselige Gestalten aus meinem Vorleben beobachten: Prechtl, den alten Verleger, Susanne, die Chefsekretärin, Egon, den Marketingleiter, Claudia und Eva-Maria, die Lektorinnen, denen die Buchstaben aus den blinden Augen traten, zu viel vom Leben hatten sie nur gelesen, zu wenig davon hatten sie selbst gelebt.

»Er war ein Besessener«, sagten sie. »Ein Sprachgenie.« – »Der Beste, den wir jemals hatten.« Ich lächelte ihnen zu. Niemand verklärte und übertrieb so unverschämt wie die schöne Erinnerung. »Viele Autoren verdanken ihm den Durchbruch. Er hat aus den lausigsten Manuskripten große Bücher gemacht«, sagte Prechtl, der Alte. »Wir hatten Auflagen, von denen wir heute nur träumen können. Haigerer war in gewisser Weise unbezahlbar und unersetzbar.« Das wäre nicht notwendig gewesen. Ich sah verschämt meinen Fingernägeln beim Wachsen zu. Wie ich im Umgang mit den Verlagsmitarbeitern und Schriftstellern war? »Unendlich langmütig und geduldig, höflich und respektvoll, fast ein bisschen zu wenig streng. Sie konnten ihre hohen Nasen zur Schau stellen, Haigerer machte die Arbeit«, sagte Susanne. Ich mochte sie. Sie hatte sich optisch ihrem Goldhamster, dem einstigen

Verlagsmaskottchen, angeglichen. Ich hätte sie gerne mit je zwei Fingern zart an den Wangen genommen.

»Warum hat er dann eigentlich aufgehört?«, fragte die Richterin. Das wusste keiner. Das konnte keiner wissen. »Es war sein Wunsch, etwas Neues auszuprobieren. Ich musste ihn gehen lassen, Ruhm und Anerkennung in der Branche waren ihm egal, mit Geld war er nicht zu ködern«, sagte der Alte. »Irgendetwas hat ihn zuletzt betrübt«, meinte Susanne. »Wir kamen nicht dahinter, was es war. Er hat aus seiner Person ein Staatsgeheimnis gemacht. Er wollte uns immer nur sein nettes, freundliches Gesicht zeigen.« Ich lächelte, zur Bestätigung.

Ob sie etwas über mein Privatleben wüssten? »Man konnte mit ihm über alles reden, nur nicht über ihn selbst«, meinte Claudia, meine Lieblingslektorin. Sie erkannte nach fünf Absätzen, ob ein Manuskript etwas taugte oder nicht. »Er wirkte ausgeglichen. Wir dachten, er sei mit sich so im Reinen, dass es darüber keiner Worte bedürfe. Umso mehr schockiert uns, was mit ihm geschehen sein soll.« Es war nicht mit mir geschehen, sondern ich hatte es geschehen lassen. Aber ich klärte das Missverständnis nicht auf.

Ich ein Eifersuchtsmörder? – »Unmöglich.« Susanne lachte auf. »Das klingt wie aus einem schlechten Roman«, meinte Claudia. Meine Worte. Ob sie geahnt hätten, dass ich schwul war? »Und wenn schon«, erwiderte Eva-Maria rüde. Sie war eine Feldherrin der Literatur. Ihre Spezialität waren historische Romane. »Außerdem glaube ich es nicht. Er hatte eine symbiotische Liebesbeziehung zu seiner Buchhändlerin, stundenlang hat er mit ihr telefoniert. Sie war sein Ein und Alles. Falsch! – Sie war sein Ein, die Bücher waren sein Alles.«

Das wäre eine gute poetische Überleitung zur nächsten Zeugin gewesen, für die ich mich frisch gemacht hatte. Aber es war noch eine Frage offen, wir zwei hatten sie nicht vergessen – ich und der Junge mit der Nickelbrille, den ich schon seit Minuten beobachtete, wie er seine Hand zögerlich zum Aufzeigen in Position brachte. Nun streckte er sie hoch, nun wurde ihm das Wort erteilt. Mein Vorteil war, dass ich die Frage diesmal kannte, bevor er sie stellte. Sein Nachteil – dass es darauf keine Antwort für ihn gab.

Zuerst wandte er sich an Prechtl, den Alten vom Erfos-Verlag: »Warum hat Haigerer selbst nie ein Buch geschrieben? Haben Sie ihn nie dazu ermutigt?« Der Alte erklärte ihm, dass die besten Lektoren die miserabelsten Autoren sein konnten und umgekehrt. »Die einen ufern aus, die anderen legen trocken. Die einen geben Gas, die anderen bremsen ein. Den einen die Unbekümmertheit, den anderen die Disziplin. Den einen eine kräftige Portion Gewissenlosigkeit, den anderen ein Übermaß an Gewissenhaftigkeit. Haigerer war einer aus der zweiten Gruppe. Er war der Erste der Zweiten. Aber er war ein Zweiter.« Der Alte machte eine Pause. »Im Übrigen hat er es gewusst. Er hat mir gegenüber nie den Wunsch geäußert, selbst ein Buch zu verfassen.«

»Herr Haigerer?«, fragte der Geschworene. Ich war benommen, noch ganz in die Rede des alten Prechtl versunken. »Wollten Sie nie selbst ein Buch schreiben?« – »Ach, nein«, sagte ich beinahe stimmlos. Ich spürte den Wind, der aus der wegwerfenden Handbewegung vor meinem Gesicht entstanden war. Ich wartete darauf, dass sich der Student hinsetzte. Aber er blieb stehen und beobachtete mich. »Herr Prechtl hat das sehr treffend formuliert«, fügte ich an. »Ich war ein strenger Korrektor, kein freier Schreiber.« Ich fixierte den Mann mit der Hundekette. Seine Augen waren nur halb geöffnet. Ihn langweilten Buchgeschichten zu Tode.

»Aber später als Journalist haben Sie doch auch geschrieben«, bohrte der junge Geschworene nach. Ich prophezeite ihm in Gedanken eine große Zukunft als Rechtsanwalt. »Abzeichnen ist etwas anderes als Malen. Der Journalist zeichnet die Wirklichkeit ab, der Schriftsteller malt sie«, sagte ich. Wahrscheinlich hob ich sogar einen Zeigefinger. »Ich war ein recht guter Abzeichner, aber ein schlechter Maler«, hörte ich mich gestehen. »Zum Malen fehlte mir das Motiv.« Der letzte Satz war eine Fleißaufgabe. Ich ärgerte mich über die Fahrlässigkeit. Andererseits hatte sich dieser tüchtige Geschworene ein kleines verstecktes Geschenk verdient. Er durfte es ohnehin erst in frühestens fünfzehn Jahren, bei guter Führung, auspacken. »Danke, keine weiteren Fragen«, sagte er. Ich wich seinem stechenden Blick mit Mühe aus.

Die Prozessunterbrechung tat mir gut. Ich ließ Delia Dutzende Male den Saal betreten, um für unsere neue und letzte Begegnung zu üben. Zuletzt grüßte ich sie so, als weigerte ich mich, eine alte Schulfreundin, mit der ich noch nie etwas anzufangen wusste, nach dreißig Jahren wiederzuerkennen. Als Delia dann wirklich kam, erlitt ich leider einen Herzinfarkt, so wie es immer gewesen war. Aber niemand merkte es. Auch sie nicht. So wie es immer gewesen war.

Coco Chanel oder eine ihresgleichen hatte sie mit einem für den Anlass gerecht strengen, aber doch frechen schwarzblauen Kostüm ausgestattet. Sie hatte Mühe, es ohne Wertverlust auf dem kargen Holzsitz hinter dem Zeugenstand einzupassen. Ihre Beine schlugen sich übereinander, die Füße verkeilten sich ineinander.

Aus ihren grellfarbenen Designerschuhen ragten die schlanken großen Zehen und formten das berühmte Delia-Hexenkreuz, ihr Markenzeichen, ihr Zeichen, dass nichts an ihr echt war, alles nur Marke. Jetzt drehte sie den glatt gekämmten und gegelten Puppenkopf zu mir und tröstete mich mit drei Pariser Augenaufschlägen für meine Misere als schwuler Eifersuchtsmörder. Ich lächelte ihr zu. Es sollte ihr zeigen, dass ich Mitleid mit ihr hatte, wie dekadent sie geworden war. Sie aber glaubte, ich sei von ihrer Schönheit fasziniert. Und sie bedankte sich mit einer weiteren tiefen Verbeugung ihrer Wimpern vor mir, dem Erbärmlichen. Ich lächelte. Sie war schön. Ich war von ihrer Schönheit fasziniert.

Bald merkte ich, dass es mir nicht guttat, Delia zu beobachten und zu bestaunen. Das machte eine abgeschlossene und abgeriegelte Vergangenheit in mir rebellisch. Ich hatte genug für immer von ihr gesehen. Ich hob den Blick zu den Geschworenen und ließ deren Gesichter ineinander verschwimmen, wie ich es gelernt hatte. So konnte ich mich ein wenig auf die Befragung der Pariserin konzentrieren.

Delia war als Zeugin zur Wahrheit verpflichtet. Das wusste sie. »Ja, ich weiß es«, sagte sie. Das klang nicht nach jener Stimme, die einmal »Jan, ich liebe dich« gesagt hatte. Vielleicht hatte ihr Jean Legat auf den Champs-Élysées eine neue Kollektion Stimmbänder gekauft. Die alten waren doch schon sehr ausgeleiert gewesen. Diese vielen leeren »Ich liebe dich« an den kleinen Lektor hatten sie ziemlich abgenützt.

Ob es stimmte, dass sie meine Lebensgefährtin gewesen war? »Ja, das stimmt«, sagte sie. Sie sagte es nicht stolz, aber sie sagte es. Schön, ein Geständnis war ein wesentlicher Milderungsgrund. Von wann bis wann? Sie musste nachdenken. Ich wäre gerne behilflich gewesen, ich hatte die Daten zufällig im Kopf. Vierzehn Jahre waren es, einigte man sich. Wie es begonnen habe? Eine aufregende Frage, passte nur nicht hierher. Wenig von Delia passte hierher. Sie erzählte von der Buchwoche, aus der unsere sieben fetten Jahre geschlüpft waren. Sie erwähnte alle Bücher, die uns gemeinsam gefielen, und was an Sachlichkeiten wir sonst noch trieben.

Wie unsere Beziehung war? »Gut«, sagte sie nüchtern. Es klang wie »Nicht genügend«, also wie die Wahrheit. – »Die erste Zeit war sogar himmlisch.« Sie tat so, als könnte sie schwärmen. »Jan war über alle Maßen liebevoll und zärtlich, immer um mich bemüht, aufmerksam, einfühlsam, fürsorglich. Er hätte alles für mich getan. Einen besseren Partner konnte man sich als Frau nicht wünschen.« Das ging noch einige Minuten so dahin. Ihre Lobeshymnen drückten mich nieder. Sie sagte das, weil sie es mir schuldig zu sein glaubte und damit die Geschworenen einen schwulen Mörder verschonten.

Aber? Aber? Aber? – Warum heirateten wir nicht? Warum gründeten wir keine Familie? Warum kamen keine Kinder? Warum sprach sie es nicht aus? – Ich war ihr bald langweilig geworden. Ich war kein Romanheld. Ich hatte ihr nichts zu bieten. Das Leben an meiner Seite war ihr zu stumpf. »Wir waren leider nicht füreinander bestimmt«, sagte sie. Diesen Satz hätte ich jedem noch so prominenten Autor herausgestrichen. »Wir haben uns sukzessive auseinandergelebt«, sagte sie. Sukzessive war ein perfekt hässliches Wort, es passte gut zu seinem Inhalt.

»Eine unangenehme Frage, aber ich muss Sie das fragen«, begann nun die Richterin. »Wie war Ihr Sexualleben?« – »Gut«, erwiderte Delia ungehemmt. Wahrscheinlich spreizte sie ihre Finger. Sie war eine Spötterin. »In den ersten Jahren sogar sehr gut«, sagte sie. »Jan war ein leidenschaftlicher Liebhaber, ich durfte mich nicht beklagen.« Vermutlich schmunzelte sie, gespielt vulgär. Ich biss mir in die Zunge, bis sie nach Blut schmeckte. »Der Sex hat immer bestens funktioniert«, sagte sie. Genug. Mir schauderte, wenn sie unsere engste Nähe zur besten Funktion degradierte.

Die Richterin erklärte ihr, dass ich ein Geständnis abgelegt habe, dass ich den mit der roten Jacke geliebt und aus Eifersucht umgebracht hätte. »Ich habe es gestern in der Zeitung gelesen«, sagte Delia. »Ich glaube es nicht, ich fasse es nicht.« Das waren ihre alten Stimmbänder. Sie hatte sie doch noch bei sich. »Jan kann keinen Mann geliebt haben. Nicht auf diese Weise. Das halte ich für ausgeschlossen. Und er kann niemals jemandem absichtlich Gewalt angetan haben. Darauf schwöre ich. Da lege ich jeden Eid drauf ab. Deshalb bin ich von Frankreich hierhergekommen, um das zu sagen ...« – Anneliese Stellmaier unterbrach sie: »Er hat das Zusammensein mit Ihnen als platonische Liebesbeziehung bezeichnet.« – »Warum tut er das?«, fragte Delia. Da war sogar ein bisschen Verzweiflung dabei. Ich hätte jetzt gerne ihr Gesicht gesehen, es musste ein Gesicht von früher gewesen sein. Aber ich hielt meinen Blick diszipliniert zwischen den Zerrbildern der Geschworenen.

»War er ein kühler oder eher ein heißblütiger Mann?«, fragte Rehle. »Ein warmherziger«, erwiderte Delia. Das war schön. Leider hielt ich zum Staatsanwalt. »Wer hat wen stehen lassen, er Sie oder Sie ihn?«, fragte Rehle weiter. »Das kann man so nicht sagen«, log Delia. »Wir haben beide gewusst, dass es nicht mehr so weitergehen konnte zwischen uns.« Nur sie hatte es gewusst. »Ich war dann diejenige, die es formuliert hat.« – »Wann war das?« Warum diese Frage? Zwei sechs null acht neun acht. Ich hielt die Luft an. »Den Tag weiß ich nicht mehr genau«, sagte die von Legat gekaufte Stimme. Ich stieß die Luft wie Giftgas aus den Nasenlöchern.

»Kann die Trennung einen Knacks bei ihm ausgelöst

haben?«, fragte der Staatsanwalt. »Sodass er auf einmal ein anderer Mensch war?«, fügte er noch hinzu. »Einer, der plötzlich einen Mann liebt und tötet?« – »Niemals!«, sagte Delia. Ihre alten Stimmbänder hatten aus der Empörung neue Kräfte geschöpft.

»Was hat denn Ihre Beziehung zuletzt so unerträglich gemacht?«, fragte Richterin Stellmaier. »Der Stillstand«, erwiderte Delia. »Es gab keine gemeinsamen Perspektiven mehr. Jan hat sich in sich verkrochen. Er hat sich in sich festgebissen. Er war sehr unglücklich als Journalist. Er ist nicht mehr außer Haus gegangen. Er hat die letzten Jahre nur noch gelesen und geschrieben.« – Während sie sich mit den Schriftstellern die Nächte um die Ohren schlug. »Warum ist er denn vom Erfos-Verlag weggegangen?«, fragte Stellmaier. – »Ich glaube, er hat einige der hochmütigen Literaten nicht mehr vertragen. Er hat sich als Lektor manchmal wie ihr Knecht gefühlt.« Und Delia war deren Primadonna und Muse.

In den verschwommenen Geschworenenbänken regte sich etwas. Der junge Glatzkopf machte sich zum Fragen bereit: »Frau Zeugin, Sie sagen, er hat zu Hause nur noch gelesen und geschrieben. Was hat er denn geschrieben?« – »Das weiß ich nicht«, antwortete Delia. »Daraus hat er ein Geheimnis gemacht. Wir hatten zum Schluss keine Gesprächsbasis mehr.«

»Herr Haigerer?« Das war ein Weckruf. Da war ich gemeint. Ich wollte aufstehen, aber meine Beine waren steif. »Bleiben Sie sitzen«, sagte die Richterin. »Woran haben Sie denn damals so beharrlich geschrieben?«, fragte der Student. Ich lächelte. Ich spürte Delias Augenlider auf meinen Lippen. Es fiel mir schwer, unter dieser Last den Mund zu öffnen.

»Das müssen Tagebuchaufzeichnungen gewesen sein«, sagte ich. »Und für die Kulturwelt gab es auch immer wieder Arbeit. Was ich tagsüber nicht schaffte, erledigte ich gerne zu Hause. Da hatte ich mehr Ruhe.«

»Aber du hast doch auch einmal einen Roman versucht, Jan«, erinnerte mich Delia. »Roman versucht«, das waren traurige Worte. »Ach, das«, sagte ich. Jetzt lachte ich laut auf. Ich erschrak darüber. Delias Pariser Wimpern hatten sich an mir festgekrallt, ihr Blick hatte sich an mir festgesaugt. Ich versuchte ihn wegzuschüttein. »Das war nur so ein Experiment«, sagte ich. »Ein paar lose Fragmente, hab ich rasch wieder zur Seite gelegt. Das war nur so dahingeschrieben. Mehr so eine Fingerübung …« Es ging noch eine Weile so weiter. Ich hörte mir nicht mehr zu. Irgendwann fielen Delias Augen gelangweilt von meinen Lippen ab.

»Gibt es noch Fragen?«, sagte die Richterin. Es entstand eine Pause, die ich zum Aufatmen nutzte. »Dann können wir die Zeugin entlassen«, verkündete Stellmaier. Ich sah noch, wie sich Delia zu mir drehte, die Hände hochhielt und ihre beiden Daumen in die Fäuste quetschte. Dann hämmerten ihre Pariser Stöckel Löcher in meinen Schädel, bis die Geräusche leiser wurden und verstummten. Hinten im Saal fiel die letzte noch offene Tür zwischen uns zu. Der für das Anlegen der Handschellen zuständige Komparse tat seine Pflicht. Es gelang ihm auf Anhieb.

Fünfundzwanzig

Gegen den vierten Brief der roten Serie war ich machtlos. Er überraschte mich von hinten. Thomas, mein tragischer Pflichtverteidiger, streckte ihn wie einen Beleg vor, den ich unterschreiben sollte, damit er seine Kanzlei behalten durfte. Ich hätte alles für ihn unterschrieben, wenn es ihn ein bisschen glücklicher gemacht hätte, als er aussah. Er war der große Prozessverlierer, ich der Sieger im Sinne einer höheren Gerechtigkeit, die nicht einmal der Staatsanwalt kannte. Nur noch einige Stunden hier im Gerichtssaal fehlten mir zum Gipfelsturm. Nur noch zwei Nächte in der Untersuchungshaftzelle.

»Das ist bei der Wache für dich abgegeben worden«, sagte Erlt. Ich zerknüllte den Brief sofort, als ich die roten Flecken sah. Doch die schlanken schwarzen Initialen hatten mich erwischt. X. L. hatte sich augenblicklich in meine Gehirnhaut geritzt. Zufall? Wahrscheinlich Zufall. Natürlich, Zufall, was sonst? Ich tat so, als wär ich beruhigt. Ich strich den Briefumschlag wieder glatt und kontrollierte die Buchstaben. X. L. hieß der Absender. Und darunter: »Jan, wir wissen alles.«

Ich sprang auf, um den Saal zu verlassen, um nachzudenken, um nicht in Panik zu geraten. Die Komparsen drückten mich auf den Sitz zurück. »Es fängt gleich an«, sagte der, der an den Schnee geglaubt hatte. Er konnte wieder sprechen. Ich lächelte. »Wir wissen alles«, murmelte ich. Niemand reagierte. Niemand schreckte auf. Guter Bluff. Guter Scherz. Irgendwer narrte mich. Ich wollte kein Spaßverderber sein. Ich lachte laut wie einer, der nicht mit sich alleine war. Ich amüsierte mich über meinen Zweiten, über den Ängstlichen. Mir, dem anderen, dem der Prozess gemacht wurde, konnte nichts mehr passieren. Die Sache war gelaufen. Auf der Stirn juckten Schweißperlen. Zwei sechs null acht neun acht. Niemand konnte das wissen. »X. L.« war ein Zufall. Der Inhalt des Briefs interessierte mich nicht.

Die beeideten Gerichtsgutachter durften nun ihre Vorträge halten. Der Schießsachverständige referierte über die Technik meines tödlichen Treffers. Er sah freundlich zu mir her. Für ihn waren Mörder primär gute Schützen, keine schlechten Menschen. »Mitten in die rechte Herzkammer«, sagte er ehrfurchtsvoll. »Der Tod trat sofort ein« – als hätte der Tod eine rühmenswerte Leistung vollbracht.

Ob sich der Schuss aus einer Drehbewegung der Pistole hätte lösen können? – »Das ist nicht auszuschließen«, meinte der Experte. Auf einer von ihm gebastelten Folie, die ein Projektor an die Wand geklebt hatte, erkannte man ein paar ballistische Kurven mit Prozentzahlen der Wahrscheinlichkeit für irgendwas. Solche Berechnungen waren wohl eher ein Hobby als die Pflicht des Sachverständigen. Er machte das vermutlich, während seine Frau den Rasen der Gartenparzelle vor dem Reihenhaus mähte oder die leeren Bierflaschen entsorgte. Sie keifte: »Karl, räum endlich die Flaschen weg!« Er schrie zurück: »Hilde, du siehst doch, dass ich bei der Arbeit bin!« Während sie also fluchend die Flaschen entsorgte, malte er seine ballistischen Kurven. Und weil er sich so viel Mühe gegeben hatte, durfte er jetzt davon erzählen. Kaum einer hörte zu. An die Variante des entglittenen Selbstmordversuchs glaubte nach meinem Geständnis ohnehin keiner mehr.

Ob einer, der aus dieser so kurzen Distanz einen gezielten Schuss auf den Brustbereich eines Menschen abgab, damit rechnen musste, dass der Getroffene starb und nicht nur verletzt wurde? – »Unbedingt«, sagte der Gutachter. Und er hängte noch Zahlen an und schob ein paar Folien nach. Damit schied für die Geschworenen auch das mildere Urteil »Körperverletzung mit Todesfolge« aus. Es blieb nur noch der reine »Mord« übrig.

Bei den Ausführungen von Professor Benedikt Reithofer, dem psychiatrischen und psychologischen Gutachter, zog ich mich vom Geschehen hier im Saal zurück. Ich dachte an Alex und unsere Bergwanderung. Wir waren beide von der Strecke abgekommen. Sie war irgendwann stehen geblieben und hatte ihrem Irrweg ein Ende bereitet. Ich hatte mich fallen lassen und war im Abgrund weitergekrochen. Jetzt löste sich die Nebelwand vor mir auf und ich spürte, dass ich in einem Kessel eingeschlossen war, dass mir die Seele fehlte und die Arme gebunden waren, aber ich lebte. Ein paar Tage noch, dann blieb ich für immer hier, wo ich nicht mehr abgleiten konnte. Ich hätte Alex gerne um Vergebung gebeten. Ich hätte gerne ihre Hand an meiner gespürt. Ich schämte mich, sie zurückgelassen zu haben. Aber hier war nur Platz für einen. Für einen wie mich. Für mich.

Reithofer hatte seiner dreimal belegten Stimme noch eine vierte Schicht Bedeutungsschwangerschaft umgehängt und die Lautstärke erhöht. Wahrscheinlich fielen jetzt seine teuersten Worte. Ich erfuhr »zusammenfassend«, dass ich »überdurchschnittlich intelligent«, »im Vollbesitz meiner geistigen Fähigkeiten« und aus psychiatrischer Sicht »im Grunde völlig gesund« sei und »keinerlei Spuren für eine wie immer geartete seelisch-geistige Abnormität auch nur geringen Ausmaßes« aufweise. »Im Gegenteil«, lobte er mich, »es ist bei dem Untersuchten kein gravierendes Konfliktpotenzial festzustellen gewesen, was in solchen Fällen nahezu nie vorkommt.«

Aus meiner Lebensgeschichte ergaben sich »keine Anhaltspunkte für eine Persönlichkeitsstörung und kein Hinweis auf ausgeprägte paranoide, schizoide, schizophrene oder manische Merkmale«. Mein Kopf war zum Tatzeitpunkt weder durch jahrelangen starken Drogenkonsum oder Medikamentensucht geschädigt noch durch Alkoholismus »signifikant« beeinträchtigt gewesen. Einzig auf dem »depressiven Sektor« konnte ich punkten. »Seine freundliche Gelassenheit kann auch als Kehrseite einer schwermütigen, resignativen, todtraurigen Grundhaltung betrachtet werden, die der Nährboden ...« Damit war er wieder bei der »nach innen gerichteten und nach außen gekehrten Aggression« angelangt, die alles erklärte und nichts bedeutete.

Zu meinem Eifersuchtsmord sagte er schließlich: »Im Grunde tappt hier die forensische Psychiatrie mit all ihren ausgeklügelten Erklärungsmodellen im Dunkeln. Wir können nicht mit letzter Gewissheit sagen, woher dieser Mann mit diesem Kopf und diesem Gemüt die Energie für diese Tat hergenommen hat. Es muss ihn der Teufel geritten haben.« Erbärmlicher konnte man es nicht begründen. Aber das Gericht bedankte sich stürmisch. Reithofer durfte sich mehrmals verbeugen. Kurz war er der Held des Prozesses.

Man erlaubte mir, die Pause auf der Anklagebank zu verbringen. Ich wollte hier auf das Urteil warten. Aber das ging nicht. Da war noch eine Nacht dazwischen. Ich zählte Schuhbandlöcher. Ich hatte vierzehn. Meine Komparsen hatten nur je zwölf. Vielleicht hatte ich mich verzählt. Zwei Finger griffen in die Sakkotasche und zerquetschten den ungeöffneten Brief mit den Initialen X. L. und dem Zusatz »Jan, wir wissen alles«. Niemand konnte das wissen. Ich zählte noch einmal die Schuhbandlöcher. Ich hatte vierzehn, meine Nachbarn nur je zwölf. Ich hatte Recht gehabt. Ich hatte mich nicht verzählt. Aber ich zählte noch einmal, zur Sicherheit. Und dann noch einmal. Dann war ich beruhigt. Ich hatte Recht gehabt. Niemand konnte das wissen.

Ob es mir gut ging? Das war die Stimme der Richterin. Sie hatten schon wieder ihre Plätze eingenommen. Sie starrten mich an. Vielleicht hatten sie mich schon vorher einiges gefragt. »Verzeihung, mir geht es gut«, sagte ich. Da hatte ich den Kopf noch nicht gehoben. Hinter dem Zeugenstand saß ein grauhaariger Mann im weißen Sakko, den ich nicht kannte und auch nicht kennen wollte. Er war fremd in diesem Prozess, er passte nicht hierher, er hatte hier nichts zu suchen. Wer hatte ihn hier reingelassen?

»Sie sind Doktor Szabo«, wusste die Richterin. »Und Sie sind Facharzt mit einer eigenen Praxis.« Er widersprach nicht. »Und Sie sind von Ihrer ärztlichen Verschwiegenheitspflicht entbunden.« Er rührte sich nicht. Auch das waren Antworten. »Sie haben Rolf Lentz gekannt«, fuhr die Richterin fort. Er schwieg. »Wie gut?« – »Sehr gut«, sagte er. Er plagte sich beim Sprechen. »Sehr, sehr gut«, sagte er. Vielleicht hatte er Schmerzen, vielleicht hatte er ihn geliebt. Er schielte zu mir hinüber. Er war einer der Gesichtslosen, die in Gruselfilmen dann irgendwann den Mund aufmachten und Vampirzähne hervortreten ließen, und die Augen färbten sich rot.

»Lentz war mein Dauerpatient. Vor acht Jahren hat er sich das Virus eingefangen. Wir haben den Ausbruch lange hinauszögern können. Aber er hat zu exzessiv gelebt. Im vergangenen Sommer war es so weit. Eine Lungenentzündung, von der er sich nicht mehr erholt hat. Ab da war es nur noch eine Frage der Zeit«, sagte der Zeuge. Ich glaubte ihm nicht. Seriöse Menschen waren schlechte Lügner. Und gute Lügner erkannten schlechte Lügner.

»Ich war in seinen letzten Lebenswochen Tag und Nacht bei ihm«, sagte er. Das durfte er nicht! Ich rieb aus Protest meine Zähne mehlig. »Tag und Nacht«, wiederholte er, um den Lärm im Publikum zu bekämpfen. Aber der Lärm wuchs an. Ich senkte den Kopf. Ich hatte plötzlich Angst, mir meiner Sache zu sicher gewesen zu sein. Ich zählte noch einmal die Schuhbandlöcher. Es waren nur noch zwölf. Zwei waren verschwunden.

»Er war im letzten Stadium«, sagte der Arzt. »Meistens war er unansprechbar. Nachts schrie er vor Schmerzen. Ich stellte ihn mit Morphium ruhig. Er hatte nur noch wenige lichte Momente.« – »Wann haben Sie ihn das letzte Mal gesehen?«, fragte die Richterin. »Am Abend vor seinem Tod«, erwiderte der Arzt. »Er war noch einmal ganz der Alte. Es war sein letztes Aufbäumen. Alle bäumen sich vor dem Tod noch einmal auf. Alle trotzen. Lentz war einer der Trotzigsten. Er wollte nicht im Bett bleiben. Er wollte ausgehen. Er wollte ihnen noch einmal zeigen: ›Seht her, hier bin ich. Es gibt mich noch. Ich lebe. Freunde, ihr habt mich zu früh abgeschrieben!‹« – »Warum haben Sie ihn nicht wenigstens begleitet?«, fragte die Richterin. – »Er wollte es nicht. Er hat es mir verboten. Er hat mich nach Hause geschickt. Es war sein ausdrücklicher Wunsch, alleine fortzugehen. Ich konnte es nicht verhindern. Einem Toten widerspricht man nicht. Rolf war für mich tot. Ich wusste, dass es eine seiner letzten Nächte war. Ich wusste nur nicht …«

– »Was wussten Sie nicht?« – »Ich konnte nicht ahnen, dass er auf unnatürliche Weise aus dem Leben scheiden würde.« Der Vampir krächzte. Ich schrie: »Betrug!« Aber ich schrie es nur in mich hinein.

»Herr Haigerer, was sagen Sie dazu?« Ich? Ja, was sagte ich dazu? Ich sagte nichts dazu. Ich dachte nach. Ich konnte es nicht dabei belassen. Ich sagte: »Der Doktor muss einiges übersehen haben, Frau Rat.« (Ich durfte sitzen bleiben. Mir war schwindelig.) So schlecht kann es Lentz nicht gegangen sein. Immerhin hatten wir noch viele Stunden miteinander verbracht. Und er hatte auch mit seinen Liebhabern noch viele Stunden verbracht. Wobei ich zugeben musste – und das kränkte mich sehr, ich konnte gar nicht ausdrücken, wie sehr es mich kränkte, hoffentlich sah man mir an, wie sehr es mich kränkte –, dass ich Rolf mit meinen Anschuldigungen vielleicht schweres Unrecht angetan hatte. »Er hat seine letzten Kräfte dafür aufgewendet, die Krankheit vor mir zu verbergen. Er hat dafür sogar in Kauf genommen, dass ich ihm fremde Liebschaften unterstellte, dass ich mich zurückgewiesen und hintergangen fühlte, dass mein Hass größer und größer wurde, bis ich …« – »Nein, Herr Haigerer!« Der Gesichtslose unterbrach mich. Durfte er das? Niemand schritt ein. Warum schritt niemand ein? »Rolf Lentz war die letzten fünf Wochen zu keiner wie auch immer gearteten Liebschaft oder Beziehung fähig. Das ist medizinisch belegt. Ich habe alle Atteste. Ich habe die Blutbilder. Ich lege sie dem Gericht vor. Und ich wiederhole: Ich habe zuletzt Tag und Nacht bei ihm verbracht. Er hat keinen anderen Menschen mehr zu sich gelassen. Ich betone: keinen anderen Menschen!« Durfte er das sagen? Und was sagte ich dazu? Ich sagte nichts dazu. Ich sagte: »Ich bin sprachlos.« Ich schämte mich für diese Antwort. Ich sagte: »Ich bin getäuscht worden.« Ich schützte mein Gesicht vor den Blicken der Geschworenen.

»Hören wir uns noch die beiden Zeugen an«, schlug die Richterin vor. »Und dann werden Sie uns einiges erklären müssen, Herr Haigerer«, drohte sie mir. »Ich habe Rolf Lentz aus Eifersucht getötet«, wimmerte ich. War es so schwer, mir zu glauben? Warum beließ man es nicht dabei? Warum durfte ich nicht büßen?

Sechsundzwanzig

»Sie haben sich dem Gericht als Zeugin angeboten? Sie wollen zum gegenständlichen Fall eine Aussage machen?« – »Ja.« – »Wie heißen Sie?« – »Anke Lier.« – Anke. Anke. Anke Lier. Die Absenderin des ersten rot gefleckten Briefs. »Nein!«, schrie ich sie an. Ich hatte mich noch in derselben Sekunde von den Komparsen losgerissen und fand mich vor der Richterin wieder. »Ich spreche mich bitte gegen diese Zeugin aus, Frau Rat«, flehte ich. Die hinteren Reihen schleuderten mir das jämmerliche Echo meiner Wehklage zurück. »Das ist nicht relevant, das ist unerheblich, das spielt keine Rolle mehr, wir vergeuden unsere Zeit …«

»Herr Haigerer, ich bitte Sie, wieder Ihren Platz einzunehmen, damit wir mit der Verhandlung fortfahren können«, sagte Stellmaier. »Oder benötigen Sie eine Prozesspause?« – Nein, keine Pause. Nicht auch noch eine Pause. Thomas, mein Anwalt, holte mich ab und geleitete mich wie ein Blindenführer zur Anklagebank. Ich versank zwischen den Uniformen und zählte die Schuhbandlöcher. Vierzehn. Es waren vierzehn. Ich hatte Recht.

»Aktionskünstlerin« nannte sie sich mit heller Gesangsstimme. Ihr Kleid spuckte dazu passende Violetttöne aus. Ihr Haar war gelb gestrichen. Ihre Blicke bestraften die Welt mit unangemessener Sanftmut für alle Grobheiten. Ihre Augen befanden sich in Gefangenschaft einer fanatischen Idee von Sonne, Luft oder Joghurt. Sie war eine der Frauen, die gleichzeitig süchtig und abstinent waren. Eine der Frauen, bei deren Anblick man nie wusste, ob sie alle paar Minuten oder niemals in ihrem Leben Drogen nahmen. So einer Zeugin durfte man keinen Glauben schenken.

Sie kannte den mit der roten Jacke, natürlich. Das passte. Wie gut? »Sehr gut. Er war wie unser Bruder.« Unser? »Wir waren zu dritt.« – »Wer war der Dritte?« Ich wusste es. Ich lächelte, um mir und dem Gericht einen weiteren Anfall zu ersparen. Sie starrten mich an. Vermutlich hatte ich hysterisch gelächelt. Sollte ich den Namen nennen? War dann der Schwindel perfekt? Durfte man das absurde Theater damit zu den Akten legen? – »Engelbert Auersthal«, sagte sie. Der Autor des dritten rot gefleckten Briefs. »Das wird wahrscheinlich der zweite Zeuge sein, der sich bei mir gemeldet hat«, mutmaßte die Richterin.

Ich zeigte auf. Ich erzwang eine kurze Unterbrechung. Auf der Toilette versuchte ich meine Gedanken zu ordnen. Es gab nichts zu ordnen. Wenn man bei einer Verschwörung niemanden auf seiner Seite hatte, erübrigte sich jeder Versuch, etwas zu ordnen.

Wo war Helena? Sie war die Einzige, die mich im Abgrund hatte kriechen sehen. Die Einzige, die mich ein

Stück dieses Abwegs, der mir vorgeschrieben war, begleitet hatte. Warum stand sie mir jetzt nicht bei, da ich auf dem Rücken lag wie ein Käfer? Strampeln half nicht. Ich konnte nur abwarten, bis mich ein Windstoß wieder auf die Beine stellte. Ich zählte die Schuhbandlöcher. Es waren zwölf oder vierzehn. Ich zwang mich dazu, dass es mir egal war. Der Amtsarzt gönnte mir eine Beruhigungstablette. Danach war mir alles ein wenig leichter egal.

Fünf »avantgardistische Projekte« hatten sie gemeinsam bestritten, erzählte sie. Begonnen hatte es damit, dass Rolf von seinem Virus erfuhr. Er suchte im Internet nach »Mitarbeitern für ein außergewöhnliches Lebens-Endwerk«. Anke Lier, eine ehemalige Krankenpflegerin, und Engelbert Auersthal, ein freischaffender grafischer Künstler, interessierten sich dafür und machten schließlich mit. Rolfs Gruppe nannte das Projekt »Frei Tod Mauer«. Ihr Arbeitsziel war es, die Stufen seiner Krankheit in Performances darzustellen.

»Er hat sich seinem Leiden gestellt. Er wollte aktiv damit umzugehen lernen. Er wollte der aggressiven Natur der Krankheit künstlerische Energien entgegensetzen. Das hat uns imponiert, das hat uns inspiriert, das hat uns ehrgeizig gemacht«, sagte Anke Lier. Das hätte kein Erfos-Autor bei mir schreiben dürfen. Zum Glück war ich kein depressiver Mensch.

Das letzte Projekt endete an seinem Todestag. »Was war das für ein Projekt?«, fragte die Richterin. »Seine Erlösung, seine Befreiung, sein Freitod«, erwiderte die

Zeugin. Die Zuschauerränge waren nun das Epizentrum eines kleinen Erdbebens. Meine Adern platzten. Helmut Hehls Pensionistenstimme stemmte sich dem dumpfen Groll entgegen: »Wenn es nicht ruhig ist, wird der Saal geräumt.«

»Kennen Sie den Angeklagten?«, fragte die Richterin. – »Nicht persönlich.« – »Sondern?« – »Aus unserem Schriftverkehr.« Sie zog aus ihrer Jutetasche eine gelbe Mappe hervor und legte sie auf das Zeugenpult. »Darf ich vom Projekt erzählen?«, fragte sie. »Nein«, flüsterte ich meinen Komparsen zu. »Selbstverständlich«, sagte die Richterin.

»Im August erkrankte Rolf an einer schweren Lungenentzündung. Seine Blutwerte waren dramatisch schlecht. Durch Medikamente hätte sein Leben nur noch einige Wochen verlängert werden können. Er wollte nicht dahinsiechen. Er wollte Schluss machen. Andererseits widerstrebte es ihm, sich mit einer Überdosis Tabletten feige aus dem Leben zu schummeln. Da beschloss er, seinen Tod zu inszenieren. Er hatte die fixe Idee, von fremder Hand erlöst zu werden, und zwar zum letztmöglichen Zeitpunkt. Er sprach von einem ›Kunstgriff der Erlösung‹, knapp bevor die Natur das Ende besorgt hätte. Er wollte öffentlich, vor den Augen anderer, aus dem Leben scheiden. So entstand ›Frei Tod Mauer, Szene V‹, unser letztes Projekt, sein Lebens-Endwerk.«

Drei Kleinanzeigen wurden aufgegeben. Sie erschienen in der »Kulturwelt«. Auch über Internet wurden die Texte ausgesendet. Ich kannte sie aus dem zweiten rot gefleckten Brief. »Soll ich sie vorlesen?«, fragte die Zeugin. Mir versagte die Stimme beim Versuch, mich dagegen aufzulehnen. Erster Aufruf: »Abhilfe sucht Hauptdarsteller. Die Zeit läuft uns davon.« Zweiter Aufruf: »Mut lebt. Kunst lebt. Darstellung lebt. Inszenierung lebt. So macht Ableben Sinn.« Dritter Aufruf: »Mein Leben läuft von mir weg. Dein Leben läuft an dir vorbei. Treffen wir uns in der Mitte! Gehen wir glücklich auseinander. Du rast wagemutig auf dich zu. Ich schleiche mich friedvoll von mir fort. Die Kunst ist unser Verbündeter, dein Retter, mein Erlöser.« Anke Lier überreichte der Richterin die Texte. Beim Vorbeigehen streiften mich ein paar ihrer verklärten, gütigen Blicke. Sie legten sich wie Brennnesseln auf meine Haut.

»Und was geschah weiter?«, fragte Stellmaier. »Er hat sich gemeldet.« Ihr Zeigefinger bohrte sich in meinen Magen. Ich war nun unfähig, mich zu bewegen. Die Hände, die sich wehren wollten, waren klamm. Die Kehle, in der die Auflehnung hochstieg, war ausgetrocknet. Die Ohren waren den infamen Worten der Zeugin ausgeliefert. Keine Chance auf Protest. Ich senkte meinen Blick zu den Füßen und zählte die Schuhbandlöcher: dreizehn. Lüge. Alles Lüge. Warum machte man das mit mir?

Irgendwann war die Stimme ein paar Tonlagen tiefer. Das war dann also Engelbert Auersthal. Solche Männer fragten einen auf der Straße, ob man ein paar Minuten Zeit hätte, um ihrem Gott, den sie persönlich kannten, ein paar Schritte näher zu kommen. »Nein, danke«, sagte ich. Keiner hörte es. Der blonde Mann gefiel ihnen. Er hatte eine weiche Stimme. Seine Intrige war ein professionell regulierter Schreibfluss. Das Papier, auf dem E-Mails den Pakt mit dem Tod eingegangen waren, hing die helle Leinenhose bis zu den ockergelben Weichlederschuhen herab. Er durfte vorlesen. Keiner bremste ihn. Das Gericht war vernarrt in seine Lügengeschichten.

17. September, 22.19 Uhr. Jan Haigerer an Rolf Lentz: »Ich habe Ihre Wortanzeigen gelesen. Sie haben mein journalistisches Interesse geweckt. Ich bitte um nähere Informationen.«

22.37 Uhr. Rolf Lentz an Jan Haigerer: »Ich bin aidskrank. Ich sterbe. Mir bleiben nur noch wenige Wochen. Hilf mir. Befreie mich. Erlöse mich!«

22.45 Uhr. Haigerer an Lentz: »Sind Sie wahnsinnig? Was schreiben Sie mir da? Ich werde den sozialen Notdienst verständigen. Machen Sie bitte keinen Unsinn!«

22.47 Uhr. Lentz an Haigerer: »Ja, ich bin wahnsinnig. Wahnsinnig vor Schmerzen. Unbekannter Jan, rettender Engel, sei mein Notdienst. Hilf mir. Schreibe mir. Höre mir zu. Bleibe bei mir. Stehe mir bei. Spüre mein Herz. Treffe mich. Beende es. Erfülle mir meinen letzten Wunsch.«

So ging das weiter. Über einige Wochen sollen wir uns E-Mails geschrieben haben. Er erzählte mir von seinem Elend, ich ihm von meinem monotonen, qualvoll schmerzfreien Dasein. Ich versuchte ihn von seiner Todessehnsucht abzulenken und ihn aufzumuntern. Doch je mehr ich von seinem verunglückten Leben erfuhr, desto weniger unsinnig und verwerflich erschien mir sein Plan.

»Sie erwischen mich in einer schlechten Phase«, soll ich ihm erzählt haben. »Der Alltag hat mich an der Gurgel gepackt und drückt zu. Ich bin in Atemnot. Ich will das Leben spüren. Jede Woche ein Mordprozess im Gericht. Ich bin einer dieser lächerlichen Reporter, die beschreiben, was in einem Mörder vorgeht. Tatsächlich beschreibe ich, was in einem Mörder vorgehen würde, wäre er kein Mörder, sondern ein Zuschauer wie ich, der gerade bemüht ist, einen Mörder zu beschreiben. Tatsächlich beschreibe ich nur mich selbst. Tatsächlich beschreiben Journalisten immer nur ihre eigenen Gefühle, beugen die Fakten immer hin zu ihren eigenen Wahrheiten, an denen sie schließlich brechen. Ich bin einer davon. Stets nur Zuseher. Stets in den hinteren Reihen. Nie vorne dabei. Nie dort, wo Leben gelebt wird.«

Wer immer diesen Text formuliert hatte, er musste mich gründlich studiert haben.

Und dann war ich plötzlich der Auserwählte. Der, den Rolf Lentz für seinen Abschied gesucht hatte.

4. Oktober, 1.26 Uhr. Haigerer an Lentz: »Wie geht es Ihnen? Haben Sie noch Kraft? Soll ich nicht besser zu Ihnen nach Hause kommen und wir reden noch ein bisschen, wir bringen die Dinge friedlich in Ordnung? Ich verspreche Ihnen, dass ich Sie nicht einsam sterben lasse. Aber wenn Sie mir heute sagen, Sie wollen es noch

immer, Sie wollen einen blutigen Abdruck von sich hinterlassen, dann bin ich so weit, dann bin ich bereit: Ja, Herr Lentz, wenn es Ihr sehnlichster, Ihr größter, Ihr letzter Wunsch ist, dann würde ich es tun.«

4. Oktober, 5.11 Uhr. Lentz an Haigerer: »Die Schmerzen in der Brust und in den Gelenken rauben mir den Verstand. Ich schreibe blind, mein Freund. Ich kann die Augen nicht mehr öffnen, kann dieses irdische Licht nicht mehr ertragen. Du musst mich erlösen!! Du musst es tun!! Bald, mein Freund, mir läuft die Zeit davon. Die Pistole kriegst du morgen mit der Post. Kannst du sie zusammenbauen? Das geht ganz leicht, eine Skizze hilft dir. Drei Patronen sind dabei. Eine sollte genügen. Das Lokal heißt Bob's Coolclub. Ich kenne dort jede Nische. Meine Freunde haben mir bis ins Detail davon geschildert. Also hör zu: Es gibt dort einen kleinen Tisch, der im Dunkeln liegt und den du für dich alleine hast. Dort kann nur einer sitzen. Von dort hast du freien Blick auf den Eingang, der nur 2,35 Meter entfernt ist …«

Einmal während dieses Alptraums entglitt mir ein Blick in die Geschworenenbank und ich konnte zwei Menschen erkennen. Die eine, die meiner Mutter ähnlich sah, hatte ihren Kopf wieder quer gestellt. Sie hatte soeben ihr schweres Herz ausgeschüttet und einige Tropfen bedeckten noch die Augen. Sie blinzelte mir zu. Sie war verschämt. Es war ihr peinlich, mir zwischendurch etwas Böses zugetraut zu haben. Wie hatte sie mich nur für einen Mörder halten können?

Der Student hatte seine Nickelbrille mit dem Hemdsärmel geputzt und wieder aufgesetzt. Nun beobachtete er Engelbert Auersthal, den Zeugen. Seine Augen waren halb zugekniffen. Er war misstrauisch. Er war skeptisch. Er sah mehr als alle anderen. Er bemerkte, dass ich ihn beobachtete. Ich lächelte ihm zu. Er lächelte zurück. Er schlug mich mit meinem eigenen Lächeln. Er musste kein Mörder sein, um wie einer fühlen zu können. Er war besser als ich.

17. Oktober, 3.16 Uhr. Lentz an Haigerer: »Mein Freund, ich halte nicht mehr lange durch. Wir müssen es heute tun. Mein Arzt ist immer um mich, aber er weiß von nichts, er hat mich unter Beobachtung, wie ich körperlich abkratze. Er wird meine notwendigen Funktionen für das Lebens-Endwerk fit spritzen, darum kümmere ich mich. Dann werde ich meinen letzten Spaziergang antreten.

Du sitzt im Lokal, wie vereinbart, wie geübt. Die in den Handschuh gehüllte Waffe liegt vor dir auf dem Tisch.

Du fixierst sie, wie auf der Skizze ausgemessen. Niemand wird Verdacht schöpfen. Ich werde um 23.50 Uhr das Lokal betreten. Du kannst mich nicht verfehlen, du hast die Wanduhr in Bob's Coolclub vor deinen Augen. Meine Freunde werden dafür sorgen, dass niemand anders unseren letzten Weg kreuzt oder blockiert.

Wenn sich die Türklinke senkt, beginnst du zu zählen. Auf eins öffnet sich der Türspalt. Auf zwei erkennst du dunkle Herrenschuhe. Auf drei siehst du hellblaue

Jeans. Auf vier nimmst du meine rote Jacke wahr. Das genügt, mein Freund. Du siehst rot und kannst deine Augen schließen. Du wirst mein Gesicht nicht erkennen. Ein Balken wirft einen Schatten darauf. Tröste dich, du könntest mein Gesicht gar nicht erkennen. Ich habe kein Gesicht mehr. Du erlöst einen Toten. Hilf mir und vergiss mich. Jede Blüte im Oktober hat mehr Hoffnung auf Weiterleben als ich, jeder Grashalm hat mehr Berechtigung. Ich habe im Leben nicht viel zustande gebracht. Deine Erlösung wird mich dafür entschädigen.

Du krümmst deinen Zeigefinger. Du spürst den kleinen Widerstand. Auf fünf drückst du dagegen. Nicht mehr als ein Millimeter fehlt uns zur Befreiung. So leicht bin ich zu holen. Du beugst den Finger und ich bin hinüber. Du winkst mich zu dir und ich bin die Schmerzen los. Es ist ein Kinderspiel. Du machst mich glücklich, du befreist mich. Du drückst ab und vergisst sogleich meinen Namen. Du hast den mit der roten Jacke erlöst. Du hast mehr für mich (und dich!) getan als jeder andere Mensch auf dieser Welt.«

In der Pause wurden Fotografen auf mich losgelassen, um erste Pressebilder meiner unverfrorenen Wiederauferstehung anzufertigen. Und die schnellsten Reporter durften ihre Fragen stellen. Sie wollten wissen, wie ich mich fühlte, was für eine seltsame Verteidigungstaktik das gewesen sei, einen brutalen Eifersuchtsmord vorzutäuschen. Ob ich nun mit einer bedingten Strafe rechnete? Ob ich bald schon wieder bei der »Kulturwelt« arbeiten würde? Sie fragten makaber, aber sie bemerkten es nicht.

»Herr Haigerer, was sagen Sie dazu?« Das war dann offiziell. Aber das war nicht die Stimme einer Richterin. Das war die Stimme einer TV-Moderatorin, die mir soeben zum Gewinn einer Lotto-Million gratulierte. Was ich dazu sagte? Was sagte ich? Ich sagte nichts. Ich fragte: »Was soll ich sagen, Frau Rat?« – »Ist das alles, was Ihnen dazu einfällt, Herr Haigerer?«, erwiderte Stellmaier. Sie ließ ihre rechte Hand auf der dicken Mappe der gefälschten Unterlagen ruhen. Sie strahlte vor Freude. Sie mochte mich. Meine Reaktion gefiel ihr. So bescheiden traten Lotto-Millionäre selten auf.

Der zweite Verlierer schräg links hinter mir versuchte sich selbst zu trösten. »Die Staatsanwaltschaft wird gegen die Zeugen Anke Lier und Engelbert Auersthal ein Strafverfahren einleiten. Es besteht der dringende Verdacht der Beitragstäterschaft im Sinne des Paragrafen 77, Strafgesetzbuch, ›Tötung auf Verlangen‹.«

Meinen Verteidiger Thomas hatte ich ganz vergessen. Er war plötzlich ein kleiner Held. Das tat ihm nicht gut. Er wurde wahnwitzig. Er stellte einen Enthaftungsantrag. Ich sprach mich dagegen aus. Im Publikum lachten sie. Sie nahmen mich nicht mehr ernst. Ich half ihnen. Ich lächelte mit.

Nach kurzer Beratung teilten sie mir mit, dass ich vorerst einmal frei war. Ich lachte laut auf. Keiner ahnte, dass mein Lachen die Verzweiflung innerhalb weniger Stunden bereits mehrmals überrundet hatte. Ich musste morgen um neun Uhr wieder im Verhandlungssaal sein. Der letzte Prozesstag mit Plädoyers und Urteil stand noch aus.

Ob noch wer eine Frage habe? Doch, natürlich. Einer war klug hier im Gericht. Er konnte zwischen dem unterscheiden, was man sehen wollte, und dem, was man sah. Er richtete seine Nickelbrille und fragte die Schicksalszeugen, warum sie sich erst jetzt mit der Wahrheit gemeldet hatten. Sie sagten, es sei Rolfs Wunsch gewesen, dass »Frei Tod Mauer, Szene V« nicht als Kunstprojekt offenbart werden würde und die Mitarbeiter geheim blieben. Sie selbst seien davon ausgegangen, dass ich die »Erlösung« gleich nach der »Inszenierung« bei der Polizei aufklären würde. Sie alle hätten mit Strafnachsicht gerechnet. Erst als sie in der Zeitung lasen, dass ich dem Gericht das »Werk« beharrlich als Eifersuchtsmord verkaufen wollte, warum auch immer, wussten sie, dass sie sich melden mussten, dass es an der Zeit war, das Geheimnis zu lüften.

»Bleiben Sie dabei, dass Sie nichts von der Krankheit des Rolf Lentz gewusst haben?«, fragte mich der Student. Ich sagte: »Ich bleibe dabei, so war es.« Die Pointe kam gut an. Ich war hier bereits ein einigermaßen berühmter Kabarettist. Nur der mit der Nickelbrille lachte nicht. Es tat mir gut, meine Augen in seiner ernsten Miene ausruhen zu lassen.

Als es schon dunkel war, kam mein treuer Wachbegleiter, um meine Zelle zu öffnen, um den Gestank von fünf Monaten Untersuchungshaft rauszulassen. Er erschrak. »Haigerer, Sie sind noch da?«, fragte er. »Ja, ich muss beim Packen eingenickt sein«, log ich. »Darf ich die Nacht noch hierbleiben?« – »Sie wollen hierbleiben?«, fragte er. »Ich bin müde«, sagte ich. Er schüttelte den Kopf.

»Ich würde jetzt gerne allein sein«, sagte ich. »Sie wollen allein sein?«, fragte er. »Ja, wenn es erlaubt ist.« Es war erlaubt. Die Tür fiel ins Schloss. Ich legte mich mit dem Rücken auf den Boden. Ich kam wohl nie wieder auf die Beine. Ich war ein toter Käfer.

Siebenundzwanzig

Ich fand mich im Großen Schwurgerichtssaal wieder. Die Strömung musste mich angeschwemmt haben. Meine Komparsen hatten mich auf der Anklagebank noch ein letztes Mal zwischen ihre steifen Uniformen genommen. Sie waren nicht mehr meine Bewacher, nur noch gute Bekannte in schlechten Zeiten, die nicht besser werden würden.

Meine Handgelenke waren nackt und schmerzten. Meine Bekannten hatten die Handschellen vergessen oder verloren oder verschrotten lassen. Sie waren stolz auf mich. Sie durften mich wieder angreifen, ich war nicht mehr schwul. Sie sprachen wieder mit mir, vermutlich über das Wetter. Ich hörte nicht zu. Ich war nicht mehr anwesend. Ich machte nicht mehr mit. Das Beweisverfahren war abgeschlossen. Ich war im Netz der Inszenierungen gefangen. Man spielte meine Unschuld und meinen Edelmut. Keine Ahnung, wer die Regie führte. Ich war zu keinem klaren Gedanken fähig. Ich lag auf dem Rücken und hatte aufgehört zu zappeln.

Links hinter mir beendete Siegfried Rehle mit dem Plädoyer sein trauriges Gastspiel. Er entschuldigte sich, dass er mit seiner Mordanklage falschgelegen war. Aber er räumte ein, dass er damit so falsch nun auch wieder nicht gelegen war. Die Geschworenen durften bitte die »subjektive Tatseite« nicht außer Acht lassen. »Der Angeklagte Haigerer selbst fühlt sich als Mörder«, beteuerte Rehle. »Er weiß, dass er ein schweres Verbrechen begangen hat. Es mag uns zwar grotesk erscheinen, dass er die Aidserkrankung seines Opfers konsequent ableugnet. Aber ist das nicht gerade der Beweis dafür, dass er sich seiner großen Schuld bewusst ist?« Keiner der Geschworenen nickte. Der mit der Nickelbrille lächelte mir zu. Ich senkte meinen Blick.

Rehle lobte die Nation, die Republik, das Gericht, das Strafgesetz und dessen Paragrafen. Er tat so, als sei er froh, dass es da etwas für mich gebe, das dem Sachverhalt gerecht wurde – die gutherzige kleine Schwester des Mordes, die Tötung auf Verlangen. »Das ist kein Kavaliersdelikt, werte Geschworene«, sagte er. »Stellen Sie sich vor, jeder würde den nächstbesten schwer kranken Patienten erschießen, nur weil dieser in einer finsteren Stunde darum gebeten hat. Wo kämen wir da hin?« Ich nickte. Mir tat Rehle leid. Er machte seine Arbeit besser, als es den Anschein hatte. Er konnte zwischen Gut und Böse unterscheiden, aber das fiel hier leider nicht ins Gewicht.

»Kommen wir zum Strafausmaß«, bettelte Rehle. Von seiner Stimme bröckelte die Strenge ab. Er sollte sich wieder einen Vollbart wachsen lassen. Für das gütige Verbrechen, das sie mir in die Schuhe schoben, gab es sechs Monate bis fünf Jahre Haft. Rehle bat die Geschworenen trotz aller Milderungsgründe »nicht am untersten Rand des Strafrahmens« zu bleiben. »Es muss der Öffentlichkeit mit aller Entschiedenheit gezeigt werden, dass Töten niemals entschuldigt werden kann, auch wenn die Beweggründe noch so edel gewesen sein mögen.« Er hatte Recht.

Hinter mir erhob sich mein Anwalt Thomas. »Ich darf mich kurzfassen«, versprach er. »Uns allen ist gestern ein Stein vom Herzen gefallen. Was heißt ein Stein? – Eine ganze Geröllhalde.« Schlechtes Wortspiel zwar. Aber darunter lag ich begraben. »Wir alle haben gespürt, dass mein Mandant zu keinem brutalen Mord fähig gewesen sein konnte.« Fast alle nickten. Der mit der Nickelbrille lächelte mir zu. Er wusste es besser.

Ich war in einer labilen Phase meinem eigenen Mitleid gegenüber einem sterbenskranken anonymen Aktionisten verfallen, behauptete Thomas. Vermutlich glaubte er es wirklich. Ich wollte dem Sterbenden einen letzten Wunsch erfüllen. Ich war zu einer Aktion bereit, die ich mir wahrscheinlich selbst nie zugetraut hatte. »Er hat sich wie ferngesteuert der Sterbehilfe ausgeliefert. Er war das Werkzeug eines fast schon Toten. Und erst als die Tat ausgeführt war, ist ihm bewusst geworden, was er sich selbst damit angetan hat.« Thomas musste in den letzten Tagen einige schlechte Kriminalromane gelesen haben. Er sollte sich wieder mehr auf seine Immobilien konzentrieren. »Daraus entstanden heftige Schuldgefühle. Das hat uns der hochgeschätzte psychiatrische Gutachter Professor Reithofer sehr anschaulich dargelegt«, log er.

Ich fühlte mich also wie ein Mörder und wollte dafür bestraft werden, erfuhr ich. »In gewisser Weise steht er noch immer unter Schock«, hörte ich Thomas sagen. »So ist auch sein seltsames Verhalten vor Gericht erklärbar. Er hat uns Fantasiegeschichten von Homosexualität und Eifersucht erzählt, nur damit Sie, werte Geschworene, ihn für seine Tat büßen lassen. Helfen Sie ihm nun, dass er sich sein Handeln verzeihen kann. Bestrafen Sie ihn, dem geringen Schuldgehalt angemessen, milde!«

Thomas meinte, dass man mit einer bedingten Strafnachsicht das Auslangen finden könne. Er war *mein* Anwalt. Er sollte eigentlich zu mir halten. »Er ist lange genug im Gefängnis gesessen, dafür dass er jemandem etwas Gutes tun wollte.« Ich hatte einfach den falschen Verteidiger erwischt. »Er hat genug gelitten. Lassen Sie ihn nach Hause gehen. Schenken wir ihm den Frühling. Geben wir ihm die Freiheit zurück …«

Ich musste an den Frühling denken, an blühenden Flieder und an den Duft von Pfingstrosen. Ich hörte lautes Schluchzen. Irgendwer weinte bitter. Das Geräusch rückte näher und näher, bis es mich erreichte, bis es mein eigenes war. Der auf keinen Schnee mehr gehofft hatte, drückte mir ein Taschentuch in die Hand. Dann war Pause. Dann gingen sie und ließen mich sitzen. Ich war allein. Das war der Frühling. Das war die Freiheit. Ich würde nie mehr aufhören, daran zugrunde zu gehen.

»Herr Haigerer, Sie haben das letzte Wort«, sagte Anneliese Stellmaier. – »Dann möchte ich mich für Ihre Mühe bedanken. Es tut mir leid, dass ich Ihnen so viele Unannehmlichkeiten bereitet habe«, sagte ich. Im Publikum lachte jemand. War das erlaubt? Sonst hatte ich nichts zu sagen. Ich wollte warten, was mit mir geschah. »Heißt das, dass Sie sich den Ausführungen Ihres Herrn Verteidigers anschließen?« – Das hätte sie nicht fragen dürfen. »Nein, Frau Rat«, erwiderte ich.

Ich erschrak über die Lautstärke. »Das heißt es nicht, das kann es nicht heißen, ich kann mich nicht anschließen.«

Ich hatte meine Hände in die Sakkotaschen fallen lassen und machte verstohlene Fäuste irgendeiner Entschlossenheit zu irgendwas. Die letzten Zuckungen eines toten Käfers. Links spürte ich den Stoff eines feuchten Taschentuchs. Rechts fühlte es sich wie hartes Papier an. Das löste einen Gedanken aus. Und ich erinnerte mich an den ungeöffneten Drohbriefumschlag, der mit den Initialen X. L. gezeichnet war. X. L. wie Xaver Lorenz. – Das war Zufall, nicht wahr? Das konnte keiner wissen. Wir hatten je zwölf Schuhbandlöcher, jeder Schuh von uns hatte zwölf. Ich hatte mich nicht verzählt, nicht wahr? Xaver Lorenz kannte keiner außer mir. Wer Xaver Lorenz kannte, kannte die Wahrheit. Keiner außer mir kannte die Wahrheit.

»Ich habe einen vorsätzlichen Mord an einem mir völlig fremden Menschen begangen«, hörte ich mich sagen. Durften die im Publikum lachen? War das erlaubt? »Ich habe ein Recht auf eine gerechte Strafe …« – »Sonst noch etwas, Herr Haigerer?«, fragte die Richterin. »Ich kann es beweisen«, sagte ich. Endlich waren sie stumm. Hatte ich soeben »Ich kann es beweisen« gesagt? Ich hatte es gesagt. »Geben Sie mir zwei Stunden Zeit und ich lege Ihnen die Beweise auf den Tisch«, sagte ich.

Was sagte ich? Ich war bereit, mein Geheimnis preiszugeben. Ich raubte mir damit den Sinn meiner Tat, das Weiterleben nach dem Mord. Aber ich konnte nicht an den Frühling da draußen denken und schweigen. »Herr Haigerer, bitte ersparen Sie uns …« – »Zwei Stunden, Frau Rat. Ich bitte nur noch um diese zwei Stunden!« Sie tuschelten. Helmut Hehl war dagegen, er stand zu knapp vor der Pensionierung. Ilona Schmidl war dafür, sie hatte nichts Besseres vor. Ihr Lippenstift passte gut zu dem rosaroten Kleid. Die Geschworenen waren großteils dagegen. Der Mann mit der Hundekette hasste Filme in Überlänge. Die Frau mit dem quer gestellten Kopf, die meiner Mutter ähnlich sah, wollte sich ihr Happyend nicht nehmen lassen. Doch der junge Kahlkopf setzte sich durch. »Was kosten uns diese zwei Stunden?«, fragte er. »Soll er uns doch seine angeblichen Beweise vorlegen.« Wir lächelten uns zu. Wir waren Komplizen.

Thomas war dagegen. Er musste wegen mir eine Wohnungsbesichtigung verschieben, er musste mich bei meinem Abstecher in die Zivilisation begleiten. Er war ein nervöser Autofahrer, gestand er. Ich roch es. Wir sollten vielleicht stehen bleiben und ein Deospray kaufen. Das war der Sinn der Freiheit. Man konnte in ein Geschäft gehen und ein Deospray kaufen. Ich schloss die Augen.

Das Tageslicht ätzte. Es war ein sonniger Tag. Wie hielten die anderen solche Tage aus?

Auf den Straßen hätte man Menschen gesehen. Sie waren »unterwegs«, um Dinge zu erledigen. Oft erledigten sie ganze Tage und Wochen. Sie machten das absichtlich. Das Autoradio gab Verkehrsnachrichten durch. Es hatten sich Staus gebildet, wie üblich. Manchmal wurden die Räume derer, die Dinge erledigten, eng. Ich zog den Sicherheitsgurt fest. Thomas war ein nervöser Autofahrer. Die Freiheit machte uns Menschen nervös. Der Gurt gab mir Sicherheit.

»Warum zum Flughafen?«, fragte er mich. Sonst sprachen wir nicht viel. Er hatte ein bisschen Angst vor einer neuen Überraschung. Er hätte lieber seine Dinge und Tage und Wochen erledigt. Vielleicht glaubte er, dass ich flüchten wollte, dass er mein Fluchthelfer war, dass er sich des Verbrechens der Begünstigung schuldig machte. »Es dauert nur ein paar Minuten«, beruhigte ich ihn. Wir waren beinahe Freunde. Zwischen uns war nur der Mord, sonst gar nichts.

Wir stellten das Auto ab. Ich öffnete die Augen. Wir mussten an einigen Menschen vorbei in die Halle gehen. Sie machten Urlaub vom ewigen Dingeerledigen oder flogen ihre geschäftlichen Wege, um Zeit zu sparen. Neben der Gepäckaufbewahrung befand sich der blaue Automat, von dem ich oft geträumt hatte. Er erinnerte mich an meine Haftzelle. Ich vermisste die Handschellen. Ich hatte Sehnsucht nach daheim. Mir fehlte mein Nest im Abgrund.

Thomas blieb ein paar Schritte hinter mir, um im Ernstfall nicht zu mir zu gehören. Vielleicht zündete ich eine Bombe und er kam doch noch mit dem Leben davon, weil er den Respektabstand eingehalten hatte. Ich drückte die grüne Taste und gab den Code ein: zwei sechs null acht neun acht. 26. 08. 98. Unvergesslich. Der Portier in der »Kulturwelt« hatte mich damals zum Empfang gerufen. Dort stand Delia, wo sie nicht hingehörte, und flüsterte: »Jan, ich bin hier, um dir zu sagen, dass ich dich verlassen werde.« – »Warum?«, fragte ich. »Darum«, sagte sie.

26. 08. 98. Zwei sechs null acht neun acht. Unvergesslich. Am Nachmittag war mit der Post die letzte Absage gekommen. Darum, Frau Rat. Darum. Das war das Ende der regulären Spielzeit. Alle Dinge und Tage und Wochen hatten mich erledigt. Das war der Tag der wahnwitzigen Idee. Das war der Beginn der künstlichen Verlängerung.

Der blaue Automat spuckte eine Karte aus. Damit holte ich mir den Schlüssel zum Schließfach. Ich tat es zwanzig Jahre zu früh. »Lebenslange« Häftlinge wurden nach zwanzig Jahren freigelassen, bei guter Führung. Diese zwanzig Jahre Leben hatte ich mir herausgeschlagen. Das wäre meine Nachspielzeit gewesen. Dafür hätte es sich gelohnt, darum hatte ich es getan. Darum, Frau Rat. Darum, werte Geschworene. Darum, hohes Gericht.

»Wir sind gleich so weit«, tröstete ich Thomas. Er zappelte hinter mir her. Er wusste nicht, was ich tat, aber er war erleichtert, dass ich tat, als wüsste ich es. Und er war froh, dass es schnell ging. Es war das sechste Fach von unten in der vierzehnten Reihe. Ich fand es sofort. Mit der Rechten sperrte ich auf und öffnete die Türe. Mit der Linken griff ich hinein und holte das kleine Paket hervor. Es fühlte sich leicht an. Es fühlte sich gar nicht an. Ich hatte danebengegriffen. Ich hatte ins Leere gegriffen. Da war nichts.

Das Fach war leer. Es war das falsche Fach. Ich protestierte. Ich lief zum Schalter. Ich beschwerte mich. Verwechslungen seien ausgeschlossen, hieß es. Ich begann zu schreien. Thomas versuchte mich zu beruhigen. Menschen liefen zusammen. Noch einmal zum Schalter. Zwei sechs null acht neun acht. Niemand konnte die Zahl kennen. Aber das Fach war leer. Das war unmöglich. Thomas stützte mich. Er schwitzte. Ich lehnte mich an die Metallwand. Ich griff ins Leere, ich verlor den Halt.

»Er sollte sich hinsetzen«, dröhnte es. »Ein Schwächeanfall«, sagte wer. – »Ein Glas Wasser.« – »Dem Mann ist übel.« – »Er muss sich auf den Rücken legen.« – »Brauchen wir einen Arzt?« – Zwei sechs null acht neun acht. Ich war bestohlen worden. Füße trampelten auf mich ein. »Nur ein kleiner Schwächeanfall.« Ich war verraten worden. »Nein, kein Rettungswagen.« – »Nur ein Glas Wasser.« Der mit der roten Jacke bohrte mir die Daumen in die Augen. Ein leeres Fach. Dafür hatte er sterben müssen?

»Alles in Ordnung?«, fragte Thomas. Ich saß im Auto. Draußen zog die Freiheit ihre grellen Lichter vorbei.

Achtundzwanzig

Die Gefängnisärzte wussten nicht, wer mein Schließfach geplündert hatte. Aber sie besaßen gute Medikamente, die mich noch einmal den Frühling vergessen ließen. Der Blutdruck stieg angeblich wieder. Keine Ahnung, warum, wofür und wohin. Ich musste noch eine Stunde liegen bleiben. Ich versäumte nichts. Inzwischen wurde über mein Urteil beraten. Ich konnte keinen Einfluss darauf nehmen. Ich konnte auf nichts mehr in meinem Leben Einfluss nehmen. In der Phase nach der Resignation ließ es sich auf niedrigstem Niveau noch eine Weile schmerzfrei dahintreiben.

Mit Thomas Erlt hatte ich auf der Heimfahrt von der Freiheit ein Geschäft gemacht. Ich hatte ihm versprochen, mich zu beruhigen. Er hatte mir zugesichert, dem Gericht noch einmal mitzuteilen, dass ich ein Mörder war, dass sie nicht glauben durften, ich hätte den mit der roten Jacke aus Nächstenliebe getötet. Die E-Mails waren gefälscht. Die Zeugen waren bestochen worden. Es hatte nie eine Korrespondenz zwischen mir und dem Opfer gegeben. Ich hatte Rolf Lentz nicht gekannt. Ich war weder schwul noch eifersüchtig. Meine Lüge war notwendig gewesen, um nicht ungeschoren davonzukommen. Ich musste büßen. Ich hatte einen Unbekannten getötet. Warum? Die Antwort wurde mir aus dem Schließfach geplündert.

Wer kannte den Code? Keiner konnte ihn kennen. Ich war von höherer Instanz betrogen worden. Ich hätte das Verbrechen ganz gerne aufgeklärt. Aber meine Konzentration reichte nur noch für Bruchstücke von Gedanken daran. Irgendwann fiel mir der Brief wieder ein. »Der Brief mit den roten Flecken«, muss ich gesagt haben. »Welcher Brief, welche Flecken?«, fragte der Weiße, der die Nadeln hochgezogen hatte. »In meinem Sakko ist ein rot geflechter Brief«, erwiderte ich. Man brachte ihn mir. »X. L.« stand darauf. X. L. wie Xaver Lorenz. Das konnte keiner wissen. Ich riss den Umschlag auf. Ich nahm den kleinen Zettel heraus und reichte ihn dem Weißen, der mich gestochen hatte. Er musste den Text vorlesen, er war der Arzt.

Er las: »Jan, du kannst noch einmal von vorne beginnen. Aber nicht im Gefängnis. Du bist nicht Xaver Lorenz, du bist Jan Haigerer. Du bist erst dreiundvierzig, du hast die zweite Hälfte noch vor dir. Mach was daraus!« – »Xaver Lorenz?«, fragte ich. »Xaver Lorenz«, erwiderte der Arzt. Er hatte sich nicht verlesen. »Wer ist das?«, fragte er ohne Interesse. »Das kann keiner wissen«, erwiderte ich. »Das kann nur einer wissen, der den Code gekannt hat.« Den Code konnte keiner kennen, nicht einmal Delia, die ihn verursacht hatte. Für ihren Abschied von der zweisamen Langeweile gab es kein Datum. Das wäre zu viel der Ehre für den kleinen Lektor gewesen.

Der Weiße legte seine Hand auf meine Stirn. »Sie sind fieberfrei«, sagte er. Ich gratulierte ihm.

Es war schon dunkel, als mich mein Anwalt Thomas vom Krankenzimmer abholte. »Es ist so weit«, sagte er. Er war aufgeregt wie ein Kind bei der Erstkommunion. Das Wachs der Kerze wäre zwischen seinen heiß triefenden Fingern zerronnen. Wir gingen, um uns das Urteil anzuhören. Der Weiße begleitete uns. Sie stützten mich. Ich durfte nicht mehr in die Knie gehen. Thomas wollte später wieder ein normales Leben mit seinen Immobilien führen. Er sagte nichts, aber ich spürte, dass er mich anflehte. Ich musste diszipliniert sein. Kein Anfall mehr. Kein neues Geständnis. Kein Ausflug zu einem Flughafen. Kein leeres Schließfach. Kein Zusammenbruch.

Im Schwurgerichtssaal hatten sich alle hübsch gemacht. Es roch nach schlechten Parfüms und mäßig erfolgreichen Deodorants. Der Saal glühte neonweiß wie ein Fernsehstudio. Wir waren auf Sendung. Ich hatte als Reporter viele Urteilsverkündungen erlebt. Es waren sportliche Veranstaltungen, Showdowns der Punkterichter, lustvoll zelebrierte negative Preisverleihungen. Das hatte nichts mit Gut und Böse zu tun.

Ich durfte auf der Anklagebank Platz nehmen. Meine Komparsen standen weit weg von mir. Sie winkten mir freundlich zu. Sie und ihre Handschellen fehlten mir. Neben mir saß der Weiße, begrapschte meinen Arm und fühlte nach meinem Puls, um sein eigenes Herz zu beruhigen. Wahrscheinlich vergeblich. Ich war gefühlskalt wie ein toter Käfer.

»Vernehmen Sie nun das Urteil im Namen der Republik«, sagte Anneliese Stellmaier. »Bitte setzen Sie sich! Ich übergebe das Wort an den Sprecher der Geschworenen.« Der Student mit der Nickelbrille blieb stehen, nahm das Wettpapier in die Hand und fragte, indem er vorlas: »Hauptfrage eins: Hat Jan Rufus Haigerer am siebzehnten Oktober vergangenen Jahres im Café Bob's Coolclub Rolf Lentz durch einen gezielten Schuss aus kurzer Entfernung vorsätzlich getötet? Hat er das Verbrechen des Mordes begangen?«

Er machte eine Pause. Dann hob er seinen Blick über den Papierrand, nahm mein Lächeln scharf ins Visier und verkündete, so grob er konnte: »Eine Stimme: Ja!« – Das war *seine* Stimme, das wollte er mir persönlich mitteilen. Ich hätte mich gerne bedankt, aber dafür blieb keine Zeit. Er sprach weiter, diesmal sanft ironisch: »Sieben Stimmen: Nein!« Ich war ein guter Verlierer.

»Hauptfrage zwei«, verlas nun der Geschworene: »Hat Jan Rufus Haigerer am siebzehnten Oktober vergangenen Jahres im Café Bob's Coolclub Rolf Lentz auf dessen ernstliches und eindringliches Verlangen durch einen gezielten Schuss aus kurzer Entfernung vorsätzlich getötet? Hat er das Verbrechen der Tötung auf Verlangen begangen?« In den Zuschauerrängen raunte es. Die Antwort war schon vorgegeben. Aber man sah sich ja auch im Fußball ein schönes Tor noch gerne ein zweites Mal in Zeitlupe an.

»Sieben Stimmen: Ja. Eine Stimme: Nein.« – Nun gab es den im Sport oft als »frenetisch« bezeichneten Applaus im Publikum. In die Hände zu klatschen war im Gericht allerdings streng verboten. Sie durften mich auch nicht auf die Schultern nehmen und durch den Saal tragen, obwohl die Vordersten bereits Anstalten dazu zu machen schienen. Helmut Hehl stemmte sich mutig dagegen und schrie sich seinen Hass auf Job und Menschheit und Ungehorsam aus der Seele: »Wenn es nicht sofort ruhig ist, lassen wir den Saal räumen!« Wahrscheinlich hatte er für alle Fälle auch Tränengas dabei.

Richterin Stellmaier, nachdrücklich gerührt von den schönen Worten des Geschworenen, verkündete nun das Endergebnis: »Jan Rufus Haigerer wird wegen des Verbrechens der Tötung auf Verlangen zu einer Freiheitsstrafe in der Höhe von sechs Monaten Haft verurteilt. Gemäß Paragraf 23 der Strafprozessordnung wird ihm die Strafe auf drei Jahre bedingt nachgesehen.« »Bedingt«, sagte sie. Das hieß, ich war frei. Der Weiße fühlte wieder meinen Puls. Unmöglich, dass er etwas spüren konnte. Aber ich lächelte ihm zu. Auch das galt gemeinhin als Lebenszeichen.

Danach erklärte die Richterin in streng juristischer Form so genannter Milderungsgründe, welch guter Mensch ich selbst beim Töten noch war. Ich lächelte. Meine größte Stärke und Schwäche war es, Erwartungen zu erfüllen. Diesmal »wuchs ich über mich hinaus«, wie man das im Sport gerne nannte. Ich stand auf und verbeugte mich. Das dankbare Publikum war »außer Rand und Band«, wie man das im Sport gerne sagte. Einige kreischten, als wollten sie mehr von mir, vielleicht ein Handtuch mit Schweiß, vielleicht eine persönliche Widmung. Warum war ich nicht Helmut Hehl und verachtete sie und überschüttete sie mit Zorn und schrie sie aus dem Saal?

»Herr Haigerer, haben Sie das Urteil verstanden?«, fragte Stellmaier. Ihre Stimme gluckste vor Glück. »Ja«, erwiderte ich. Sie wiederholte, weil es so schön war, dass ich bedingt verurteilt, also bestraft, aber räumlich frei war. Ich sollte nur nach Möglichkeit drei Jahre kein Verbrechen dieser Art begehen, sonst kämen die sechs Monate Gefängnis zur neuen Strafe dazu.

Anschließend erinnerte sie mich, dass ich gegen das Urteil ein Rechtsmittel ergreifen und in die Berufung gehen könne und dass ich das gerne mit meinem Anwalt besprechen dürfe. Ich drehte mich zu Thomas um. Der flehte mich an, es nicht zu tun. Ich zwinkerte ihm zu. Ich sagte: »Ich nehme das Urteil an.« Gegen die Phase nach der Resignation gab es ohnehin kein Rechtsmittel. Auch der Staatsanwalt verzichtete darauf. Er erwies sich als rückgratlos. Er war einer, der sich nach der Entscheidung auf die Seite des Siegers schlug. Damit war das Urteil rechtskräftig.

»Herr Haigerer, wie geht es mit Ihnen nun weiter?«, fragte die Richterin. – Das war wahrscheinlich ihre beste Frage, wenngleich ein wenig zynisch, aber das störte mich nicht. »Ich habe viele Freunde«, log ich. Das hörte sie gern. Sie sagte: »Ich würde Ihnen dringend eine begleitende psychiatrische Betreuung empfehlen. Sie müs-

sen dieses traumatische Erlebnis aufarbeiten. Sie müssen davon wegkommen, sich unverhältnismäßig streng bestrafen zu wollen. Sie müssen sich verzeihen können.«
– Sie war zu Tränen gerührt. Ich machte die Sache kurz und sagte: »Ich werde mich darum bemühen.«

»Ich hoffe jedenfalls, Sie hier bald wieder als Gerichtsreporter zu sehen«, sagte sie. Das war niederträchtig. Aber sie wusste es nicht. Sie war ein guter Mensch. Ich lächelte. »Damit ist die Verhandlung geschlossen«, verkündete sie. Danach gab es noch einmal Applaus. Keiner schrie dagegen an. Helmut Hehl befand sich in Pension.

In den folgenden Stunden gab ich Interviews, ließ mich medial bestrahlen und Röntgenaufnahmen meiner ausgebluteten Seele anfertigen. Hauptsächlich verwies ich auf die herausragende Leistung meines Verteidigers Thomas (der sich wie ein Glühwürmchen vor den Kameras räkelte) und auf das faire Gerichtsverfahren. Auf die vielen Fragen, die mit Warum begannen und die mein Schuldeingeständnis betrafen, reagierte ich mit einem nichts sagenden Lächeln. Aber jeder Journalist fand seine eigenen Antworten darauf. Und ich bestätigte sie alle. So ging eben das Geschäft.

Irgendwann kam der Saaldiener und sagte, er müsse jetzt zusperren. Auch der Arzt war schon müde vom Pulsfühlen. Und meine vielen Freunde, die mich liebten, weil ich berühmt und erfolgreich war und rechtskräftig einen Toten erlöst hatte, klopften sich noch einmal die Hände an meinen Schultern ab und wünschten mir alles Gute und drohten mir mit einem baldigen Wiedersehen bei einem Kaffee oder einem Glas Bier in einer der Kneipen der Freiheit.

Thomas fragte mich, ob er noch irgendetwas für mich tun könne. »Nein, danke, ich komme schon zurecht«, sagte ich. Er tat mir leid. Er musste nun wieder seine eigenen Dinge und Wochen und Jahre erledigen. Als niemand mehr etwas von mir wollte, ging auch ich. Wohin? Keine Ahnung. Ich kannte hier nur einen Weg, der führte mich zu einer Zelle, die nicht mehr mir gehörte. Ich war meiner Freiheit des Gefangenseins beraubt. Ich war ein freier Mörder in der zu Ende gehenden Phase nach der Resignation.

Auf dem Gang vor dem Halbgesperre kam es zu einer überraschenden Begegnung. Der Student hatte auf mich gewartet. Wir schüttelten uns kühl und respektvoll die Hand. Er hieß Michael Fabian und war Lehrer an einer Schule für Schwererziehbare. »Ich glaube Ihnen. Ich halte Sie für einen Mörder«, sagte er. »Ich weiß. Aber was zählt das noch?«, erwiderte ich. Ich lächelte nicht. Er fragte, warum ich es getan habe. Zu spät, sagte ich. Ich sei bereit gewesen, meinen Plan zu zerstören, um es zu verraten. Aber man habe mir meine Beweise aus dem Schließfach gestohlen.

»Gestohlen? Wer kann das gewesen sein?«, fragte er. Eine Sekunde lang dachte ich, der Student selbst sei es gewesen. Aber er war es nicht. Er war Lehrer an einer Schule für Schwererziehbare. Er war ein guter Mensch. Und er war mir überlegen. Er konnte logisch denken, ich nicht. »Jemand muss den Code gekannt haben«, sagte er. »Den konnte keiner kennen«, erwiderte ich. »Dann müssen Sie ihn jemandem verraten haben«, sagte er. »Ich habe mit keinem Menschen darüber gesprochen.« – »Sind Sie sicher?«, fragte er. Es gab keine Frage, die einen mehr verunsichern konnte als die Frage, ob man sich einer Sache sicher sei. Doch ich sagte: »Ja.«

»Wer konnte daran interessiert gewesen sein, Ihre Beweise verschwinden zu lassen?«, fragte der junge Lehrer. »Niemand«, erwiderte ich. »Sind Sie sicher?« – Verdammt, ich war sicher, dass das keine Rolle mehr spielte. Er fragte: »Und wer hat die Geschichte mit der Tötung auf Verlangen ausgeklügelt? Woher kamen die Zeugen? Wer hat die Briefe und E-Mails geschrieben?« Er quälte mich. Ich hatte keine Ahnung. Ich wusste nicht, wo ich anfangen sollte, darüber nachzudenken. In einem guten Kriminalbuch hätte ich mich an seine Fersen geheftet und wir hätten den Fall gemeinsam aufgeklärt.

»Ich muss weiter«, sagte ich. Er verabschiedete sich. Er hatte einen festen Händedruck. Er sagte: »Übrigens glaube ich zu wissen, was in dem Schließfach war.« Ich antwortete: »Ich glaube, Sie haben Recht.« Keiner lächelte. Wir respektierten einander.

Der Wächter sperrte noch einmal mein Gefängnis auf. Er gab mir ein paar letzte Stunden, um dem Gehäuse meiner Nachspielzeit Lebewohl zu sagen. Ich legte mich auf den Boden und beobachtete die Verfolgungsjagd des

Luftzugs gegen die wie Zuckerwatte geballten Staubfäden unter meinem Bett. Ich war in der Vorbereitung auf einen Gedanken, der mir verraten konnte, wie die zweite Phase nach der Resignation zu überstehen war. Da fiel mein Blick auf etwas Weißes hinter dem Staub, das mir vertraut war, noch ehe ich wusste, was es war. Ich kroch unter das Bett und holte jene zerfetzte Serviette hervor, an der ich mich viele Nächte festgehalten hatte. Irgendwann musste sie hinter den Rand gerutscht und zu Boden gefallen sein, und ich hatte sie und ihre Botschaft vergessen. Brasilien.

Ich hatte mich nicht darum bemüht, aber plötzlich wusste ich es. Und jeder Arzt hätte gleichzeitig das Erwachen meines Pulsschlags diagnostiziert. Eine Zeugin hatte gefehlt. Eine war dem Spektakel ferngeblieben und hatte den Prozess geschwänzt. Es war Beatrice, die junge Kellnerin von Bob's Coolclub. Die Zierliche, die mit den schwarzen Haaren, die neben meiner entflohenen Turmspringerin gestanden war und sich mit ihr unterhalten hatte – Beatrice, die Kellnerin. Diejenige, bei der ich volltrunken die zweite Nacht nach dem Mord verbracht hatte – Beatrice, die kleine schwarze Kellnerin …

Ich musste aufhören zu denken, ehe ich es wieder erlernen konnte. An der Tür klopfte es taktvoll. Ein Schlüssel sperrte. Ein Riegel schob sich zurück. Wieder trat eine Gestalt aus dem engen Raum zwischen Vergangenheit und Zukunftslosigkeit auf. Man kannte das vom Theater, wo die Figuren zuletzt noch einmal ihre Abschiedsrunden auf der Bühne drehten. Es war Herr Wilfried, der blutleere

Graf, der Wächter vom Rayon drei, jener Mann, der mich zu Helena gebracht hatte, als sie sich noch verzweifelt an mein wertloses Leben geklammert hatte, als sie zu retten versucht hatte, was nicht mehr zu retten war.

»Sind Sie bereit? Können wir fahren?«, fragte er. Ich musste laut auflachen. Das erinnerte mich an »Jedermann« oder »Erlkönig« oder solche Sachen. Es war eine sehr beliebte Moral vieler Geschichten der fantasielosen Dramaturgie oder Literatur, dass einen zuallerletzt der Tod abholte. Ich sah den Grafen schon als Skelett auf einer schwarzen Kutsche, in der ich saß. Und die brutal gepeitschten Pferde ritten mich bei Nacht und Wind in irgendein grausames Jenseits. – Eines der schlimmsten Klischees, zu denen die Kunst der Todesdarstellung fähig sein konnte. War das die Strafe dafür, welch jämmerlich gescheiterter Romanheld ich war?

Natürlich ging ich mit. Ich wäre mit jedem mitgegangen, der es mir befohlen hätte. Ich hatte nichts mehr zu erledigen. Der Rest meiner Zeit erledigte sich von selbst. Der Graf war ein Garant dafür, dass ich meinem verdienten Ende näher rückte.

Wir verließen das Gefängnis auf legale Weise durch den Hintereingang. Ein paar Regentropfen erwischten meinen Nacken und meine Stirn. Es war kühl und roch nach gescheitertem Frühling. Ich stieg in das Auto, das eigens dafür vorgesehen war. Der Graf saß steif hinter dem Steuer und setzte das Gefährt langsam in Bewegung. Ich beendete die Stille und fragte: »Wohin fahren wir?« Im gleichen Moment wusste ich es. Er wusste, dass ich es wusste, und antwortete nicht. Es war eine schöne Fahrt. Die Freiheit außerhalb war wie weggewaschen. Regen trommelte aufs Dach.

Neunundzwanzig

Der Graf brachte mich bis vor die Tür. Dort endete vermutlich sein Auftrag. Ich hätte ihm gerne Trinkgeld gegeben. Aber ich wollte ihn nicht beleidigen. Er war ein Ehrenmann. Er sperrte auf und sagte: »Frau Doktor Selenic ist verreist. Die Wohnung steht Ihnen zur Verfügung. Ruhen Sie sich aus. Das Bett ist überzogen. Handtücher sind vorbereitet. Der Kühlschrank ist gefüllt. Auch an Lesestoff wird es Ihnen nicht mangeln.«

Er überreichte mir den Schlüssel. Ich konnte ihn nicht annehmen. Ich sagte: »Sperren Sie einfach von außen zu.« Er erwiderte: »Sie sind wieder ein freier Mensch. Ich habe nicht das Recht, Ihnen diese Freiheit zu entziehen.« Er steckte den Schlüssel von innen ins Schloss und drückte die Tür hinter mir zu. Ich stand im Korridor der goldgelben Wohnung. Ich legte mich auf einen viel zu weichen Teppich und versuchte zu weinen.

Helena musste gewusst haben, dass ich irgendwann Jacques Offenbach spielen würde. Unter dem Cover der CD lag der erste Brief. Ich hatte keine Angst davor. Die Buchstaben waren warme Blutkörperchen, die mir die

Musik vertonten. So ließ ich mich vom ersten Teil der Aufklärung des Rätsels um mein Schicksal berieseln.

Lieber Jan, hier schreibt dir Beatrice, die Kellnerin, du weißt schon. Es ist an der Zeit, dir mein Geheimnis zu verraten. Eigentlich verrate ich dir *dein* Geheimnis. Du hast es mir verraten! Erinnerst du dich an die Nacht? Es war die zweite Nacht nach dem Schuss. Du warst bei uns im Lokal. Du warst volltrunken. Du warst verzweifelt. Du hast mir so leidgetan. Du bist mit dem Kopf auf den Tisch geknallt. Du warst halb bewusstlos. Ich habe es nicht übers Herz gebracht, dich dort liegen zu lassen. Bob hat mir geholfen, dich auf die Beine zu stellen. Ich hab dich zu mir nach Hause geschleppt. Auf dem Weg dorthin hast du andauernd etwas von Brasilien gestammelt. Du hast mich gefragt, ob ich dich nach Brasilien begleiten würde. Brasilien. Brasilien. Brasilien. – So ging das in einer Tour. Ich fand dich echt süß. Du bist mir in die Arme gefallen. Du hast geweint und gelacht. Du warst so fürchterlich betrunken! Du bist dann bei mir auf der Couch gelegen. Du warst halb im Delirium. Und da hast du angefangen, diese Zahl zu sagen. Immer wieder die gleiche Zahl. Zwei sechs null acht neun acht. Ich habe dich gefragt, was diese Zahl bedeuten soll. Du hast nur Wortfetzen gelallt. »Der mit der roten Jacke.« Immer wieder: »Der mit der roten Jacke.« Und: »Code.« »Geheimcode.« »Geheimnis.« »Schließfach.« »Schlüssel zum Mord.« »Ich hab's getan.« »Ich hab ihn erschossen.« Und solche unheimlichen Dinge. Und dann wieder die Zahl: »Zwei sechs null acht neun acht.«

Ich hatte mir die Zahl aufgeschrieben. Das war ein Instinkt. Ich hätte nicht gedacht, dass das einmal von so großer Bedeutung sein könnte. Ich hätte nie gedacht, dass du fähig sein könntest, etwas Böses zu tun. Ich war schockiert, als ich erfuhr, dass sie dich in Haft genommen hatten. Wir alle dachten, das sei ein schreckliches Missverständnis. Ich habe mich dann irgendwann bei der Untersuchungsrichterin gemeldet. Bei Helena. Eine faszinierende Frau. Ich glaube, sie liebt dich. Ich habe ihr alles erzählt. Wir sind Stunden gesessen und haben über dich geredet. Ich kenne zum Beispiel deine ganze unglückliche Geschichte mit Delia. Und ich weiß, wie sehr du darunter gelitten hast, ein Journalist zu sein.

Ich hab dir dann diese Serviette geschickt. BRASILIEN. Es sollte dich ein bisschen ablenken, auf schöne Gedanken bringen.

Einige Wochen später war ich wieder bei Helena im Büro, zur nächsten Einvernahme. Helena war diesmal ernst und betrübt. Sie hat mich gefragt, ob ich will, dass du lebenslang ins Gefängnis gehst. Ich war schockiert. Nein, natürlich nicht, hab ich gesagt. »Und wenn er den Mord wirklich absichtlich begangen hat?«, hat sie mich gefragt. »Nein, auch dann nicht«, hab ich gesagt. Du bist für mich kein böser Mensch, da kannst du tun, was du willst. So bin ich nun einmal.

Helena war erleichtert. Sie hat mir dann alles erzählt, die volle Wahrheit. Sie hat das Schließfach gefunden. Sie hat das alles gelesen. Sie hat es mir mitgeteilt. Helena und ich, wir beide wissen, warum du es getan hast. Wir finden das verrückt oder krank oder wie auch immer. Aber wir wollen es für uns behalten. Es liegt nun an dir. Du kannst alles verraten. Du kannst eine Wiederaufnahme des Verfahrens erreichen, hat Helena gesagt. Du kannst auch mich damit ins Gefängnis bringen. Ich riskiere es. So bin ich nun einmal.

So, Jan, das war »unsere« Geschichte. Aufregend, nicht? Ich habe nichts davon meinem Freund oder sonst wem erzählt. Ich vertraue dir. Es wäre schön, dich einmal wiederzusehen. Es muss ja nicht Brasilien sein. Wenn es nur die Freiheit ist! Beatrice.

Meine Kehle war trocken. Ich musste etwas nachspülen. Die volle Whiskeyflasche leuchtete schon von weitem herbstrot zu mir herüber. Unter dem Flaschenboden wartete der nächste Zettel, mit der Botschaft »Zuerst Jacques Offenbach!«. Ich freute mich. Ich hatte mich richtig verhalten: zuerst die Musik, dann der Whiskey. Neben der Flasche lag ein Brief, vermutlich Teil zwei der Auflösung. Ich schenkte mir ein Glas ein, setzte mich auf die Couch und begann zu lesen.

Mein lieber Jan, nun also ich, Helena. Tut mir leid, ich habe deine Pläne durchkreuzt. Ich habe dabei ein schweres Verbrechen begangen. Ich habe Beweise unterdrückt, Urkunden gefälscht, Zeugen bestochen und sie zu falschen Aussagen verleitet. Ich bin eine miserable Juristin. Ich kann diesen Beruf nie wieder ausüben. Ich kann Recht von Unrecht nicht mehr unterscheiden, seit es dich in meinem Leben gibt.

Beatrice, die junge Kellnerin, hat dein großes Geheimnis gelüftet. Nach drei Banken und dem Bahnhof hab ich es beim Flughafen probiert. Dort hat deine Zahlenkombination gegriffen, dort hat der Schlüssel gepasst. Ich habe die Unterlagen an mich genommen. Ich habe sie in einem Zug durchgelesen. Ich bin dann Nächte dort gesessen, wo du vermutlich gerade sitzt, und habe gegrübelt. Was sollte ich tun? Es gab drei Möglichkeiten: Entweder ich kläre das Verbrechen auf, bringe dich um deine »Nachspielzeit«, wie du es nennst, und sehe zu, wie du wegen Mordes für immer hinter Gittern verschwindest, nicht mehr um zu leben, nur noch um zu büßen. Nein, Jan, das konnte ich nicht. Dafür ist meine Zuneigung zu dir zu groß. Ich kann dich nicht neben mir zugrunde gehen sehen. Es gab eine zweite Möglichkeit: Ich verschweige dein wahres Motiv, lasse den Prozess mit einem unbegründeten oder falsch begründeten Mordurteil enden, schenke dir diese fünfzehn bis zwanzig Jahre, in denen du im Gefängnis schmorst, ohne deinen Wahnsinn zu bereuen, weil du gar nicht an Reue denkst, weil du unsterblich werden willst, weil du dein Scheitern mit einem Verbrechen in einen Sieg verwandeln willst. Nein, Jan, das konnte ich nicht! Du bist nicht Xaver Lorenz, du bist Jan Haigerer. Und dann fiel mir eine dritte Möglichkeit ein, die Tötung auf Verlangen. Rolf Lentz war ein Drogenjunkie, ein kaputter Typ. Aber er war nicht krank. – Ich habe ihn erst im Nachhinein aidskrank gemacht. Doktor Szabo, den Arzt, kenne ich seit meiner Kindheit. Er war jahrelang der Geliebte meiner Mutter. Er hatte mir einen Teil von ihr weggenommen. Er war mir etwas schuldig. Er kannte deinen Fall natürlich.

Wer kannte ihn nicht? Er war einer der vielen, die nicht glauben konnten, dass du ein Mörder bist. Ich brachte ihn dazu, dir mit illegalen Mitteln zu helfen. Er fälschte Ambulanzscheine und Atteste. Er konstruierte die intensive Betreuung des todkranken Lentz. Er machte ihn HIV-positiv im letzten Stadium. Auch Rolfs Cousine Maria war dabei. Sie hatte kein sehr inniges Verhältnis zu ihm. Ich sicherte ihr finanzielle Unterstützung zu, wenn sie bereit war auszusagen, dass Rolf an Aids erkrankt war und bald sterben würde. Aus der Szene, in der sich Rolf Lentz bewegt hatte, heuerten wir einige Zeugen an, die diese Krankheit ebenfalls bestätigten. Anke Lier und Engelbert Auersthal lernte ich – unter ihren echten Namen – über Internet kennen. Es gab eine eigene Homepage, auf der Fanatiker vehement deinen Freispruch forderten. Du wurdest vergöttert, verehrt und als Märtyrer gefeiert. Jan, du bist eine Kultfigur geworden, geniere dich! Es gelang mir, mit den beiden Wortführern Kontakt aufzunehmen. Sie waren bereit, alles zu tun, um dich aus dem Gefängnis zu bekommen.

In einigen Nachtschichten haben wir dann den vermeintlichen Schriftverkehr zwischen dir und Rolf Lentz erarbeitet und die Karteien im Internet angelegt. Wir haben die Briefe, die du in rot gefleckten Umschlägen bekommen hast, gemeinsam verfasst und die Inserate auf alte Zeitungen geklebt und ausgedruckt. Das war riskant, aber wir haben gewusst, dass das niemand überprüfen wird. Wir haben stundenlang an den Zeugenaussagen gefeilt, bis alles zusammengepasst hat.

Das Gericht hat es uns leicht gemacht, unsere »Tötung auf Verlangen« durchzubringen. Anneliese Stellmaier, Benedikt Reithofer und fast alle Geschworenen haben diese Version dankbar angenommen. Niemand konnte oder wollte dich als Mörder sehen. Siegfried Rehle hatte dem nichts entgegenzusetzen. Und du selbst warst nur noch ein Häufchen Elend. Selbst wenn du zuletzt die große Wahrheit verkündet hättest, hätte man dir nicht geglaubt. Zu groß war das öffentliche Bedürfnis, dich von der erdrückenden Last deiner Selbstbezichtigungen zu befreien.

So, Jan, und warum das Ganze? Warum habe ich einen Mörder freigeboxt? Glaube nicht, dass ich es für mich oder »uns« getan habe. Ich habe es allein für dich getan! – Gegen deinen Willen. Gegen *deinen* Willen? Nein, gegen den Willen von Xaver Lorenz. Nur in Freiheit kannst du den Wahnsinn begreifen. Du kannst ihn nicht ungeschehen machen. Aber du kannst deine Tat zu bereuen beginnen. Du sollst nicht büßen, du sollst bereuen. BEREUEN! Ach ja, ich schulde dir noch etwas. Auf dem Küchentisch liegt der Inhalt deines Schließfachs. Deine Lebensbeichte oder Lebensberechtigung, wie du glaubst. Mache damit, was du willst. Vollende dein Werk oder vernichte es. Opfere Jan Haigerer für Xaver Lorenz. Oder lösche Xaver Lorenz aus, um als Jan Haigerer noch einmal von vorne zu beginnen. Wenn du den zweiten Weg gehst, kannst du auf mich zählen.

Und jetzt trinke einmal einen Schluck! Dein Whiskeyglas ist noch immer voll. Habe ich Recht?

Dreissig

Ich stellte die Musik ab, leerte das volle Glas Whiskey ins Waschbecken, schenkte mir Wasser ein, setzte mich an den Küchentisch und tat so, als würde ich die Unterlagen noch rasch auf ihre Vollständigkeit hin überprüfen, ehe ich mit meinem Vortrag begann. Ich musste lesen. Ich musste laut lesen. Ich musste mir vorlesen und ich musste mir zuhören. Ich war der Autor und ich war mein Publikum. Es war unsere Abschiedsvorstellung. Seit Jahren verabschiedete ich mich. Diesmal endgültig. Zum Glück war ich kein depressiver Mensch.

Obenauf lagen die Briefe der großen deutschen Verlagshäuser. Die vierzehn Ablehnungsschreiben waren noch immer säuberlich zusammengeheftet, wie ich sie im Schließfach hinterlassen hatte. Ich hatte die Absagen nach der Art ihrer Begründung in vier Gruppen gegliedert. Nun wählte ich je einen Text aus jeder Kategorie.

Kategorie eins, die Ignoranten: »Lieber Herr Lorenz, wir haben Ihr Manuskript mit Interesse gelesen, müssen Ihnen aber leider mitteilen, dass wir dafür in unserem Programm keine Verwendung haben.«

Kategorie zwei, die Feiglinge: »Sehr geehrter Xaver Lorenz, hinter Ihrem Künstlernamen verbirgt sich zweifellos ein schreiberisches Talent. Sie sollten es aber vielleicht einmal bei einem kleineren inländischen Verlag probieren, um sich einen Namen zu machen. Wir sagen es Ihnen offen: Für einen Erstling ist uns Ihr Ansatz zu gewagt.«

Kategorie drei, die Moralisten: »Sehr geehrter Autor, bei allem Respekt vor Ihren sprachlichen Qualitäten halte ich Ihr Manuskript für zynisch, bösartig, ethisch verwerflich und zudem absolut realitätsfremd. Solange ich dem Verlagshaus vorstehe, wird so etwas bei uns nicht erscheinen.«

Kategorie vier, die Kategorie für sich, die vierzehnte und letzte Absage, zugestellt am 26. 08. 98. Erhalten wenige Stunden, nachdem mich Delia verlassen hatte. Ich nahm einen Schluck Wasser. Ich war mir selbst mein bester Dramaturg.

»Geschätzter Herr Xaver Lorenz oder wie immer Sie heißen. (Ich finde es übrigens mäßig originell, sich hinter dem Namen Ihres Romanhelden und Icherzählers zu verstecken. Sie identifizieren sich dabei auf sonderbare Weise mit dem Inhalt Ihres utopischen Manuskripts.)

Ich stehe unmittelbar vor meiner Abreise nach Boston. Ich nehme mir dennoch Zeit, Ihnen ausführlich zu antworten. In den USA werde ich in den nächsten Jahren als Gastprofessor ein bisschen Literatur predigen. Ich werde den jungen Leuten unter anderem auch sagen, was ich Ihnen jetzt rate: Schreiben Sie niemals etwas, wovon Sie nichts verstehen! Das ist die Todsünde der Belletristik.

Gute Bücher sind gelebte Bücher. Nur ganz große Autoren können Bücher leben, ohne sie erlebt zu haben. Verzeihen Sie mir, Herr Lorenz: Sie sind keiner dieser ganz, ganz Großen. Bleiben Sie beim Faktischen, halten Sie sich an den Dingen fest, die aus Ihrem Alltag entstehen. Sie sind ein guter Beobachter und Beschreiber. Sie beweisen sprachliches Geschick. Begnügen Sie sich mit den unspektakulären Wirklichkeiten. Dabei werden Sie bestimmt Ihr Publikum finden. Aber, ich bitte Sie, vergessen Sie den großen psychologischen Roman!

Xaver Lorenz – das sind *Sie*, ein braver Schreiber, ein sensibler Geist, ein redlicher Mensch, ein freundlicher Kollege, wahrscheinlich ein guter Familienvater, wie Ihre Romanfigur. Xaver Lorenz kann kein Mörder sein. Da hat Ihnen die Fantasie übel mitgespielt. Diesen Spagat schaffen Sie nicht. Das liest man aus jeder Zeile heraus. Herr Lorenz, dieses Buch ist substanzlos. Anspruchsvolle Leser lassen sich nicht für dumm verkaufen. Ihre Geschichte will authentisch klingen. Aber sie ist unglaubwürdig. Ihre Geschichte scheitert an Ihnen selbst. Sie sind ein zu guter Mensch dafür.

Meine Empfehlung: Legen Sie das Manuskript zur Seite und beginnen Sie mit etwas ganz anderem, vielleicht mit etwas Fröhlichem. Fantasieren Sie nicht, schreiben Sie, schöpfen Sie aus Ihrem Leben. Sie können das! Ich hoffe, ich habe Sie angespornt und nicht entmutigt.«

Ich legte die Briefe zur Seite und nahm das Manuskript zur Hand. Es war in den gelbbraunen Postkarton aus Delias Buchhandlung gehüllt. Ich ließ es in seinem Versteck. Ich wollte nur einmal sein Gewicht fühlen. Ja, es hatte Gewicht, noch immer. Hätte ich es aus dem Fenster geworfen, hätte ich einen Menschen verletzen können. Der Getroffene wäre vielleicht zu Fall gekommen und mit seinem Kopf gegen eine Betonkante geprallt. Oder er hätte versucht, dem Gegenstand auszuweichen, wäre auf die Straße gesprungen und wäre von einem Auto erfasst worden. Auf diese Weise sollen schon Menschen ums Leben gekommen sein. Solche Manuskripte waren gefährlich. Es waren »tickende Zeitbomben«, wie es im schlechten Journalismus gerne hieß.

Ich legte den dicken Karton, die Mordwaffe, zur Seite und nahm den Epilog zur Hand, das Beweisstück. Es war in drei Schutzumschläge gehüllt, wie ich es im Safe hinterlassen hatte. Ich befreite es davon und begann es mir von der Seele zu lesen.

Mein Name ist Jan Haigerer. Ich habe einen Menschen umgebracht. Erst im Kopf. Noch nicht wirklich. Doch das macht die Tat nicht schöner. Die Zeiten treiben ein Verwirrspiel mit mir. Sie jagen mich durch meine eigene Biografie. Die Gegenwart scheut keinen Aufwand, mich abzuwerfen. Mühsam klammere ich mich an meine Tasten. Ich schreibe: sechsundzwanzigster August achtundneunzig. Kein guter Tag. Die Tür ist hinter ihr, für die ich geliebt habe, ins Schloss gefallen, die Sachen hat sie zurückgelassen. Neben mir liegt die letzte schriftliche Zurückweisung meines Manuskripts, für das ich gelebt habe. Soeben sind Liebe und Leben verloren. Noch ist nichts dagegen geschehen.

Sie befinden sich in meiner Zukunft. Sie lesen hier mein Vorwort. Es sollte mehr als zwanzig Jahre alt sein, jetzt, da Sie es erstmals zu Gesicht bekommen. Mehr als zwanzig Jahre müssten seit dem Mord vergangen sein. Das war meine Nachspielzeit. Ich habe meine Strafe abgebüßt. Ich hoffe, ich habe gelitten. Ich weiß, dass ich gar nicht genug gelitten haben kann. Meine Schuld kann durch Leid nicht aufgewogen worden sein. Es gibt nichts gutzumachen. Es gilt nur noch, etwas Begonnenes zu Ende zu führen. Vielleicht erinnern Sie sich noch an den Mordprozess: Jan Haigerer, der Mörder ohne Motiv. Er hatte einen Fremden getötet. Springen wir zurück in seine Gegenwart. Er ist bereit. Er kann keinem Menschen etwas Böses zuleide tun. Keinem Menschen außer sich selbst. Deshalb wird er einen Fremden umbringen. Er hat es bereits getan. Er hat es bereits geschrieben. Springen Sie mit mir drei weitere Jahre zurück. Damals habe ich mit diesem Buch begonnen. Damals habe ich Xaver Lorenz erschaffen. Er war ein guter, hilfsbereiter Mensch. Er war frei von Aggressionen. Alle haben ihn gemocht. Doch eines Tages hat er an einer belebten Straße in eine Gruppe von Passanten eine Handgranate geworfen. Er hat dabei eine alte Frau getötet. Warum? Das will er nicht verraten. Warum? Verzeihen Sie, das darf ich Ihnen nicht verraten.

Springen Sie mit mir in meine Gegenwart. 26.08.98. Mein Manuskript ist heute zum letzten Mal abgelehnt worden. Ich unternehme keinen Versuch mehr, einen Verlag dafür zu finden. Gute Bücher sind gelebte Bücher, lehrt man in Boston. Ich werde das nachholen. Ich werde mein Buch leben. Ich werde dafür büßen. Und zwanzig Jahre später, wenn mich das Gefängnis in die Freiheit gespuckt hat, werde ich das Manuskript überarbeiten. Ich werde ihm Leben einhauchen, mein Leben, meinen Mord. Liebe Leser, springen Sie mit mir in die Zukunft.

Vor zwanzig Jahren habe ich, Jan Haigerer, einen fremden Menschen erschossen, irgendeinen, wahllos, ohne Hass, ohne Angst, ohne Skrupel, ohne Reue. Warum? – DARUM. Sie halten die Antwort in der Hand.

Einunddreissig

Ich trank nun doch Whiskey, und zwar gleich aus der Flasche, wie man das aus schlechten Filmen kannte, in denen sich jemand in wenigen Sekunden einen Vollrausch besorgen musste, um Sendezeit zu sparen. Der Whiskey schmeckte nach Kräutertee, vermutlich hatte Helena den Alkohol entfernt. Ich rief bei ihr an, um mich zu beschweren. Sie hatte ihre Telefonnummer groß auf die Hinterseite des letzten Papiers meiner Memoiren geschrieben. Daneben stand: »Ich warte auf deinen Anruf, Helena.«

Sie war gleich am Apparat. Wir unterhielten uns über die neue Leichtigkeit des Whiskeys und was das sonst noch für schlechte Zeiten waren. Meine Worte kamen nicht immer so heraus, wie ich es wollte. Es dürfte noch Restalkohol in der Flasche übrig geblieben sein. Witzig, bald stellte sich heraus, dass Helena gar nicht verreist war. Sie befand sich in der Wohnung einer Freundin, gleich um die Ecke. Ich wollte nicht, dass sie sich meinetwegen solche Umstände machte. Aber sie machte es gern, sagte sie.

Wie es mir ging? – Das war schwer zu beurteilen. Offen

gestanden, ich wusste es nicht. Ich brauchte jemanden, der es mir sagte. Ich hatte nur mich und Helena, und ich schied aus. »Es hört sich nicht so schlecht an«, sagte sie. Sie war eine Charmeurin. Durch die Löcher im Lautsprecher des Telefons schimmerten ihre roten Haare.

Ich war jedenfalls froh, meine Wertgegenstände wieder bei mir zu haben, teilte ich ihr mit. »Gibt es irgendwo im Haus ein Feuerzeug?«, fragte ich beiläufig. Helena war erfreut. Sie fand, dass es eine gute Idee war, das Zeug zu verbrennen. Besser, als es auf die Straße zu werfen, meinte sie. Irgendetwas musste ja damit geschehen. Ich wusste, dass man ein Mordgeständnis nicht ewig auf einem Küchentisch liegen lassen konnte. Sonst wurde es unglaubwürdig. Und ich hatte genug von Unglaubwürdigkeiten.

Was ich nun tun würde? – Keine Ahnung, da konnte ich mich nicht festlegen. Solange der Herbst anhielt, wollte ich mich nicht von hier wegbewegen. Keine Ahnung, wie lang der Herbst noch anhielt. »Soll ich dir einen Pizzadienst schicken?«, fragte Helena. Diese Frage verstand ich nicht. Was wusste ein Pizzadienst vom Grat zwischen Herbst und Ende? Was konnte ein Pizzadienst mit meinen Memoiren anfangen? Vermutlich war Helena auch schon ein bisschen betrunken.

»Wie lange darf ich bleiben?«, fragte ich. »Für immer«, sagte sie. Das war wunderschön, aber das war mir zu lang. Vielleicht sollte ich mich doch gleich beim Staatsanwalt melden. Helena hielt das für keine gute Idee. Den Staatsanwalt sollte ich vergessen. Rehle war tatsächlich ein

Mann, den man vergessen konnte. Ich wollte mir Mühe geben.

»Stört es dich, wenn ich morgen früh nach Hause komme?«, fragte sie. Stören? Wie konnte mich das stören? Es war ja ihre Wohnung. Dort, wo normalerweise das Herz schlug, klopfte jemand. Ich überlegte ernsthaft zu öffnen, egal wie sinnlos es war. »Es stört mich nicht«, sagte ich. »Im Gegenteil.«

Unser Telefonat endete am nächsten Morgen. Es gab viel zu reden, anscheinend. Irgendwann dazwischen fiel mir ein guter letzter Satz ein. Ich wartete geduldig auf die Verabschiedung. Dann fragte ich: »Helena, warst du schon einmal in Brasilien?« Als ich noch Lektor beim Erfos-Verlag war, hätte ich diesen Schlusssatz jedem noch so prominenten Autor herausgestrichen. Aber ich war nicht mehr Lektor, weder beim Erfos-Verlag noch sonst wo. Ich war auch kein Buchschreiber. Ich war kein Gefangener. Ich war kein freier Mensch. Ich war ein Mörder, den der Herbst geholt und begnadigt hatte. Deshalb wiederholte ich: »Warst du schon einmal in Brasilien?« Helena antwortete: »Noch nicht.« Das war eine gute Antwort, fand ich.

Absurditäten und Vergnüglichkeiten des Alltags

Seit mehr als zehn Jahren begeistert Daniel Glattauer mit seinen Kolumnen die Leser und Leserinnen der Tageszeitung *Der Standard*. So erzählt »Die Macht ist an« vom Kampf mit mangelhaft übersetzten Gebrauchsanweisungen, »Richtig trennen« vom möglichst nervenschonenden Rückgängigmachen übereilt eingegangener Partnerschaften und »Maus will es wissen« vom Zauber des unfreiwilligen Mithörens fremder Handytelefonate. *Schauma mal* versammelt die beliebtesten Kurzprosatexte von Daniel Glattauer, für all jene, die seine Kolumnen noch nicht kennen oder sich ein weiteres Mal an ihnen erfreuen möchten.

144 Seiten. Gebunden
www.deuticke.at

Die ganze Welt des Taschenbuchs
unter
www.goldmann-verlag.de

Literatur deutschsprachiger und internationaler Autoren,
Unterhaltung, Kriminalromane, Thriller, Historische Romane und **Fantasy-Literatur**

Aktuelle **Sachbücher** und **Ratgeber**

Bücher zu **Politik, Gesellschaft, Naturwissenschaft** und **Umwelt**

Alles aus den Bereichen **Body, Mind + Spirit** und **Psychologie**

Überall, wo es Bücher gibt und unter www.goldmann-verlag.de

Goldmann Verlag • Neumarkter Straße 28 • 81673 München